O mundo depois
World After

SUSAN EE

O mundo depois
World After

Fim dos Dias
Livro 2

Tradução
Monique D'Orazio

1ª edição
Rio de Janeiro-RJ / Campinas-SP, 2017

VERUS EDITORA

Editora
Raïssa Castro

Coordenadora editorial
Ana Paula Gomes

Copidesque
Maria Lúcia A. Maier

Revisão
Cleide Salme

Capa, projeto gráfico e diagramação
André S. Tavares da Silva

Título original
World After
Penryn & The End of Days - book 2

ISBN: 978-85-7686-379-3

Copyright © Feral Dream LLC, 2013
Todos os direitos reservados.

Tradução © Verus Editora, 2017
Direitos reservados em língua portuguesa, no Brasil, por Verus Editora. Nenhuma parte desta obra pode ser reproduzida ou transmitida por qualquer forma e/ou quaisquer meios (eletrônico ou mecânico, incluindo fotocópia e gravação) ou arquivada em qualquer sistema ou banco de dados sem permissão escrita da editora.

Verus Editora Ltda.
Rua Benedicto Aristides Ribeiro, 41, Jd. Santa Genebra II, Campinas/SP, 13084-753
Fone/Fax: (19) 3249-0001 | www.veruseditora.com.br

CIP-BRASIL. CATALOGAÇÃO NA FONTE
SINDICATO NACIONAL DOS EDITORES DE LIVROS, RJ

E26m

Ee, Susan
  O mundo depois / Susan Ee ; tradução Monique D'Orazio. - 1. ed. - Campinas, SP: Verus, 2017.
  23 cm.   (Fim dos Dias ; 2)

Tradução de: World After
ISBN 978-85-7686-379-3

1. Ficção americana. I. D'Orazio, Monique. II. Título. III. Série.

16-38712
CDD: 813
CDU: 821.111(73)-3

Revisado conforme o novo acordo ortográfico

Aos primeiros leitores de *A queda dos anjos*
Obrigada por serem os primeiros a cair

1

TODOS PENSAM QUE MORRI.

Estou deitada com a cabeça no colo da minha mãe, na carroceria descoberta de um grande caminhão. A luz da aurora esculpe linhas de sofrimento no rosto dela, e o rugido dos motores faz meu corpo inerte vibrar. Somos parte da caravana da resistência. Meia dúzia de veículos militares, vans e SUVs serpenteiam entre carros mortos, saindo de San Francisco. No horizonte atrás de nós, o ninho da águia, o lar dos anjos, ainda é todo brasas e chamas após ter sido atacado pela resistência.

Jornais cobrem as vitrines das lojas que ladeiam a rua: um corredor de lembranças do Grande Ataque. Não preciso ler os jornais para saber do que falam. Nos primeiros dias, quando a imprensa ainda fazia reportagens, todo mundo ficou vidrado nos noticiários.

PARIS EM CHAMAS, NOVA YORK INUNDADA, MOSCOU DESTRUÍDA
QUEM ATIROU EM GABRIEL, O MENSAGEIRO DE DEUS?
ANJOS ÁGEIS DEMAIS PARA OS MÍSSEIS
LÍDERES NACIONAIS DISPERSOS E PERDIDOS
O FIM DOS DIAS

Passamos por três pessoas carecas enroladas em lençóis cinzentos. Estão colando, com fita adesiva, os folhetos manchados e amassados de um dos cultos do apocalipse. Entre as gangues de rua, os cultos e a resistência, eu me pergunto quanto tempo vai demorar até que todo mundo faça parte de um grupo ou de outro. Acho que nem mesmo o fim do mundo consegue nos impedir de tentar pertencer a alguma coisa.

Os membros do culto param na calçada para nos ver passar no caminhão muito cheio.

Devemos parecer uma família minúscula: apenas uma mãe assustada, uma adolescente de cabelos escuros e uma menina de sete anos sentada na carroceria de um caminhão cheio de homens armados. Em qualquer outro momento, seríamos cordeiros na companhia de lobos. Agora, porém, temos o que as pessoas poderiam chamar de uma certa "presença".

Alguns dos homens em nossa caravana vestem roupas camufladas e empunham rifles. Alguns manejam metralhadoras ainda apontadas para o céu. Outros acabaram de sair das ruas, com suas tatuagens de gangue caseiras feitas de queimaduras autoinfligidas que marcam o número de assassinatos.

Apesar disso, esses homens se afastam de nós para manter uma distância segura.

Minha mãe continua a mover o corpo para frente e para trás num movimento repetitivo, como tem feito pela última hora desde que deixamos o ninho da águia em meio à explosão, entoando sua própria versão de oração em línguas. Sua voz sobe e desce, como se travasse uma discussão feroz com Deus. Ou talvez com o diabo.

Uma lágrima pinga de seu queixo e pousa em minha testa, e eu sei que ela está de coração partido. Partido por mim, sua filha de dezessete anos, cuja função era cuidar da família.

Até onde ela sabe, sou apenas um corpo sem vida trazido pelo diabo. Provavelmente ela nunca vai conseguir se livrar da minha imagem inerte nos braços de Raffe, com suas asas de demônio iluminadas ao fundo pelas chamas.

Queria saber o que ela pensaria se alguém lhe contasse que Raffe era, na verdade, um anjo que foi enganado e ganhou asas de demônio. Será que seria mais estranho ficar sabendo que na realidade não estou morta, mas fui apenas paralisada em consequência da ferroada de um monstro meio anjo, meio escorpião? Ela provavelmente pensaria que essa pessoa é tão louca quanto ela.

Minha irmã mais nova está sentada aos meus pés e parece congelada. Seus olhos encaram sem ver e suas costas estão perfeitamente eretas, apesar do sacolejar do caminhão. É como se Paige tivesse se desligado do mundo.

Os homens durões no caminhão lançam olhares para ela como garotinhos espiando por cima dos cobertores. Paige parece uma boneca costurada e cheia de hematomas que saiu de um pesadelo. Odeio pensar sobre o que pode ter acontecido com ela para que ficasse assim. Uma parte de mim queria saber mais, porém outra está contente por não saber.

Respiro fundo. Cedo ou tarde, vou ter que me levantar. Não tenho escolha a não ser enfrentar o mundo. Meu degelo agora é completo. Duvido que poderia lutar ou algo assim, mas, até onde posso afirmar, acho que consigo me mexer.

Eu me sento.

Acho que, se eu realmente tivesse refletido sobre as coisas, estaria preparada para os gritos.

A líder nos berros é minha mãe. Seus músculos enrijecem em puro terror, e seus olhos se arregalam de forma impossível.

— Está tudo bem — digo. — Está tudo certo. — Minhas palavras saem arrastadas, mas sou grata por não parecer um zumbi falando.

Seria engraçado, não fosse por um pensamento sensato que surge em minha mente: agora vivemos em um mundo onde alguém como eu corre o risco de morrer por ser uma aberração.

Estendo as mãos na frente do corpo num gesto que pede calma. Digo algo para tentar acalmá-los, mas as palavras se perdem em meio aos gritos. Pelo jeito, o pânico em uma pequena área como a caçamba de um caminhão é contagioso.

Os outros refugiados se amontoam, pressionando-se contra a traseira do caminhão. Alguns parecem preparados para saltar do veículo em movimento.

Um soldado com espinhas sebosas mira o rifle para mim, agarrado a ele como se estivesse prestes a provocar sua primeira morte horripilante.

Subestimei totalmente o nível de medo primitivo que nos permeia. Eles perderam tudo: sua família, sua segurança, seu Deus.

E agora, um cadáver reanimado está se aproximando.

— Estou bem — repito devagar, com o máximo de clareza que consigo. Sustento o olhar do soldado, determinada a convencê-lo de que não tem nada sobrenatural acontecendo. — Estou viva.

Há um momento em que não tenho certeza se eles vão relaxar ou me jogar para fora do caminhão com a explosão de um disparo de arma de fogo. Ainda tenho a espada de Raffe amarrada às minhas costas, quase toda escondida debaixo da jaqueta. Isso me dá algum conforto, mesmo que obviamente não seja suficiente para conter os disparos.

— Fala sério. — Mantenho a voz o mais amigável possível, e meus movimentos bem lentos. — Eu só estava apagada. Só isso.

— Você estava morta — diz o soldado pálido, que não parece nem um dia mais velho que eu.

Alguém bate no teto do caminhão.

Todos nós pulamos, e eu tenho sorte pelo fato de o soldado não ter puxado o gatilho acidentalmente.

As janelas traseiras se abrem deslizando, e a cabeça de Dee desponta. Ele está carrancudo, embora seja difícil levá-lo a sério demais com o cabelo ruivo e as sardas de garotinho.

— Ei, afastem-se da garota morta. Ela é propriedade da resistência.

— Isso mesmo — diz Dum, seu irmão gêmeo, de dentro da cabine. — Precisamos dela para a autópsia e tudo mais. Vocês acham que garotas mortas por príncipes-demônios são coisa fácil de achar? — Para variar, não sei diferenciar os gêmeos, então escolho aleatoriamente Dee para um e Dum para o outro.

— Nada de matarem a garota morta — insiste Dee. — Estou falando com você, soldado. — Aponta para o sujeito com o rifle e olha feio para ele. Seria de pensar que ter a aparência semelhante a um par de Ronald McDonalds chapados e com apelidos como Tweedledee e Tweedledum fosse deixá-los sem autoridade. No entanto, de alguma forma, esses dois parecem ter um talento especial que os faz passar de brincalhões a mortíferos num piscar de olhos.

Pelo menos, espero que eles estejam brincando sobre a autópsia.

O caminhão para em um estacionamento. Isso tira a atenção de mim, e todos olhamos ao nosso redor.

O edifício em estilo de adobe à nossa frente é familiar. Não é a minha escola, mas uma instituição que já vi muitas vezes. É a escola de ensino médio de Palo Alto, carinhosamente conhecida como Colégio Paly.

Meia dúzia de caminhões e SUVs param no estacionamento. O soldado ainda fica de olho em mim, mas abaixa o rifle a um ângulo de quarenta e cinco graus.

Muita gente nos encara quando o restante da pequena caravana para no estacionamento. Todos eles me viram nos braços da criatura com asas de demônio, que na verdade era Raffe, e todos pensaram que eu estava morta. Eu me sinto constrangida, por isso me sento no banco, ao lado da minha irmã.

Um dos homens faz menção de tocar meu braço. Talvez queira ver se sou quente como os vivos ou fria como os mortos.

O rosto da minha irmã muda instantaneamente do olhar vazio para o de um animal rosnando ao avançar para cima do homem. Seus dentes de navalhas implantadas reluzem quando ela se mexe, o que enfatiza a ameaça.

Assim que o homem recua, ela volta à expressão vazia e à postura de boneca.

O homem nos fita: olha de uma para a outra em busca de pistas para perguntas que não posso responder. Todos no estacionamento viram o que acabou de acontecer e todos também nos encaram.

Bem-vindos ao show de horrores.

2

PAIGE E EU ESTAMOS ACOSTUMADAS a ter gente nos encarando. Eu sempre ignorava; já Paige, em sua cadeira de rodas, sempre sorria para o pessoal dos olhares indiscretos. Quase sempre sorriam de volta. É difícil resistir ao charme dela.

Era uma vez.

Nossa mãe começa a falar em línguas novamente. Agora entoa os sons e me olha como se estivesse rezando por mim. As guturais "quase palavras" que saem de sua garganta dominam os ruídos abafados da multidão. Sempre podemos contar com a minha mãe para acrescentar uma bela dose de bizarrice às coisas, até mesmo na luz enfumaçada do dia.

— Tudo bem, vamos sair — diz Obi, em uma voz forte. Ele passa tranquilamente de um metro e oitenta de altura, tem ombros largos e corpo musculoso, mas é sua presença de comando e sua confiança que o destacam como o líder da resistência. Todos o observam e o ouvem quando ele passa ao longo de vários caminhões e SUVs, parecendo um verdadeiro comandante militar em zona de guerra. — Esvaziem os caminhões e entrem no prédio. Fiquem longe do céu aberto o máximo possível.

Isso quebra o clima, e as pessoas começam a saltar dos veículos. As pessoas em nosso caminhão esbarram umas nas outras e se empurram, na correria de se afastar de nós.

— Motoristas — chama Obi. — Quando os caminhões estiverem vazios, espalhem nossos veículos e os estacionem a uma distância que permita fácil acesso. Escondam-nos entre o tráfego morto ou em algum lugar que não seja fácil avistar de cima. — Ele caminha pelo mar de refugiados e soldados, dando propósito e direção a pessoas que, não fosse assim, estariam perdidas. — Não quero nenhum sinal de que esta área esteja ocupada. Nada pode ser removido ou descartado num raio de um quilômetro e meio. — Obi faz uma pausa quando vê Dee e Dum lado a lado, olhando para nós.

— Cavalheiros — diz Obi. Dee e Dum saem do transe e olham para ele. — Por favor, mostrem aos novos recrutas aonde ir e o que fazer.

— Certo — diz Dee, com uma saudação de garotinho e um sorriso de garotinho.

— Novatos! — convoca Dum. — Quem aí não souber o que deve fazer, venha com a gente.

— Pode vir, pessoal — diz Dee.

Acho que somos nós. Eu me levanto meio rígida e automaticamente faço menção de pegar minha irmã, mas paro antes de tocá-la, como se uma parte minha acreditasse que ela é um animal perigoso.

— Vamos, Paige.

Não sei o que vou fazer se ela não se mexer. No entanto, ela se levanta e me segue. Não sei se algum dia vou me acostumar a vê-la andando com as próprias pernas.

Minha mãe nos segue também. Só que não para de cantar. Se posso dizer alguma coisa, é mais alto e mais fervoroso que antes.

Entramos todas no fluxo de recém-chegados que seguem os gêmeos.

Dum caminha de costas, falando conosco:

— Vamos voltar para o ensino médio, época em que nossos instintos de sobrevivência estão na melhor forma.

— Se você tiver vontade de pichar as paredes ou bater no seu velho professor de matemática — diz Dee —, faça onde os pássaros não podem ver.

Caminhamos ao largo do edifício principal de adobe. Da rua, a escola parece enganosamente pequena. Atrás do prédio principal, no entanto, há um campus inteiro de edifícios modernos, conectados por passagens cobertas.

— Se algum de vocês estiver ferido, sente-se nesta bela sala de aula. — Dee abre a porta mais próxima e espia lá dentro. É uma classe com um esqueleto em tamanho real pendurado em um suporte. — Os ossos vão fazer companhia enquanto vocês esperam pelo médico.

— E se algum de vocês for médico — diz Dum —, seus pacientes estão esperando.

— É só a gente? — pergunto. — Somos os únicos sobreviventes?

Dee olha para Dum.

— Garotas-zumbis têm permissão para falar?

— Se forem bonitinhas e estiverem dispostas a lutar na lama com outras garotas-zumbis.

— Caaara. Pode crer.

— Que imagem nojenta. — Lanço um olhar de soslaio para eles, mas no íntimo me sinto contente por não terem surtado com o fato de eu ter despertado dos mortos.

— Também não significa que a gente vá escolher as que estiverem apodrecendo, Penryn. Só as que forem como você: ainda frescas da morte.

— Mas só as que tiverem roupa rasgada e tal.

— E com fome de seeeeeios.

— Ele quer dizer de cérebros.

— É exatamente o que eu quero dizer.

— Você pode, por favor, responder à pergunta? — questiona um cara de óculos totalmente livres de rachaduras. Ele não parece estar com humor para brincadeiras.

— Certo — diz Dee, ficando todo sério. — Este é nosso ponto de encontro. Os outros virão nos encontrar aqui.

Continuamos caminhando sob o sol fraco, e o cara dos óculos acaba ficando no fim do grupo.

Dum se inclina para perto de Dee e sussurra alto o bastante para eu ouvir:

— Quanto você quer apostar que aquele cara vai ser o primeiro na fila a apostar na luta de garotas-zumbis?

Eles trocam risadinhas e balançam as sobrancelhas, olhando um para o outro.

Os ventos de outubro sopram através da minha blusa e não posso evitar olhar para o céu encoberto à procura de um anjo em particular com asas de morcego e um senso de humor antiquado. Limpo os pés na grama alta e me forço a desviar o olhar.

As janelas das classes são cheias de cartazes e anúncios sobre requerimentos para admissão na faculdade. Outra janela exibe prateleiras com arte dos alunos. Estatuetas de argila, madeira e papel machê de todas as cores e estilos cobrem cada centímetro do espaço nas prateleiras. Algumas são tão boas que me deixam triste por essas crianças não poderem mais fazer arte por um longo, longo tempo.

À medida que avançamos pela escola, os gêmeos têm o cuidado de ficar atrás da minha família. Vou deixando que avancem na minha frente, pensando que não seria uma má ideia ter Paige na frente, onde posso ficar de olho nela. Minha irmã caminha com passos rígidos, como se ainda não estivesse acostumada às pernas. Eu também não estou acostumada a vê-la desse jeito, e não posso deixar de ficar olhando para a sutura grosseira por todo o seu corpo, que a faz parecer uma boneca de vodu.

— Então aquela é a sua irmã? — pergunta Dee, baixinho.
— É.
— Por quem você arriscou sua vida?
— É.

Os gêmeos balançam a cabeça de forma automática e educada, do jeito que as pessoas fazem quando não querem dizer nada que ofenda.

— Por acaso sua família é melhor? — pergunto.

Dee e Dum se entreolham, ponderando.

— Não... — diz Dee.
— Não muito — responde Dum, ao mesmo tempo.

NOSSO NOVO LAR É A sala de história. As paredes são repletas de linhas do tempo e pôsteres da história da humanidade. Mesopotâmia, a Grande Pirâmide de Gizé, o Império Otomano, a dinastia Ming. E a peste negra.

Meu professor de história disse que a peste negra varreu de trinta a sessenta por cento da população da Europa. Ele nos pediu para imaginar como seria ter sessenta por cento do nosso mundo devastado. Eu não conseguia imaginar na época. Parecia muito surreal.

Num estranho contraste, dominando todos esses pôsteres de história antiga, está a imagem de um astronauta na Lua, com a Terra azul aparecendo atrás dele. Toda vez que vejo nossa bola azul e branca no espaço, acho que é o planeta mais lindo do universo.

Mas agora isso também parece surreal.

Lá fora, mais caminhões rugem no estacionamento. Ando até a janela, enquanto minha mãe começa a afastar as carteiras e cadeiras todas para um lado. Espio lá fora e encontro um dos gêmeos conduzindo os recém-chegados perdidos para dentro da escola, como o flautista mágico.

Atrás de mim, minha irmã diz:

— Fome.

Fico rígida e enfio todos os tipos de coisas feias no baú das minhas lembranças.

Vejo um reflexo de Paige na janela. Nessa imagem borrada do outro mundo, ela olha para minha mãe como qualquer outra criança que espera o jantar. Só que no vidro irregular, sua cabeça é distorcida, o que amplifica os pontos de sutura e aumenta os dentes de navalha.

Minha mãe se inclina, afaga os cabelos de seu bebê e começa a murmurar sua tenebrosa canção de desculpas.

3

EU ME ACOMODO EM UMA cama improvisada num canto. Com as costas apoiadas na parede, vejo toda a sala à luz do luar.

Minha irmã está deitada no catre encostado na parede oposta à minha. Paige parece minúscula em seu cobertor, abaixo de cartazes de figuras históricas grandiosas. Confúcio, Florence Nightingale, Gandhi, Helen Keller, o Dalai-Lama.

Será que ela se tornaria como um deles, se a gente não estivesse no Mundo Depois?

Minha mãe está sentada de pernas cruzadas ao lado da cama improvisada de Paige, murmurando sua melodia. Tentamos dar à minha irmã as duas coisas que eu consegui obter da bagunça desordenada da cantina, que, espera-se, terá se transformado em cozinha quando amanhecer. Mas ela não conseguiu segurar nem a sopa enlatada, nem a barrinha de proteína.

Mudo o apoio do corpo sobre o leito de lona, tentando encontrar uma posição onde o cabo da minha espada não me espete as costelas. Tê-la comigo é a melhor forma de impedir que alguém tente pegá-la e descubra que sou a única capaz de empunhá-la. A última coisa de que preciso é ter de explicar como acabei com uma espada angelical.

Dormir com uma arma não tem nada a ver com o fato de minha irmã estar no mesmo recinto. Nada mesmo.

E também não tem nada a ver com Raffe. Não significa que a espada é minha única recordação do tempo que passei com ele. Tenho uma porção de cortes e hematomas para me lembrar dos dias que passei com meu anjo inimigo.

O qual, provavelmente, nunca vou ver de novo.

Até agora, ninguém fez perguntas sobre ele. Acho que ultimamente isso é mais comum do que não ter nosso grupo dividido.

Afasto esse pensamento e fecho os olhos.

Minha irmã resmunga de novo, acima da cantoria da minha mãe.

— Durma, Paige — digo. Para minha surpresa, sua respiração relaxa, e ela se acomoda. Respiro fundo e fecho os olhos.

A melodia de minha mãe vai sumindo, até cair no esquecimento.

SONHO QUE ESTOU NA FLORESTA onde aconteceu o massacre. Estou nos arredores do antigo acampamento da resistência, onde os soldados morreram tentando se defender dos demônios inferiores.

Sangue pinga dos galhos e despencam sobre as folhas mortas como pingos de chuva. No meu sonho, nenhum dos corpos que deveriam estar aqui está de fato, tampouco os soldados aterrorizados reunidos, de costas uns para os outros, com os rifles apontando para cima.

É apenas uma clareira onde pinga sangue.

Paige está no centro.

Sua roupa é um vestido antiquado de estampa florida, como os que aquelas meninas penduradas na árvore vestiam. Seus cabelos estão empapados de sangue, assim como o vestido. Não sei dizer o que é pior de olhar: o sangue ou a sutura arroxeada que lhe cruza o rosto.

Paige ergue os braços para mim, esperando que eu a pegue no colo, mesmo que já tenha sete anos.

Tenho certeza de que minha irmã não foi parte do massacre; ainda assim, aqui está ela. Em algum lugar na floresta, minha mãe diz:

— Olhe nos olhos dela. São os mesmos de sempre.

Mas não consigo. Não consigo olhar para ela de jeito nenhum. Seus olhos não são os mesmos. Não podem ser.

Eu me viro e fujo dela.

Lágrimas escorrem pelo meu rosto, e eu grito floresta adentro, fugindo da garota atrás de mim.

— Paige! — Minha voz falha. — Estou indo. Aguenta firme. Vou estar aí logo, logo.

Mas o único sinal de minha irmã é o esmigalhar das folhas mortas, à medida que a nova Paige me persegue feito uma sombra pela floresta.

4

ACORDO COM MINHA MÃE RASPANDO alguma coisa no bolso do suéter. Ela o coloca no peitoril da janela, por onde entra a luz da manhã. É uma meleca marrom-amarelada com cascas de ovos esmigalhadas. Ela é muito cuidadosa, tentando passar cada gota nojenta no peitoril.

A respiração de Paige é uniforme; parece que ainda vai dormir pesado por algum tempo. Tento me livrar dos restos do sonho, mas alguns resquícios dele não me abandonam.

Alguém bate à porta.

Ela se abre, e o rosto sardento de um dos gêmeos espreita em nossa sala de aula. Não sei qual deles é, então penso nele como Dee-Dum. Seu nariz se enruga com desgosto quando sente o cheiro dos ovos podres.

— Obi quer ver você. Ele tem algumas perguntas.

— Maravilha — digo, sonolenta.

— Vamos. Vai ser divertido. — Ele me lança um sorriso alegre demais.

— E se eu não quiser ir?

— Eu gosto de você, menina — diz ele. — Você é rebelde. — Ele se inclina contra o batente da porta e balança a cabeça, em aprovação. — Mas, para ser sincero, ninguém tem obrigação de te dar comida, casa, proteção, de ser legal, de te tratar como ser humano...

— Tudo bem, eu entendo. — Eu me arrasto para fora da cama, feliz por ter dormido de short e camiseta. Minha espada cai no chão com uma pancada. Eu tinha esquecido que estava comigo debaixo do cobertor.

— *Shh!* Você vai acordar a Paige — sussurra minha mãe.

Os olhos de Paige se abrem instantaneamente. Ela fica ali deitada como os mortos, fitando o teto.

— Legal sua espada — fala Dee-Dum, de modo casual demais.

Sinos de alarme disparam na minha cabeça.

— Quase tão legal quanto um bastão elétrico de gado. — Eu meio que espero minha mãe sacar o bastão para ele, mas o objeto continua pendurado inocentemente na estrutura da cama de lona.

Sou atingida por uma nova onda de culpa ao me dar conta do quanto estou contente por minha mãe ter o bastão, caso precise se defender... das pessoas.

Mais da metade do pessoal por aqui está carregando algum tipo de arma improvisada. A espada é uma das melhores, e fico feliz por não ter de explicar o motivo de estar carregando uma comigo. Só que algo nessa espada parece captar mais atenção do que eu gostaria. Eu a pego do chão e passo a correia ao redor do ombro, para desencorajar Dee-Dum de tentar brincar com ela.

— Ela tem nome? — pergunta ele.

— Quem?

— A espada — ele diz no mesmo tom que eu chamaria algo de óbvio.

— Ah, por favor. Você também, não. — Procuro alguma coisa entre o conjunto aleatório de peças de roupa que minha mãe juntou ontem à noite. Ela também voltou com um monte de garrafas vazias de refrigerante e outras sucatas de sabe-se lá onde, mas nessa pilha eu não mexo.

— Eu conhecia um cara que tinha uma *katana*.

— Uma o quê?

— Uma espada japonesa de samurai. Linda. — Ele põe a mão no coração, como se estivesse apaixonado. — Ele a chamava de Espada da Luz. Eu venderia minha mãe só para ter uma dessas.

Balanço a cabeça, como se fosse a coisa mais normal do mundo.

— Posso dar um nome para a sua espada?

— Não. — Pego um jeans que pode servir e uma meia.

— Por que não?

— Ela já tem nome. — Continuo mexendo na pilha, à procura do par da meia.

— E qual é?
— Ursinho Pooky.

A expressão amigável de Dee-Dum de repente fica mais séria.

— Você está nomeando sua espada foda, de colecionador, feita para assustar e matar, especificamente projetada para colocar inimigos enormes de joelhos *e ainda por cima* ouvir o lamento das mulheres deles de... Ursinho Pooky?

— É. Gostou?

— Até de brincadeira isso é um crime contra a natureza. Você sabe disso, não sabe? Estou tentando desesperadamente não fazer um comentário antigarotas no momento, mas você está deixando isso muito difícil.

— É, você está certo. — Dou de ombros. — Você pode chamar de Totó ou Rex, se preferir. Que tal?

Ele me olha como se eu fosse mais doida que a minha mãe.

— Estou errado? Você por acaso tem um cachorrinho de madame dentro dessa bainha?

— Ah, eu queria saber se consigo encontrar uma bainha rosa para a Ursinho Pooky. Talvez com pedrinhas de brilhante brancas? Que foi? Você acha muito?

Ele sai andando e balançando a cabeça de um lado para o outro.

A questão é que é muito fácil provocá-lo. Troco de roupa e me apronto com calma antes de seguir Dee-Dum porta afora.

O corredor parece apinhado como o estádio do Oakland durante a reta final da liga oficial de beisebol.

Uma dupla de homens de meia-idade troca uma pena por um frasquinho de remédio. Acho que esta é a liga oficial do tráfico de remédios. Outro sujeito mostra o que parece ser um dedo mindinho, mas recolhe a mão quando um cara faz menção de pegar. Eles começam a discutir aos sussurros.

Duas mulheres caminham abraçadas a algumas latas de sopa, como se tivessem um pote de ouro nos braços. Com olhos nervosos, passam em revista todos que estão em volta, seguindo em zigue-zague pelo corredor. Ao lado da porta principal, duas pessoas com a cabeça raspada prendem cartazes do culto do apocalipse com fita adesiva.

Lá fora, o gramado comprido com sua aura ameaçadora está deserto, com alguns lixos soprando ao vento. Qualquer um que olhasse do alto consideraria que esse prédio é tão abandonado quanto qualquer outro.

Dee-Dum me diz que já virou uma grande piada que o alto escalão da resistência tenha pegado a sala dos professores e que Obi tenha assumido a sala do diretor. Caminhamos pelo terreno da escola em direção ao prédio de adobe em estilo colonial onde está Obi, restringindo-nos a passagens cobertas, mesmo que isso aumente muito o caminho.

O saguão e os corredores do prédio principal estão ainda mais cheios do que no meu, mas as pessoas aqui parecem ter um propósito. Um cara corre pelo corredor arrastando cabos atrás de si. Várias pessoas arrastam carteiras e cadeiras de uma sala a outra.

Um adolescente empurra um carrinho cheio de sanduíches e jarros de água. Conforme ele vai passando, as pessoas pegam a comida e as bebidas, como se tivessem direito à distribuição de provisões se trabalharem nesse prédio.

Dee-Dum pega dois sanduíches e passa um para mim. Simples assim, viro parte da panelinha.

Engulo meu café da manhã depressa, antes que alguém aponte que eu não pertenço a este lugar. Mas, quando percebo uma coisa, quase engasgo com um pedaço.

Os canos das armas neste edifício são longos demais. Parecem os silenciadores que a gente vê os assassinos rosqueando na ponta dos rifles nos filmes.

Se formos atacados por anjos, o barulho vai ser o de menos, porque os anjos já sabem quem somos. Agora, se forem uns atirando nos outros...

A comida na minha boca de repente tem gosto de fiambre gelado e pegajoso e pão duro como pedra, não do manjar delicioso de um instante atrás.

Dee-Dum empurra a porta.

— ...gada — diz uma voz masculina dentro da sala.

Várias pessoas enfileiradas estão sentadas na frente de computadores, totalmente imersas em suas telas. Não vejo algo assim desde antes do ataque. Alguns são uma visão e tanto com seus óculos, em contraste com as tatuagens de gangue de chifres demoníacos.

Mais gente está arrumando computadores nas fileiras do fundo e levando grandes televisores para a frente do quadro-negro. Parece que a resistência descobriu como obter uma fonte de energia constante, pelo menos para uma sala.

No centro de toda a atividade está Obi. Uma fila de gente o segue de um lado a outro, esperando sua aprovação para alguma coisa. Várias pessoas na sala parecem ter um olho nele e outro em alguma outra coisa.

Boden está ao seu lado. Seu nariz ainda está inchado e roxo de nossa última briga de escola, alguns dias atrás. Pode ser que da próxima vez ele fale com as pessoas como se fossem seres humanos em vez de intimidá-las, mesmo que sejam garotas miúdas como eu e que pareçam alvos fáceis.

— Foi um ajuste nos planos, não uma cagada — diz Boden. — E até parece que foi uma "traição contra a humanidade". Quantas vezes eu vou ter que explicar isso?

Incrivelmente, há uma cesta de chocolates perto da porta. Dee-Dum pega dois e me dá um. Quando sinto a barra de Snickers na mão, sei que estou no refúgio sagrado da resistência.

— Atirar por impulso não é um ajuste nos planos, Boden — diz Obi, ao passar os olhos por um documento que lhe foi entregue por um sujeito cascudo com jeito de soldado. — Não podemos executar uma estratégia militar deixando um soldado de infantaria decidir o momento certo só porque ele não conseguiu manter a boca fechada e deixou escapar todos os detalhes. Cada peregrino de rua e prostituta de bordel já estava sabendo.

— Mas não foi...

— Sua culpa — diz Obi. — Eu sei. Você já repetiu isso um milhão de vezes. — Ele desvia o olhar na minha direção ao ouvir o próximo da fila.

Depois de um momento de fantasiar sobre o gosto do chocolate, eu o guardo no bolso da jaqueta. Talvez consiga convencer Paige a comê-lo.

— Por ora está dispensado, Boden. — Obi faz um gesto para eu entrar.

Boden rosna para mim quando nos cruzamos no caminho.

Obi sorri. A mulher seguinte na fila me olha com mais do que curiosidade profissional.

— Que bom ver você viva, Penryn — diz Obi.

— É bom estar viva — respondo. — Vamos ter noites de filme?

— Estamos montando um sistema de vigilância remota ao redor da baía de San Francisco — diz Obi. — Vem bem a calhar ter tantos gênios no Vale do Silício que podem tornar o impossível possível de novo.

Alguém na última fila diz em voz alta:

— A câmera vinte e cinco está ligada. — Os outros programadores continuam digitando nos computadores, mas consigo sentir a animação que exalam.

— O que vocês estão procurando? — pergunto.

— Qualquer coisa interessante — responde Obi.

— Encontrei uma coisa! — grita um programador do fundo. — Anjos em Sunnyvale, na Lawrence Expressway.

— Coloque na tela principal — pede Obi.

Uma das grandes telas de tevê na frente da sala é acionada.

5

A TEVÊ SE ACENDE.

Um anjo com asas azuis anda pelo cascalho de uma rua abandonada. A pista tem uma rachadura gigante em zigue-zague, que separa uma parte maior de outra menor.

Mais um anjo pousa depois do primeiro, depois mais dois. Eles olham em volta, depois saem do campo de visão.

— Você consegue mexer a câmera?

— Essa aí não, desculpa.

— Coloque em outra! — diz um programador à minha direita. — Esta fica em SFO. — Eu sempre me perguntei por que escolheram a sigla SFO para o Aeroporto Internacional de San Francisco.

— Coloca na tela — diz Obi.

Outra tevê ganha vida na frente do quadro-negro.

Um anjo dispara meio mancando, meio correndo por um campo de asfalto. Uma asa branca está meio torta e se arrasta atrás dele.

— Pegamos um pássaro manco — diz alguém atrás de mim, parecendo empolgado.

— Do que ele está fugindo? — Obi pergunta quase para si mesmo.

A câmera está com problema. A imagem fica mudando de clara demais a escura demais. Acaba ajustando a luz ao fundo claro, o que torna difícil enxergar os detalhes do anjo.

No entanto, conforme ele se aproxima, vira para olhar seja lá o que o está seguindo, e assim temos uma boa visão do seu rosto.

É Beliel, o demônio que roubou as asas de Raffe. Está em péssima forma. O que será que aconteceu?

Apenas uma de suas asas roubadas parece ter utilidade. Fica abrindo e fechando, como se tentasse voar por reflexo, enquanto a outra se arrasta na poeira. Odeio ver as lindas asas de Raffe sendo maltratadas desse jeito, e tento não pensar nos maus-tratos que elas sofreram nas minhas mãos.

Há algo errado com o joelho de Beliel. Manca e não consegue fazer esforço com ele para correr. O anjo se movimenta mais rápido do que qualquer homem ferido se movimentaria, mas acho que não é nem metade de sua velocidade normal.

Mesmo dessa distância, vejo uma mancha vermelha vívida atravessando a calça branca, bem acima das botas. É engraçado que o demônio tenha escolhido usar branco, provavelmente desde que arranjou as novas asas.

À medida que se aproxima da câmera, ele vira a cabeça de novo e olha atrás de si. Ali está seu sorriso de escárnio usual. Arrogante, zangado, mas, dessa vez, com mais do que um toque de medo.

— Do que ele tem medo? — Obi faz a pergunta que está em minha cabeça.

Beliel manca até sair do enquadramento, deixando apenas um corte transversal do caminho vazio.

— Podemos ver o que está atrás dele? — pergunta Obi.

— Esse é o máximo que a câmera vira.

Alguns segundos se passam e parece que a sala está prendendo a respiração.

Então o perseguidor de Beliel surge na tela em toda a sua glória.

Asas demoníacas estendem-se acima de sua cabeça. Em meio à perseguição da presa, a luz reflete nos ganchos curvados e varre suas asas até as extremidades.

— Jesus Cristo — diz alguém atrás de mim.

O perseguidor parece não ter pressa alguma, como se saboreasse o momento. De cabeça baixa, com as asas sombreando o rosto, os detalhes são ainda mais difíceis de enxergar do que em Beliel. E, diferentemente de Beliel, ele não vira a cabeça para termos uma boa visão de seu rosto.

Mas eu o conheço. Mesmo com essas novas asas de demônio, eu o conheço.

É Raffe.

Tudo a seu respeito, o ritmo, as asas arqueadas, o rosto sombreado, é a perfeita imagem de um pesadelo: o diabo perseguindo sua presa.

Embora eu tenha certeza de que é Raffe, meus batimentos cardíacos falham com o medo que a visão provoca.

Esse não é o Raffe que eu conheci.

Será que Obi o reconhece como o cara que estava comigo quando chegamos pela primeira vez ao acampamento da resistência?

Acho que não. Não sei bem se *eu* teria reconhecido Raffe se não soubesse de suas novas asas, mesmo que todos os traços de seu rosto e os detalhes de seu corpo estivessem gravados a fogo em minha memória.

Obi se vira para seus homens.

— Tiramos a sorte grande! Um anjo manco *e* um demônio. Quero uma equipe de busca a caminho do aeroporto em dois minutos!

Os gêmeos já estão se movendo antes que a ordem termine de ser dada.

— Estamos dentro — dizem em uníssono ao correrem para a porta.

— Vão! Vão! Vão! — Nunca vi Obi tão exaltado.

Obi para na porta e diz:

— Penryn, venha com a gente. Você é a única que já esteve perto de um demônio antes. — Todo mundo ainda acha que foi um demônio que me levou até minha família quando eu parecia morta.

Fecho a boca antes de dizer que não sei de nada. Corro para alcançar o grupo, que se dispersa pelo corredor.

6

O AEROPORTO INTERNACIONAL DE SAN Francisco costumava ficar vinte minutos a norte de Palo Alto, sem trânsito. Claro, a rodovia agora está entulhada, e dirigir a cem quilômetros por hora não é mais possível, além de não ser uma boa ideia. Só que ninguém parece ter dito isso a Dee-Dum. Ele pega a estrada aberta em nosso SUV, costurando por entre carros abandonados e subindo na calçada como um motorista bêbado em um carro de corrida.

— Vou vomitar — digo.

— Não faça isso, é uma ordem — diz Obi.

— Ah, não fala assim — diz Dee-Dum. — Ela nasceu rebelde. Vai vomitar só para provar que pode.

— Você está aqui por uma razão, Penryn — diz Obi. — E colocar tudo para fora no meu carro não é uma delas. Segura as pontas, soldado.

— Não sou um soldado.

— Ainda não — diz Obi com um largo sorriso. — Por que você não nos atualiza sobre o que aconteceu no ninho da águia? Conta pra gente tudo o que você viu e ouviu, mesmo achando que pode não ser útil.

— E se tiver que vomitar — diz Dee-Dum —, mira na direção do Obi, não na minha.

Acabo contando quase tudo o que vi. Deixo de fora todas as coisas relacionadas ao Raffe, mas conto sobre a interminável festa dos anjos no ninho da águia, com champanhe e aperitivos, fantasias, criados e a imoralidade daquilo tudo. Depois conto sobre os fetos de anjos-escorpiões no laboratório do porão e sobre as pessoas das quais os escorpiões estavam se alimentando.

Hesito em contar sobre os experimentos com as crianças. Será que eles vão somar dois e dois e suspeitar de que essas crianças são os demônios inferiores que estavam retalhando as pessoas nas estradas? Será que suspeitarão de que Paige pode ser uma delas? Não sei bem o que fazer, mas acabo contando em termos vagos que as crianças sofreram cirurgias.

— Então, a sua irmã... ela está bem? — pergunta Obi.

— Está, tenho certeza que vai voltar ao estado normal logo, logo. — Essa parte eu digo sem hesitar. Claro que ela está bem. Como mais poderia estar? Que escolha temos? Tento irradiar confiança pela voz, apesar da preocupação que me corrói.

— Conte mais sobre esses anjos-escorpiões — diz nosso outro passageiro. Seus cabelos são ondulados, ele usa óculos e tem a pele marrom-escura. Tem ares de um estudioso que fica todo fascinado por um de seus assuntos favoritos.

Aliviada por desviar o assunto de Paige, conto todos os detalhes de que me lembro. O tamanho, as asas de libélula, a total falta de uniformidade que é tão incomum em espécimes de laboratório que a gente vê nos filmes. Como alguns deles pareciam embriônicos, mas outros já tinham aparência totalmente formada. Falo sobre as pessoas presas dentro dos tanques com eles, cujas vidas estavam sendo sugadas pouco a pouco.

Quando termino, há uma pausa na qual todos absorvem minha história. Bem quando penso que a sessão de interrogatório vai ser fácil, eles me perguntam sobre o demônio que me carregou e me deixou no caminhão de resgate da resistência, durante o ataque contra o ninho da águia. Não faço ideia do que dizer, então minha resposta a todas as perguntas é:

— Não sei. Eu estava inconsciente.

Apesar disso, fico surpresa pela quantidade de perguntas que fazem sobre o "demônio".

Ele era o diabo? Ele disse alguma coisa sobre o que estava fazendo ali? Onde você o conheceu? Você sabe aonde ele foi? Por que ele te deixou com a gente?

— Não sei — respondo pela enésima vez. — Eu estava inconsciente.

— Você consegue falar com ele de novo?

Essa última pergunta aperta um pouquinho meu coração.

— Não.

Dee-Dum faz um rápido retorno para evitar uma estrada lateral bloqueada.

— Alguma coisa mais que você gostaria de nos contar? — pergunta Obi.

— Não.

— Obrigado — diz ele, depois se vira e olha para o outro passageiro. — Sanjay, sua vez. Ouvi dizer que você tem uma teoria sobre os anjos e que gostaria de compartilhar com a gente, é isso?

— É — diz o estudioso, segurando um mapa-múndi. — Acho que a maioria da matança durante o Grande Ataque pode ter sido incidental. Meio que um efeito colateral da vinda dos anjos até aqui. Minha hipótese é que, quando alguns deles entraram no nosso mundo, foi um fenômeno local.

Sanjay espeta um alfinete no mapa.

— Um buraco no nosso mundo foi criado e permitiu que eles entrassem. Provavelmente causou algum tipo de perturbação climática local, mas nada dramático demais. Só que, quando entrou uma legião inteira, foi isso o que aconteceu.

Ele bate a ponta de uma chave de fenda no papel. O cabo e sua mão também atravessam e rasgam o mapa.

— Minha teoria é de que o mundo se rasgou quando eles invadiram. Foi isso que desencadeou os terremotos, os tsunamis, as perturbações climáticas, todas essas coisas catastróficas que causaram a maioria dos danos e das mortes.

Um trovão ribomba pelo céu cinzento, como se concordasse com ele.

— Não foram os próprios anjos que controlaram a natureza quando invadiram — explica Sanjay. — Foi por isso que eles não criaram um tsunami gigante para nos engolir quando atacamos o ninho da águia. Eles não podem fazer isso. São criaturas vivas e que respiram exatamente como nós. Podem ter habilidades que não temos, mas não são deuses.

— Você está dizendo que eles mataram esse monte de gente, mas não estavam nem tentando?

Sanjay passa os dedos pelos cabelos espessos.

— Bom, realmente eles mataram um monte de gente depois que matamos o líder deles, mas podem não ser todo-poderosos como pensamos no início. Claro, eu não tenho provas. É apenas uma teoria que se encaixa no pouco que sabemos. Mas, se vocês puderem trazer alguns corpos para estudarmos, podemos conseguir jogar um pouco de luz nessa questão.

— Quer que eu confisque uns pedaços de anjo dos corredores? — pergunta Dee-Dum.

Não brinco dizendo que ele e o irmão provavelmente estão contrabandeando pedaços de anjos; vai que é verdade.

— Não há garantia de que alguma dessas partes seja autêntica — diz Sanjay. — Aliás, eu ficaria surpreso se alguma delas for. Fora que seria muito mais útil estudar um corpo inteiro. — Os pedaços do papel que representa nosso mundo se espalham no colo de Sanjay.

— Cruzem os dedos — diz Obi. — Se tivermos sorte, podemos conseguir trazer alguns vivos.

Sinto um frio na barriga desconfortável, mas digo a mim mesma que eles não vão capturar o Raffe. Eles não podem fazer isso. O Raffe vai ficar bem.

O rádio comunicador no painel ganha vida, e uma voz diz:

— Tem alguma coisa acontecendo no antigo ninho da águia.

Obi pega o aparelho e pergunta:

— Que tipo de coisa?

— Anjos no ar. Em número muito grande para serem caçados.

Obi pega um par de binóculos do porta-luvas e olha para a cidade. Na maioria dos lugares, ele não teria uma visão muito clara, mas estamos perto da água, então existe uma chance de enxergar alguma coisa.

— O que eles estão fazendo? — pergunta Dee-Dum.

— Não faço ideia — diz Obi, olhando pelos binóculos. — Mas tem muitos deles. Alguma coisa interessante está rolando.

— Já estamos a meio caminho da cidade — diz Dee-Dum.

— Ele disse que há anjos demais para serem capturados — diz Sanjay, soando nervoso.

— Verdade — diz Obi. — Mas é uma chance de descobrir o que eles estão fazendo. E você queria corpos de anjos para estudar. O ninho da águia vai ser o melhor lugar para encontrá-los.

— Acho que vai ter que ser um lugar ou o outro, chefe — diz Dee-Dum.
— Se formos para o aeroporto, vamos precisar de todos os nossos homens para ensacar nossos alvos, considerando que ainda estão lá.

Obi suspira, parecendo relutante, e dá ordens pelo rádio:

— Mudança de planos. Todos os veículos: sigam para o antigo ninho da águia. Aproximem-se com extrema cautela. Repito, aproximem-se com extrema cautela. Inimigos foram avistados. No momento, é só uma missão de observação, mas, se surgir a oportunidade, tragam um espécime de ave. Vivo ou morto.

7

A CHUVA GELADA SALPICA MEU rosto à medida que disparamos entre os carros abandonados, em um mar de sucata. Bom, *disparar* é uma palavra forte demais para um SUV que roda a cinquenta quilômetros por hora, mas hoje em dia essa é uma velocidade vertiginosa — literalmente —, já que estou sentada na janela e me segurando como se minha vida dependesse disso.

— Tanque a sessenta graus — alerto.

— Tanque? Sério? — pergunta Dee-Dum. Ele vira o pescoço para enxergar acima dos escombros que entulham a rua. Parece ansioso, embora a gente saiba que os anjos ouviriam um tanque a quilômetros de distância.

— Não estou brincando. Parece quebrado. — Meu cabelo ensopado pela chuva pinga no pescoço e traça um dedo de gelo pelas minhas costas. É uma chuva leve, como as chuvas em San Francisco quase todas são, mas é suficiente para permear tudo. O frio úmido congela minhas mãos, e é difícil me segurar no carro.

— Ônibus em frente — anuncio.

— É, esse eu consigo ver.

O ônibus está tombado de lado. Eu me pergunto se virou por causa de um dos terremotos que sacudiu o mundo quando os anjos chegaram, ou se foi tombado de propósito por anjos vingadores quando a resistência tomou o ninho da águia. Meu palpite é que foi tombado involuntariamente, já que há uma longa cratera na rua ao lado do ônibus, com um Hummer de cabeça para baixo lá dentro.

— Hum, uma cratera gigante... — Antes que eu possa terminar a frase, Dee-Dum dá uma guinada no carro. Eu me seguro firme ao ser jogada para a direita. Por um instante, acho que vou ser arremessada de cara no asfalto.

Ele faz uma manobra louca em zigue-zague antes de endireitar a direção.

— Avisar com um pouquinho de antecedência seria legal — fala Dee-Dum, cantarolando.

— Dirigir um pouquinho mais devagar seria mais legal ainda — digo, imitando seu tom. O metal duro da porta do carro pressiona minhas coxas, ferindo meus músculos, quando passamos por cima da calçada com um solavanco.

Como se não fosse ruim o bastante, eu não vi um único sinal de asas de morcego presas a um corpo de Adônis, em nenhum lugar pelo caminho. Não que eu esperasse ver Raffe.

— É isso. Óculos ou não, é a vez de Sanjay. — Deslizo para dentro de onde estou sentada e afundo no banco traseiro quando Sanjay sobe para se sentar na janela aberta ao seu lado.

Estamos nos aproximando do distrito financeiro por uma rota diferente da que Raffe e eu pegamos há alguns dias. Essa parte da cidade parece não ser a melhor delas para começar, mas alguns prédios ainda estão em pé, com apenas alguns chamuscados nas beiradas.

Contas coloridas estão espalhadas sobre a calçada na frente de uma loja, cuja placa frontal diz "Contas e Penas". Mas não há uma única pena à vista. A recompensa oferecida por alguém em troca de partes de anjos ainda deve ser grande. Fico me perguntando se todas as galinhas e pombos foram depenados... Suas penas devem valer mais do que a carne, se puderem passar por penas de anjos.

Meu estômago parece congelar à medida que nos aproximamos da zona de desastre que um dia foi o distrito financeiro. A área agora está deserta, sem nem mesmo catadores à procura de sucata ou migalhas de comida.

— Onde está todo mundo?

O distrito financeiro ainda está de pé, ou pelo menos alguns quarteirões dele. No centro, há um vão na linha do horizonte onde antes ficava o ninho da águia. Há alguns meses costumava ser um hotel estilo art déco sofisticado, então os anjos o tomaram e o transformaram em seu ninho. Agora é apenas uma pilha de escombros, onde a resistência fez colidir um caminhão cheio de explosivos.

— Ah, isso não é nada bom — diz Dee-Dum, olhando para o céu.

Eu percebo ao mesmo tempo.

Uma espiral de anjos gira no lugar onde o ninho da águia costumava ficar.

— O que eles estão fazendo aqui? — sussurro.

Dee-Dum estaciona o SUV e desliga o motor. Sem uma palavra, pega dois pares de binóculos no porta-luvas e me passa um deles. Obi já está com o seu, por isso imagino que tenho de dividir esse com Sanjay.

Obi apanha o rifle e sai. Vou atrás dele, com o coração batendo pesado no peito.

Fico preocupada que os anjos ouçam nossos motores, mas eles continuam voando, sem olhar em nossa direção. Caminhamos em zigue-zague de um carro a outro, rumo ao velho ninho da águia. Não parece ocorrer a Obi ou Dee-Dum a ideia de fugir.

Um anjo com asas brancas como a neve levanta voo para dentro de um cobertor de nuvens. Meus olhos o seguem, embora eu saiba que Raffe não tem mais aquelas asas.

Conforme nos aproximamos do prédio destruído que um dia foi o ninho dos anjos, percebo que tudo está coberto de poeira. O concreto pulverizado caiu por todos os carros, ruas e cadáveres. Carros estão espalhados de cabeça para baixo, tombados de lado pelas calçadas, por cima de outros, e parcialmente acoplados aos prédios próximos.

Nossos pés esmigalham estilhaços de concreto quando disparamos entre carros e escombros. Os anjos não ficaram felizes com o ataque no meio da festa, e saíram de cena do jeito que uma criança abandonaria uma cidade de Lego depois de um ataque de birra.

Há corpos espalhados pela rua e são todos humanos. Tenho a sensação nauseante de que o ataque não causou aos anjos o dano que pensamos inicialmente. Onde estão os cadáveres de anjos?

Lanço um olhar para Dee-Dum e vejo em seus olhos que ele está se perguntando a mesma coisa. Paramos perto o bastante para ver o que está acontecendo.

O antigo ninho da águia é apenas uma pilha de blocos quebrados e vergalhões retorcidos. As hastes de aço que suportavam o arranha-céu agora estão quebradas e expostas, feito ossos manchados de sangue.

Eu esperava que o lugar tivesse virado uma montanha de pedregulhos. Em vez disso, os pedregulhos estão espalhados por toda parte.

O lugar está infestado de anjos.

Corpos alados estão dispersos aleatoriamente nos destroços, enquanto outros estão organizados em uma fila sobre o asfalto. Anjos reviram enormes blocos de concreto e os jogam para longe do que um dia foi o ninho da águia. Alguns deles arrastam corpos e os alinham na rua.

Meu coração está tão disparado que juro que preciso engolir para impedir que ele saia galopando pela boca.

Um guerreiro com asas sarapintadas sai andando de um dos prédios, com um balde em cada mão, transbordando água a cada passo. Ele chuta o corpo mais próximo.

O anjo supostamente morto dá um grunhido e começa a se mexer.

O guerreiro joga água nos corpos da rua. Eles já estavam úmidos da garoa, mas agora estão ensopados.

Assim que recebem o jato de água, começam a se mexer.

8

— QUE P... — DIZ Sanjay, alarmado demais para se lembrar de ficar em silêncio.

Alguns anjos deitados no asfalto imediatamente ressuscitam e sacodem vigorosamente os pingos dos cabelos como cães. Outros gemem e se mexem em câmera lenta, como se o despertador tivesse disparado mais cedo do que o esperado.

Alguns claramente foram atingidos por projéteis. Seus ferimentos têm pontos de entrada feios e furos de saída ainda mais feios, que parecem flores de hambúrguer cru.

O guerreiro com asas sarapintadas apanha o outro balde e joga água no resto dos "corpos". Também chuta alguns dos feridos ainda deitados no asfalto.

— Levantem, seus vermes! O que vocês acham que é isso? A hora da soneca? Vocês são uma vergonha.

Aparentemente, Sanjay não é o único que esqueceu de ficar em silêncio, pois um dos anjos pega um bloco de concreto quebrado e arremessa num carro, como se lançasse uma pedra num rato. E, exatamente como ratos, dois dos nossos homens saem do caminho quando o bloco atinge em cheio o carro atrás do qual estavam escondidos.

Alguns anjos agarram pedaços de lustres quebrados e vergalhões e os arremessam em nós. Mal tenho tempo de me abaixar na calçada quando a janela do carro se estilhaça.

Dou um salto e saio correndo tão depressa que mal consigo respirar quando me escondo na entrada de um prédio. Dou uma espiada nos anjos. Não estão nos perseguindo mais do que perseguiríamos ratos num lixão.

Obi e Dee-Dum me veem de seu esconderijo atrás de um caminhão e saem correndo para a entrada onde estou. Abaixados, espiamos pelos binóculos.

Um grupo de anjos vasculha o centro dos destroços, lançando escombros a torto e a direito. Conforme vão encontrando corpos, abandonam os humanos mortos e puxam anjos inertes que podem acordar a qualquer momento.

Os anjos que fazem as buscas são maiores do que os que estão sendo resgatados. Os grandes levam espadas ao redor da cintura; imagino que isso indica que são guerreiros. Pelo que vejo, todas as vítimas são menores e não carregam espadas.

Agora que penso a respeito, quantos guerreiros eu vi no ninho da águia quando Raffe e eu caminhamos por ele? Havia os guardas. Alguns nos corredores. E aquela mesa cheia de guerreiros onde estava aquele canalha albino do Josias. A não ser por eles, ninguém mais carregava espadas. Será que trouxeram administradores e outros tipos não guerreiros para o nosso mundo? Cozinheiros? Paramédicos? E, se trouxeram, onde estavam os guerreiros quando o ninho da águia foi atacado?

Solto um gemido alto.

— O que foi? — sussurra Obi.

Tento imaginar uma forma de falar com eles sem ser ouvida. Dee-Dum deve ter uma ideia do que eu quero, porque pega um bloco de papel e uma caneta e os passa para mim.

Escrevo: "Quantos anjos guerreiros vocês viram no ninho da águia ontem à noite?"

Dee-Dum sacode a cabeça e separa minimamente o polegar e o indicador, indicando que foram muito poucos.

Ele lança um olhar para os anjos, e percebo a compreensão se formar em seu rosto. Ele escreve: "Mais aqui agora do que durante nosso ataque".

"Talvez estivessem em missão?"

Ele faz que sim.

Por pura sorte, parece que a resistência atingiu o ninho da águia quando quase todos os lutadores estavam fora. Não me admira que tantos anjos tenham tombado sem uma luta propriamente dita. Lembro o caos no saguão, com humanos e anjos correndo para todos os lados no início do ataque. Havia anjos correndo em direção aos tiros de metralhadora, tentando levantar voo. Pensei que fosse um comportamento temerário, mas talvez fosse apenas inexperiência e pânico.

Ainda assim, eles foram forçados a contar até mesmo com os anjos civis para pegar os caminhões da resistência, descartar soldados e pisotear as multidões desesperadas.

Agora, alguns dos anjos deitados no asfalto parecem seriamente feridos. Alguns deles estão tão mal que não conseguem nem voar sem ajuda. Os guerreiros os puxam pelos braços como se estivessem irritados e os conduzem no voo.

Até onde posso ver, nenhum deles está morto.

A expressão de Obi mostra que ele está começando a compreender os poderes curativos dos anjos. Eu falei durante a sessão de interrogatório que os anjos podiam se recuperar de coisas que matariam um humano, mas parece que Obi só agora começa a acreditar.

Quando os guerreiros chegam ao piso térreo, o que está no comando faz um sinal, e mais da metade dos anjos restantes pega seus feridos e levanta voo. Os que ficam parecem ressentidos por continuar escavando. Suspeito de que os guerreiros não gostam de fazer trabalho braçal.

Embora eu não consiga ver dentro da vala onde estão vasculhando, posso ouvir os gritos estridentes. Reconheço o som da coisa que me atacou e me paralisou no porão do ninho da águia. Ainda há alguns fetos de escorpião vivos lá embaixo.

O guerreiro no comando saca a espada e pula para dentro.

Um escorpião guincha. Pelo som, está virando espetinho.

9

NÃO DEMORA MUITO PARA AS ruas ficarem em silêncio. Não havia muitos escorpiões sobreviventes para começo de conversa, mas agora eu apostaria que não há mais nenhum.

Corpos masculinos saem do poço em disparada e desaparecem dentro da cobertura de nuvens. Um deles carrega um anjo inerte, o único dos que vi que parece morto.

Em algum lugar, bem longe, um trovão ribomba. O vento assobia por entre os corredores de edifícios.

Esperamos até parecer seguro o bastante para nos levantar e olhar mais de perto. Eu ficaria chocada se tivesse sobrado nem que fosse uma amostra de pele de anjos que pudéssemos levar conosco.

Nós nos aproximamos dos destroços, mas nos mantemos o mais escondidos possível, mesmo que a costa pareça livre.

Estamos perto o bastante da destruição fumegante para sermos atingidos por uma pedra, quando um rochedo de concreto despenca pela lateral da pilha de escombros. Paraliso no lugar, com olhos e ouvidos alertas.

Outro pedaço cai e rola em uma minúscula avalanche.

Algo está saindo do porão destruído. Todos nos escondemos atrás de carros, observando cautelosamente.

Mais pedregulhos caem e, após alguns instantes, mãos alcançam o topo dos escombros. Uma cabeça surge. De início, acho que é algum tipo de demônio irrompendo do inferno. Mas então a criatura projeta o resto do corpo para cima, tremendo e arfando.

É uma velha.

Nunca vi nada parecido. Está desmazelada, frágil e ossuda. O mais chocante de tudo é que sua pele é tão seca que quase parece charque.

Dee-Dum e eu nos entreolhamos, ambos nos perguntando o que ela está fazendo ali. Ela sobe até o topo e começa a caminhar de um jeito trêmulo pelo monte de destroços, movimentando-se como se tivesse artrite.

Está vestida num avental de laboratório surrado, cinco números maior do que deveria usar. Está tão sujo de terra e manchas com cor de ferrugem, que é difícil acreditar que um dia aquilo já foi branco. A mulher segura o tecido bem próximo ao corpo ao dar passos tímidos por cima dos pedregulhos, como se estivesse se segurando para não desmoronar.

O vento sopra seu cabelo no rosto, e ela mexe a cabeça em movimentos bruscos para afastá-lo. Há algo estranho tanto em seu cabelo cheio como nesse gesto. Levo um minuto para entender o que é.

Quando foi a última vez que vi uma velha jogar a cabeça para afastar o cabelo do rosto? Além do mais, os cabelos são escuros até a raiz, embora a última moda pós-apocalíptica para mulheres de idade seja pelo menos uns dois centímetros de raízes grisalhas.

Ela paralisa no lugar feito um animal assustado e olha para nós quando saímos detrás dos carros. Mesmo com o rosto ressequido, há algo familiar a seu respeito que me deixa com a pulga atrás da orelha.

Então uma lembrança cruza minha mente.

Uma imagem de duas criancinhas agarradas à cerca, observando a mãe caminhar em direção ao ninho da águia. A mãe se virando para lhes soprar um beijo de adeus.

Ela acabou se tornando o jantar no tanque do feto de um dos anjos-escorpiões. Eu quebrei seu tanque com a espada e a deixei lá, porque não conseguiria arrastá-la.

Ela está viva.

A diferença é que parece ter envelhecido uns cinquenta anos. Seus olhos, um dia belos, se afundaram no rosto. Suas faces estão tão marcadas que quase consigo ver o esqueleto que há por baixo. Suas mãos são garras cobertas de pele fina.

Ela se arrasta com horror absoluto ao nos ver levantar de nossos esconderijos. Foge quase de quatro, e meu coração se parte quando me lembro de sua saúde e beleza antes de os monstros a pegarem. Ela não vai conseguir chegar muito longe nessas condições, e se esconde, tremendo, atrás de uma caixa de correio.

É um fiapo de gente, mas é uma sobrevivente, e tenho que respeitar esse fato. Ela merece fugir do lugar onde foi enterrada viva, e vai precisar de energia para isso. Procuro nos bolsos a barra de Snickers. Procuro e procuro para ver se há algo menos valioso, mas não encontro nada.

Dou alguns passos em direção à pobre criatura, que se encolhe em seu esconderijo.

Minha irmã tem mais experiência nesse tipo de situação que eu. No entanto, acho que aprendi uma coisa ou duas de observar Paige fazer amizade com todos aqueles gatos abandonados e crianças deficientes. Coloco a barra de chocolate na rua onde a mulher possa ver, depois recuo alguns passos para lhe dar certo espaço seguro.

Por um momento a mulher me observa como um animal espancado. Depois apanha a barra mais rápido do que eu acreditava que fosse capaz. Rasga a embalagem numa fração de segundo e enfia o chocolate na boca. Seu rosto tenso relaxa assim que sente o sabor doce e as castanhas do Mundo Antes.

— Minhas filhas e meu marido — diz numa voz rouca. — Aonde foi todo mundo?

— Não sei — respondo. — Mas muita gente acabou no acampamento da resistência. Eles podem estar lá.

— Que acampamento da resistência?

— Foi a resistência que atacou os anjos. As pessoas estão se reunindo para se juntar a eles.

Ela pisca para mim.

— Eu me lembro de você. Você morreu.

— Nenhuma de nós morreu — respondo.

— Eu morri — diz ela. — E fui pro inferno. — A mulher envolve os braços finos ao redor de si mais uma vez.

Não sei o que dizer. Que diferença faz se ela morreu de verdade ou não? Certamente atravessou o inferno e tem aparência de quem fez mesmo isso.

Sanjay caminha até nós, como se estivesse se aproximando de um gato de rua.

— Qual é o seu nome?

Ela lança um olhar para mim em busca de afirmação, e eu balanço a cabeça.

— Clara.

— Sou Sanjay. O que aconteceu com você?

Ela olha para a mão de couro.

— Fui sugada até secar por um monstro.

— Que monstro? — pergunta Sanjay.

— Os anjos-escorpiões que mencionei — respondo.

— O médico do inferno disse que eu sairia livre se eu os levasse até minhas menininhas — diz ela com a voz ressequida. — Mas eu não as entregaria. Ele disse que o monstro deixaria minhas entranhas líquidas para bebê-las. Disse que os maduros não se dariam ao trabalho de matar antes, se não fosse preciso, mas os que estavam em desenvolvimento, sim.

Clara começa a tremer.

— Ele disse que seria a coisa mais excruciante que eu poderia imaginar. — Ela fecha os olhos, como se tentasse segurar as lágrimas. — Graças a Deus eu não acreditei nele. — Sua voz é sufocada. — Graças a Deus eu não sabia de nada. — Ela começa a chorar em solavancos secos, como se todos os seus fluidos tivessem realmente sido sugados.

— Você não abriu mão das suas filhas e está viva — digo. — É isso que importa.

Ela coloca a mão trêmula no meu braço, depois se vira para Sanjay.

— O monstro estava me matando. E, do nada, ela veio e me salvou.

Sanjay me olha com respeito renovado. Eu me preocupo que ela conte sobre Raffe, mas o que aconteceu foi que ela desmaiou no porão assim que me viu ser ferroada por um escorpião, por isso não se lembra de muita coisa.

O estado de Clara me corrói como ácido enquanto mexemos nos destroços. Sanjay está sentado na calçada ao lado dela, conversando gentilmente e fazendo anotações. Confortar uma pessoa como ela é algo que minha irmã teria feito no Mundo Antes.

Encontramos uns dois escorpiões esmagados, mas não vemos nada dos anjos propriamente ditos. Nem uma gota de sangue ou resquício de pele que possa nos ajudar a saber algo sobre eles.

— Só uma bombinha atômica — diz Dum, mexendo nos destroços. — É tudo o que eu peço. Não sou ganancioso.

— É, isso e as chaves de detonação — responde Dee, chutando um bloco de concreto e parecendo contrariado. — Sério, eles tinham mesmo que esconder as bombas de todos nós? A gente não ia ter tratado como brinquedo e explodido um pasto cheio de vacas, nem nada do tipo.

— Nossa, cara — diz Dum. — Isso teria sido irado. Imagina só? *Buuuum!* — Ele imita uma nuvem de cogumelo. — *Muu!*

Dee lança a Dum um longo olhar de sofrimento.

— Você é uma criança, mesmo. Não se pode desperdiçar um artefato atômico desse jeito. A gente tem que descobrir uma forma de controlar a trajetória para que, quando a bomba explodir, dispare as vacas radioativas nos nossos inimigos.

— Pode crer — diz Dum. — Esmagar uns e infectar os outros.

— Claro, você tem que colocar as vacas no perímetro do marco zero, perto o bastante para que sejam ricocheteadas, mas na distância certa para não se transformarem em poeira radioativa — observa Dee. — Tenho certeza que, com um pouco de treino, a gente consegue colocar as vacas na mira *certinha*.

— Ouvi dizer que os israelenses explodiram os anjos com bombas atômicas. Mandaram eles de volta pelos ares — comenta Dum.

— Isso é mentira — diz Dee. — Ninguém explodiria o país inteiro na esperança de que alguns anjos pudessem estar no ar no momento da explosão. O ponto é que esse não é um comportamento atômico responsável.

— Diferente de mísseis nucleares de vacas — diz Dum.

— Exato.

— Além do mais — continua Dum —, até onde a gente sabe, eles poderiam se tornar antissuper-heróis. Talvez simplesmente absorvessem a radioatividade e a disparassem de volta na gente.

— Eles não são super-heróis, seu idiota — diz Dee. — São apenas pessoas que conseguem voar. Eles viraram fragmentos na explosão, assim como qualquer um.

— Então como é que não tem corpos de anjos aqui? — pergunta Dum. Estamos no meio dos escombros, olhando para o buraco que vai até o que costumava ser o porão.

Pedaços de corpos humanos estão dispersos sobre os destroços, mas nenhum deles tem asas.

O vento fica mais forte e nos salpica de garoa gelada.

— Eles não podem ter simplesmente se ferido, não com aquele monte de balas e com um prédio desabando — diz um dos rapazes que veio em outro carro. — Podem?

Todos nos entreolhamos, sem querer dizer o que estamos pensando.

— Eles levaram alguns corpos embora — observa Dee.

— Verdade — diz Dum —, mas eles poderiam estar inconscientes, nunca se sabe.

— Tem que ter um anjo morto por aqui — diz Dee, erguendo um bloco de concreto e examinando embaixo dele.

— Concordo. Tem que ter alguma coisa.

Mas não tem.

10

NO FIM, A ÚNICA COISA que trazemos de volta é o que sobrou dos poucos escorpiões mortos que encontramos espalhados debaixo das ruínas, e sua única vítima sobrevivente, Clara.

Quando estacionamos na frente da escola, Sanjay caminha com Clara, fazendo perguntas em tom baixo. Não preciso perguntar nada para saber que ela só quer encontrar o marido e as filhas. Todos que a veem se desviam do caminho, parecendo pensar que ela tem uma doença contagiosa.

Quando voltamos para nossa sala de história, o fedor de ovos podres me atinge assim que abro a porta. Os parapeitos estão ladeados de caixas de ovos velhos. De alguma forma, minha mãe conseguiu encontrar um estoque deles.

Ela saiu. Não sei o que está fazendo ou onde está, mas isso é bem normal para nós.

Paige está sentada na cama improvisada, com a cabeça baixa. Seus cabelos cobrem os pontos, e quase consigo fingir que não os vejo. Os fios são tão brilhantes e saudáveis como os de qualquer criança de sete anos. Ela usa um vestido com estampa floral, meia-calça e um par de tênis cor-de-rosa de cano alto, que oscila na beirada do catre.

— Onde está a mãe?

Paige balança a cabeça. Ela não disse muita coisa desde que a encontramos.

Em uma cadeira ao lado da cama está uma tigela de sopa de frango com uma colher. Parece que minha mãe não teve muita sorte em alimentá-la.

Quando foi a última vez que Paige comeu? Pego a tigela e me sento na cadeira.

Encho uma colherada de sopa e levanto na direção dela. Só que Paige não abre a boca.

— Eeee, olha o aviãozinho... — Faço um pequeno sorriso de palhaça quando tento enfiar a colher em sua boca. — *Vuuuush!* — Costumava funcionar quando ela era menor.

Paige ergue os olhos para mim e tenta sorrir, mas para quando os pontos começam a repuxar.

— Vai, está uma delícia. — Tem carne ali. Eu derrubei a lei e declarei que Paige não poderia mais ser vegetariana assim que começamos a ter problemas para encontrar comida. Será que é isso que a está impedindo de tomar a sopa?

Talvez não.

Paige sacode a cabeça. Não está mais vomitando, mas também não tenta mais comer.

Devolvo a colher à tigela.

— O que aconteceu quando você estava com os anjos? — pergunto com o máximo de delicadeza possível. — Você consegue falar a respeito?

Ela olha para o chão. Uma lágrima reluz em seus cílios.

Eu sei que ela *consegue* falar porque me chamou de "Ryn-Ryn" como costumava fazer quando era pequena, e "mãe" ou "mamãe". E "fome". Isso ela disse várias vezes.

— Somos só nós aqui. Ninguém está ouvindo. Você quer me dizer o que aconteceu?

Ela sacode a cabeça lentamente e olha para os pés. Uma lágrima cai sobre o vestido.

— Tudo bem, não precisamos falar sobre isso agora. Nunca vamos tocar nesse assunto se você não quiser. — Coloco a tigela no chão. — Mas você sabe o que consegue comer?

Ela sacode a cabeça de novo.

— Fome. — O sussurro é tão baixinho que eu mal ouço. Seus lábios mal se abrem para falar, mas ainda consigo captar um vislumbre dos dentes de navalha.

Minhas entranhas se reviram.

— Você consegue me dizer fome de que está sentindo? — Uma parte minha quer desesperadamente saber a resposta. Mas o restante morre de medo do que ela possa dizer.

Paige hesita antes de sacudir a cabeça mais uma vez, negando.

Minha mão se ergue irrefletidamente. Estou prestes a acariciar seus cabelos, como sempre fiz. Ela me olha, e as mechas se afastam da sutura.

Pontos irregulares e grosseiros cruzam seu rosto. Os pontos que correm dos lábios às orelhas lhe proporcionam um sorriso forçado. Vermelhos, pretos e arroxeados, eles gritam por atenção. Descem pelo pescoço e entram no vestido. Eu queria que não houvesse uma linha cortando seu pescoço, como se tivessem costurado sua cabeça ao corpo.

Minha mão hesita sobre sua cabeça, quase tocando o cabelo, mas não exatamente.

Depois eu a deixo cair ao lado do corpo.

Eu me viro para o outro lado.

Uma pilha de roupas está sobre o catre da minha mãe. Vasculho em busca de um jeans e um agasalho. Minha mãe nem se importou em tirar as etiquetas, mas já costurou uma estrela amarela de muitas pontas na base da perna da calça, para se proteger do bicho-papão. Não me importo, contanto que a calça esteja seca e não tenha um cheiro forte demais de ovos podres.

Tiro as roupas molhadas e me troco.

— Vou ver se consigo encontrar alguma outra coisa para você comer. Eu volto logo, tá?

Paige faz que sim e olha mais uma vez para o chão.

Saio desejando que tivesse uma jaqueta seca para cobrir minha espada. Considero vestir a molhada, mas decido que é melhor não fazer isso.

A escola fica numa esquina privilegiada que dá para um bosque de propriedade da Universidade de Stanford, de um lado da rua, e para um centro comercial sofisticado, do outro. Vou andando até as lojas.

Meu pai sempre dizia que circula muito dinheiro nessa região, e até o centro comercial demonstra isso. Há muito tempo, no Mundo Antes, era possível ver Steve Jobs, o fundador da Apple, tomando café da manhã aqui, enquanto ele ainda era um morador do Vale do Silício. Ou pegar Mark Zuckerberg, o fundador do Facebook, comendo alguma coisa com os amigos.

Todos eles pareciam gerentes comuns para mim, mas meu pai adorava tudo isso. "Tecnocratas", como ele os chamava. Tenho certeza de que vi Zuckerberg fuçando a latrina ao lado de Raffe outro dia, no acampamento. Acho que um bilhão de dólares não compra muito respeito no Mundo Depois.

Vou andando sorrateiramente de carro em carro como se fosse uma sobrevivente qualquer na rua. O estacionamento e as calçadas estão basicamente desertos, mas, dentro das lojas, as pessoas estão agitadas, correndo de um lado para o outro. Algumas pegam roupas. Provavelmente é um lugar tão bom quanto os demais para encontrar uma jaqueta, mas a comida vem em primeiro lugar.

As placas de hamburguerias, restaurantes mexicanos e lojas de sucos fazem minha boca salivar. Houve um tempo em que eu poderia entrar em qualquer um desses lugares e pedir comida. Difícil de acreditar.

Sigo para o supermercado. Há uma fila lá dentro, onde pessoas não podem ser vistas de cima. Não estive em um supermercado desde os primeiros dias do ataque.

Algumas lojas tiveram as prateleiras devastadas por uma multidão em pânico, enquanto outras fecharam completamente para que ninguém conseguisse entrar. As gangues organizadas do Mundo Antes chegaram a saquear as lojas já no dia seguinte ao Grande Ataque, quando se tornou claro que nada mais era garantido.

A pena ensanguentada pendurada na porta me diz que esse supermercado é dominado por uma gangue. Só que, pela aparência de todas as pessoas aqui dentro, a gangue é generosa o bastante para dividir com o restante de nós, ou perdeu algum tipo de briga contra a resistência.

As marcas de palmas ensanguentadas nos vidros da porta de entrada me fazem pensar que a gangue não estava nem um pouco feliz sobre abrir mão de seus tesouros.

Lá dentro, o pessoal da resistência distribui pequenas quantidades de comida. Um punhado de biscoitos salgados, uma concha de castanhas, macarrão instantâneo. Há quase o mesmo número de soldados aqui dentro do que havia durante o ataque contra o ninho da águia. Eles montam guarda nas mesas de comida, com os rifles à mostra.

— É só isso por enquanto, pessoal — diz um dos responsáveis pela comida. — Aguentem firme, e vamos poder começar a cozinhar as refeições logo. Isso aqui é só para enganar o estômago até a gente conseguir ter fogo nas cozinhas.

Um soldado grita:

— Um pacote por família! Sem exceções!

Acho que ninguém contou a eles sobre a entrega de comida no quartel-general de Obi. Olho em volta para avaliar a situação.

Há um pessoal da minha idade, mas não reconheço ninguém. Mesmo que todos sejam altos como adultos, não ficam muito longe de seus pais. Algumas meninas estão debaixo dos braços de suas mães e pais, como se fossem criancinhas. Todos parecem seguros, protegidos e amados, como se pertencessem a um núcleo.

Queria saber como é isso. É tão bom como parece visto de fora?

Percebo que estou de braços cruzados, como se abraçasse a mim mesma. Relaxo os braços e endireito a postura. A linguagem corporal diz muito sobre nosso lugar no mundo, e a última coisa que quero é parecer vulnerável.

Noto algo mais. Várias pessoas estão olhando para mim, a adolescente sozinha na fila. Já me disseram que eu pareço ter menos de dezessete anos, provavelmente porque sou pequena.

Há rapazes grandes carregando martelos e bastões, mas tenho certeza de que eles prefeririam carregar uma espada como a que tenho nas costas. Um revólver seria melhor, mas revólveres são mais complicados de roubar, e, nesse estágio do jogo, apenas homens fortões parecem tê-los.

Percebo que os homens me analisam, e sei que não existe esse negócio de porto seguro no Mundo Depois.

Por nenhum motivo em especial, o rosto esculpido de Raffe aparece em minha mente. Ele tem um hábito enervante de fazer isso.

Quando chego ao começo da fila, já estou com bastante fome. Odeio pensar em como Paige deve estar se sentindo. Alcanço a mesa de distribuição e estendo a mão, mas o cara me dá uma olhada e sacode a cabeça.

— Um pacote por família, desculpe. Sua mãe já passou.

— Ah, é? — Ah, as alegrias da fama e do infortúnio. Provavelmente somos a única família que é reconhecida por metade das pessoas no acampamento.

O cara me olha como se já tivesse ouvido de tudo, todas as desculpas possíveis para se obter mais comida.

— Tem uns ovos podres nos fundos, se você quiser mais caixas.
Ótimo.
— Ela só pegou ovos podres, ou também pegou comida de verdade?
— Eu me certifiquei de que ela pegasse comida de verdade.
— Obrigada. Fico realmente grata. — Então me viro. Posso sentir o peso de seus olhos me observando, ao caminhar sozinha em direção ao estacionamento cada vez mais escuro. Eu não tinha percebido como estava ficando tarde.

Em minha visão periférica, vejo um homem acenar para outro com a cabeça, que depois faz sinal para um terceiro.

São grandes e carregam armas. Um tem um bastão pendurado no ombro. Outro tem cabos de martelo despontando dos bolsos da jaqueta. O terceiro tem uma grande faca de cozinha presa ao cinto.

Os três deslizam casualmente atrás de mim.

11

EU TINHA PLANEJADO CONSEGUIR UMA jaqueta na loja, mas até parece que vou entrar num espaço fechado ao entardecer com esses valentões me seguindo.

Caminho até o estacionamento aberto, abaixando-me atrás de um carro e de outro, conforme fomos instruídos a fazer.

Os caras fazem o mesmo atrás de mim.

Meus instintos do Mundo Depois me gritam para correr; meu eu primitivo sabe que estou sendo perseguida e caçada.

No entanto, meu cérebro do Mundo Antes me diz que eles não fizeram nada ameaçador. Só estão caminhando atrás de mim, e para onde mais eles iriam, se não para a escola do outro lado da rua?

Estou de volta a um grupo semiorganizado de pessoas. Não posso me comportar como uma selvagem, como se fosse uma esquizofrênica paranoica.

Certo.

Desato a correr.

Assim como os caras atrás de mim.

Seus pés tocam o chão mais depressa e chegam mais perto a cada passo que dou.

Suas pernas são mais longas e mais fortes que as minhas. É só uma questão de segundos até me alcançarem. Sou mais ágil que os três, então posso correr em zigue-zague sem me importar com nada, mas isso só vai me fazer ganhar mais alguns segundos.

Passo correndo por várias pessoas agachadas atrás de carros, a caminho da escola. Nenhuma delas parece disposta a me ajudar.

A estratégia para agir contra ladrões é largar o que quer que eles estejam buscando e correr pra diabo, porque nossa segurança vale muito mais do que nossa carteira. Não é nenhuma conclusão excepcional. Só que ou eles estão atrás de mim, ou estão atrás da espada de Raffe. E não posso abrir mão de nenhuma das duas coisas.

Minha adrenalina dispara, e o medo ecoa em meus ouvidos. Mas meu treinamento entra em prática, e enumero minhas opções automaticamente.

Eu poderia gritar. Os homens de Obi estariam aqui em um segundo. Mas os anjos também, se estiverem num raio audível. Existe uma razão para precisarmos ficar em silêncio e longe do alcance da visão. Eu colocaria todo mundo em risco se gritasse, e os soldados poderiam atirar em todos nós com as armas equipadas com silenciadores, só para me fazerem calar a boca.

Eu poderia correr para o edifício de Obi. Só que é longe demais.

Ou eu poderia parar e lutar. Só que minhas chances são muito pequenas contra três homens armados.

Não gosto de nenhuma das opções.

Corro o mais rápido e para o mais longe que consigo. Meus pulmões queimam e sinto uma dor na lateral do corpo, mas, quanto mais próximo eu conseguir chegar do edifício de Obi, melhor é minha chance de que seus homens nos vejam e detenham os agressores.

Quando sinto um arrepio nas costas que me diz que eles estão chegando perto demais, eu me viro e saco a espada.

Droga, com certeza eu gostaria de saber manuseá-la.

Os homens param derrapando e se espalham na minha frente.

Um deles levanta o bastão, pronto para o ataque. Outro pega os dois martelos dos bolsos do casaco. O terceiro empunha a faca de cozinha que estava no cinto.

Estou muito ferrada.

As pessoas param para assistir: alguns poucos rostos através de janelas, uma mãe e um filho numa porta aberta, e um casal mais velho debaixo de um toldo.

— Chamem os homens do Obi — grito num sussurro para o casal.

Eles se agarram um ao outro com força e se escondem atrás de um pilar.

Seguro minha espada como se fosse um sabre de luz. Basicamente, é o único conhecimento de espada que tenho. Já treinei com facas, mas espada é um bicho completamente diferente. Eu poderia bater neles como se fosse um porrete. Ou talvez, se eu jogasse a espada, poderia ter uma chance de correr.

Contudo, há um certo brilho nos olhos deles que me diz que isso não tem só o propósito de conseguir uma arma bonita de um alvo fácil.

Começo a andar para o lado, na tentativa de alinhá-los numa fila, só para que uns fiquem no caminho dos outros quando correrem todos para cima de mim ao mesmo tempo. Porém, antes que eu consiga me posicionar, um dos caras joga um martelo em minha direção.

Eu me abaixo.

Depois salto.

Tudo acontece tão depressa que mal consigo absorver o que está se passando.

Não tenho espaço para brandir a lâmina, então corro para um dos agressores com o cabo da espada. Sinto o triturar das costelas quando ele cai.

Tento virar a espada para o outro homem, mas sou agarrada e perco o equilíbrio bruscamente. Eu me preparo para uma pancada magistral — do bastão, não do martelo.

Para minha sorte, as duas armas sobem juntas, uma na mão de cada homem. O bastão e o martelo são silhuetas negras recortadas no céu crepuscular, naquela fração de segundo que antecede um golpe destruidor.

Mas então um borrão é seguido por um grunhido, atingindo os homens e os derrubando no chão.

Um deles fica boquiaberto, olhando para suas roupas. Há sangue em sua camisa. Ele olha em volta, aturdido.

Nossos olhares repousam sobre aquela coisa agachada, que rosna nas sombras e parece prestes a atacar novamente.

Quando o vulto sai da escuridão, vejo o vestido florido familiar, a meia-calça e os tênis cor-de-rosa de minha irmã.

Um moletom de zíper está dependurado em seus ombros, e seu cabelo escorre pelo rosto, mostrando vislumbres de pontos inflamados e dentes de navalha. Paige rodeia os homens como uma hiena, quase andando de quatro.

— Que diabos... — diz um dos agressores no chão, caminhando de costas.

Acho assustador vê-la dessa forma. Com todos os ferimentos no rosto e o metal reluzindo nos dentes, ela parece um pesadelo que ganhou vida, um pesadelo do qual eu deveria fugir. Posso dizer que os demais pensam o mesmo.

— *Shh* — digo hesitante, estendendo as mãos para Paige. — Está tudo bem.

Ela solta um grunhido gutural. Está prestes a investir contra um dos caras.

— Calma, querida — digo. — Estou bem. Vamos só sair daqui, tá?

Ela nem sequer me olha. Seu lábio treme e ela vigia a presa.

Há gente demais observando.

— Paige, vista o capuz — sussurro. Não me importo com o que pensam os agressores, mas me preocupo com as histórias que os espectadores podem espalhar.

Para minha surpresa, Paige puxa o capuz. Um pouco da tensão em meus músculos se alivia. Ela está consciente e me ouve.

— Está tudo bem — sussurro, aproximando-me da minha irmã e enfrentando meus instintos de fugir dela. — Esses homens maus vão embora e deixar a gente em paz.

Os homens se levantam, mas não desviam o olhar de Paige nem por um segundo.

— Tire essa aberração de perto de mim — diz um. — Essa coisa não é humana.

Minha mãe havia se aproximado sorrateiramente dos agressores sem que nenhum de nós tivesse percebido.

— Ela é mais humana do que você jamais vai ser.

E espeta a arma de choque nas costelas do cara. Ele se afasta bruscamente, com um ganido abafado.

— Ela é mais humana que qualquer um de nós. — Minha mãe tem um jeito de sussurrar que parece que está gritando.

— Essa coisa precisa ser abatida — diz o sujeito empunhando o porrete.

— É você que precisa ser abatido — retruca minha mãe, aproximando-se dele com o bastão de choque.

— Some da minha frente. — Sem o porrete e sem o reforço dos companheiros, ele parece um cara de tamanho normal, com coragem abaixo do normal.

Minha mãe brande a arma contra ele, produzindo um zunido no ar.

O cara dá um salto para trás e escapa por pouco.

— Vocês são todas loucas. — Ele dá meia-volta e sai correndo.

Minha mãe corre atrás dele enquanto o sujeito foge para dentro de um prédio.

O cara não vai ter uma boa noite.

Coloco a espada na bainha com as mãos trêmulas, sob o efeito da adrenalina pós-combate.

— Venha, Paige, vamos entrar.

Ela caminha na minha frente. De capuz, parece uma garotinha dócil. Mas o casal debaixo do toldo não se deixa enganar. Eles viram o que aconteceu e encaram Paige com olhos arregalados, aterrorizados. Será que todo mundo está fazendo a mesma coisa?

Quase coloco a mão no ombro dela, mas não chego a tocar. Deixo a mão cair antes disso.

Entramos em nosso prédio, sob o peso dos olhos observadores às nossas costas.

12

ESSA NOITE TENHO UM SONHO bizarro.

Estou em um vilarejo feito de cabanas de barro batido e telhados de palha. Há uma enorme fogueira que ilumina a noite, e todo mundo está fantasiado, comendo, bebendo e circulando. A música ecoa estridente e as pessoas vão circulando ao redor da fogueira, atiçando suas labaredas.

Todos os elementos que marcam uma festividade estão presentes, mas as pessoas estão em alerta, lançando olhares furtivos ao redor, e só se ouvem algumas poucas risadas agudas. A grande fogueira espalha longas sombras que se mexem e giram feito seres sinistros na encosta da montanha.

Acho que estou ficando assustada, porque as pessoas estão fantasiadas de monstros de um jeito orgânico demais para o meu gosto. Não há borracha ou plástico para me lembrar de que se trata apenas de fantasias. Elas usam peles, cabeças de animais e garras que parecem reais demais para meu conforto.

Raffe está nas proximidades, encoberto pelas sombras, todo alto com suas asas semiabertas, brancas como a neve. Fico sem fôlego ao ver seus ombros largos e seus braços musculosos, emoldurados pelas asas. E triste ao perceber que, na realidade, ele não as tem mais.

Os aldeões olham para ele, especialmente quando passam perto, mas seus olhares não demonstram choque ou medo, como eu imaginava. Eles agem como se estivessem acostumados a ver anjos e não prestam muita atenção. Pelo menos não os homens.

As mulheres, por outro lado, reúnem-se em volta dele. De alguma forma, isso não me surpreende muito.

Elas usam vestidos escuros que parecem cortinas de palco. Têm círculos escuros ao redor dos olhos e lábios vermelho-sangue. Uma delas tem chifres de demônio. Algumas têm garras amarradas às mãos. Outras usam peles de bode que incluem cascos e chifres, e maquiagem combinando.

Todos parecem bizarramente bárbaros, e a luz bruxuleante do fogo contribui para a aparência selvagem. Apesar das asas, Raffe é o único que parece "normal".

Estranhamente, minha mente no sonho capta alguns dos pensamentos de Raffe. Enxergo os humanos da forma como ele os enxerga, alienígenas e bestiais. Comparadas à perfeição dos anjos, essas filhas dos homens são feias e cheiram a porcos. Ele tenta imaginar o que seus vigias poderiam enxergar nessa gente. Ele não vê nada digno de arriscar levar a menor reprimenda, que dirá digno do abismo.

Ainda que Raffe pudesse ir além da aparência e do comportamento, elas não têm asas. Como seus anjos poderiam suportar uma coisa dessas?

— Onde estão nossos maridos? — pergunta uma das mulheres. Ela fala uma linguagem gutural que eu normalmente não entenderia, embora, no sonho, eu entenda.

— Eles foram condenados ao abismo por se casarem com as filhas dos homens. — Sua voz é controlada, mas há um som subjacente de raiva. Eles eram seus melhores guerreiros e bons amigos.

As mulheres começam a chorar.

— Por quanto tempo?

— Até o dia do Juízo Final, quando finalmente vão receber o julgamento. Vocês não os verão mais.

As mulheres choram nos braços umas das outras.

— E quanto aos nossos filhos?

Raffe continua em silêncio. Como alguém diz a uma mãe que está ali para perseguir e matar os bebês dela? Ele desceu à terra para poupar seus vigias das dores de caçar os próprios filhos. Mesmo que fossem nefilins, monstros que comem carne humana, que tipo de punição atroz isso significaria para um pai? Ele não poderia permitir, não a seus soldados.

— Você está aqui para nos punir?

— Estou aqui para protegê-las. — Ele não planejava proteger as esposas, mas os vigias imploraram. Imploraram. Raffe era incapaz de conceber a ideia de seus guerreiros mais ferozes implorando qualquer coisa, que dirá em nome das filhas dos homens.

— De quê?

— As esposas dos vigias foram entregues aos endiabrados. Eles virão atrás de vocês esta noite. Precisamos levá-las para algum lugar seguro. Vamos.

Olho em volta, para todas as fantasias e a fogueira. Então me dou conta de que deve ser alguma versão antiga do Dia das Bruxas, quando, dizia-se, monstros e demônios rondavam as ruas. Esta noite eles virão com força total.

As mulheres se seguram umas nas outras, mortas de medo.

— Eu disse para não se meterem nos assuntos de deuses e anjos — diz uma mulher grisalha, que abraça uma jovem com jeito protetor. Ela está vestida com pele de cordeiro, com uma cabeça que encobre sua testa. Há também presas que fazem lembrar um tigre-dentes-de-sabre.

Raffe começa a se afastar do vilarejo.

— Ou vocês vêm comigo, ou ficam. Só posso ajudar os que querem ser ajudados.

A mulher mais velha empurra a filha na direção de Raffe. As outras seguem, amontoadas, apressando-se para acompanhar, como se fossem um estranho bando de animais de zoológico.

A música vai aumentando perto da fogueira, à medida que nos afastamos dela. O tempo se acelera e a batida acompanha, até que a respiração ofegante das mulheres se equipara.

Bem quando penso que o crescendo vai chegar ao ápice, a música para.

Um bebê chora através da noite.

Então o lamento é interrompido. O fim é abrupto demais para ser natural, e o silêncio agudo faz meus pelos se arrepiarem.

Uma mulher dá um grito desconsolado. Não há surpresa, apenas dor e sofrimento.

Tenho vontade, ao mesmo tempo, de correr para a fogueira para ver se o bebê está bem e de fugir desses aldeões bárbaros. Eles não parecem nem um pouco surpresos nem afetados por seja lá o que esteja acontecendo perto do fogo, como se fosse parte de seu ritual costumeiro.

Quero contar a Raffe que não somos todos como essas pessoas. Que *eu* não sou como essas pessoas. Que sou apenas um fantasma no meu próprio sonho.

Raffe discretamente saca a espada, em pleno alerta.

Eles estão vindo.

Bem quando a música começa de novo, agora acompanhada por um canto, Raffe gira para olhar atrás de si.

A encosta da colina está repleta de sombras rastejantes.

13

AGACHADOS, CURVADOS. ASAS NEGRAS ATROFIADAS. Formas de homens emaciados.

Não sei o que são, mas meu cérebro primitivo os reconhece porque, mesmo no sonho, meu coração acelera e meus instintos sussurram: *corre, corre, corre.*

As sombras saltam em nossa direção.

Duas delas caem sobre uma mulher e a derrubam. Fincam-lhe as garras. Ela implora a Raffe, com olhos aterrorizados.

Um de seus guerreiros amava essa filha do homem. Abriu mão de sua vida inteira por ela. Preocupou-se com ela quando foi condenado ao abismo. A razão disso está além da compreensão de Raffe, mas não impede que sua compaixão aflore.

Raffe chuta um endiabrado, que cai sobre ele, e brande a espada contra os demônios que atacam a mulher.

Então acontece uma coisa estranha.

Estranha até mesmo para esse sonho.

Raffe começa a se movimentar em câmera lenta.

E o restante das pessoas também... menos eu.

Nunca tive um sonho em câmera lenta antes. Consigo ver quase todos os músculos de Raffe, quando ele movimenta a espada e golpeia os endiabrados, que fincam as garras na mulher caída.

Quando um deles solta um guinchado na forma de seu grito de morte, tenho uma boa visão. Ele tem uma cara de morcego, amassada e enrugada, com caninos afiados. Uma coisa horrorosa se você me perguntar.

Estou prestes a estender as mãos para impedir instintivamente que o sangue caia devagar sobre mim, quando me dou conta de que a espada de Raffe também está em minhas mãos, embora ele já a esteja usando.

Cada detalhe de Raffe retalhando os demônios durante o ataque é claro. Em câmera lenta, assimilo sua postura, a mudança de ponto de apoio, a forma como ele empunha a arma.

Quando ceifa uma legião de monstros, essa parte do sonho para. E então a sequência se repete.

É como um vídeo instrutivo muito real.

Devo ter ficado seriamente frustrada por minha falta de habilidades de espadachim, para criar tudo isso. Minha cabeça no sonho dói só de pensar.

Levanto a espada, imitando a postura de Raffe. Por que não? Ele é mestre na luta com espadas, e é possível que meu subconsciente tenha captado detalhes, quando o vi lutar na vida real, que meu cérebro consciente não captou. Tento brandir, imitando Raffe. Mas devo estar fazendo errado, pois o movimento dele se repete.

Faço o mesmo.

Corto para a esquerda, para cima e giro; corto para a direita, para trás e giro. Ele faz esses movimentos algumas vezes e depois muda de tática e dá estocadas. Não deve ser má ideia garantir que os movimentos não sejam previsíveis.

A espada se ajusta aqui e ali para melhorar minha técnica. Praticamente trabalha sozinha, permitindo-me concentrar no trabalho de pernas que Raffe está fazendo. Aprendi ao longo dos anos, em vários treinamentos de defesa pessoal, que o trabalho de pernas é tão importante quanto o de braços e mãos.

Ele desliza para frente e para trás como um dançarino, sem nunca cruzar os pés. Imito sua dança.

Braços sinuosos irrompem do chão, espirrando terra em câmera lenta por toda parte, na tentativa de agarrar a mulher. Eles brotam do chão, abrem buracos para sair e cospem terra da boca ao subirem.

Algumas mulheres entram em pânico e correm noite adentro.

— Fiquem comigo! — grita Raffe.

Mas é tarde demais. Os endiabrados saltam sobre elas e os gritos se intensificam.

Raffe agarra a mulher mais próxima que estava sendo puxada para dentro da terra por mãos demoníacas. As garras afiadas fincam-lhe a carne para segurá-la enquanto ela esperneia apavorada, em câmera lenta.

Raffe a puxa da terra e brande a espada simultaneamente, cortando e chutando os monstros.

É assim que luta um herói.

Eu o imito, movimento após movimento, desejando ajudar.

Raffe e eu lutamos durante toda a noite.

ACORDO TREMENDO NA ESCURIDÃO, NAQUELA hora silenciosa antes da aurora. O sonho foi tão vívido que é como se eu estivesse fisicamente lá. Leva alguns minutos para que meus batimentos cardíacos voltem ao normal e a adrenalina se dissipe.

Então me arrumo para que a guarda da espada não espete minhas costelas, debaixo do cobertor. Fico deitada escutando o vento e me perguntando onde Raffe estará agora.

14

ELA NÃO COME HÁ TRÊS dias.

Minha irmã bebeu um pouco de água, mas foi tudo o que conseguiu segurar no estômago. Minha mãe e eu a persuadimos a engolir umas colheradas de ensopado de veado, mas ela teve ânsia na hora. Tentamos tudo: de caldo a legumes. Paige não consegue segurar nada no estômago.

Minha mãe está profundamente preocupada. Tanto que mal saiu de perto de Paige desde que a encontramos no porão do ninho da águia. A pele de Paige está branca como a de um cadáver. É como se todo o seu sangue tivesse sido drenado para os buracos vermelhos da sutura irregular.

— Veja os olhos dela — diz minha mãe, como se entendesse que a outra Paige dominasse quando olho para ela agora.

Mas não posso. Continuo fitando os pontos quando lhe ofereço um pouco de broa de milho. O corte na bochecha é torto, como se o cirurgião nem tivesse prestado atenção.

— Olhe nos olhos dela — minha mãe repete.

Eu me forço a erguer o olhar, mas minha irmã me faz o favor de desviar o dela.

O movimento dos olhos não parece o de um monstro. Se fosse assim, seria muito fácil. Em vez disso, é o olhar cabisbaixo de uma garota do segundo ano, familiar demais para ser rejeitada. É o olhar que ela costumava exibir nas situações em que outras crianças apontavam, quando ela passava com a cadeira de rodas.

Eu poderia me dar um chute. Forço-me a olhar para ela, mas ela não faz contato visual.

— Quer um pouquinho de broa? Acabei de tirar do forno.

Ela move a cabeça, quase imperceptivelmente. Não há nenhuma contrariedade, apenas tristeza, como se estivesse se perguntando se estou brava com ela ou se penso coisas ruins a seu respeito. Em algum lugar atrás desses pontos e hematomas, vislumbro a alma solitária e perdida da minha irmã.

— Ela está morrendo de fome — diz minha mãe. Seus ombros estão curvados, sua postura é abatida. Ela não é exatamente o tipo de pessoa "copo meio cheio", mas não presenciei seus sentimentos assim tão desesperançados desde o acidente, quando Paige perdeu o uso das pernas.

— Você acha que consegue comer carne crua? — Odeio fazer essa pergunta. Já me acostumei tanto com o fato de ela ser vegetariana convicta que parece que estou abrindo mão da ideia de Paige ser Paige.

Minha irmã me lança um olhar repleto de culpa e timidez, mas também de vontade. Ela baixa os olhos de novo, como se estivesse envergonhada. Quando sua garganta faz o movimento de engolir, é impossível não ver. Sua boca está salivando só de pensar em carne crua.

— Vou ver se consigo um pouco para ela. — Coloco a mão na espada.

— Faça isso — diz minha mãe, com uma voz inexpressiva e sem vida.

Saio, determinada a encontrar alguma coisa que Paige possa comer.

A cantina tem fila, como sempre. Preciso inventar uma história que convença o pessoal da cozinha a me dar carne crua. Não consigo pensar em um só motivo. Até mesmo um cachorro comeria carne cozida.

Então, relutante, dou as costas para a fila da comida e sigo para o bosque do outro lado de El Camino Real. Eu me preparo para dar uma de mulher das cavernas, esperando encontrar um esquilo ou um coelho. Claro, não faço ideia do que vou fazer com eles, se conseguir apanhá-los.

Em minha mente ainda civilizada, a carne vem embalada e fica no refrigerador. Mas, se eu tiver sorte, vou descobrir exatamente por que Paige decidiu se tornar vegetariana aos três anos.

A caminho do bosque, pego um desvio para fazer umas comprinhas. Brincar com Dee-Dum outro dia me fez pensar. Os caras querem armas. Uma máquina mortífera cuja principal função seja intimidar, só de acenar com ela. No entanto, se a mesma espada afiada estiver disfarçada de brinquedinho fofo, os grandes homens maus vão passar reto e procurar outra freguesia onde possam roubar uma arma.

Tenho sorte. Há uma loja de brinquedos no centro comercial. No segundo em que entro na loja colorida, cheia de blocos gigantes e pipas de arco-íris, sinto uma onda de nostalgia. Só quero me esconder e brincar no canto, cercada por bichinhos de pelúcia macios, e ler livros ilustrados.

Minha mãe nunca foi normal, mas era melhor quando eu era pequena. Eu me lembro de correr e brincar em cantos como esse, cantando músicas com ela ou me sentando em seu colo enquanto ela lia para mim. Passo as mãos pela pelúcia macia dos ursos panda e sobre o plástico liso dos trens de brinquedo. Então lembro como era quando ursos, trens e mães me faziam sentir segura.

Levo algum tempo para ter ideia do que fazer. Por fim, decido abrir o fundo de um ursinho de pelúcia e enfiá-lo no cabo da espada. Eu só vou ter que puxar o urso quando precisar usar a espada.

— Vamos, admita, Ursinho Pooky — falo para a espada. — Você adorou o novo visual. Todas as outras espadas vão ficar com inveja.

Quando atravesso a rua e entro no bosque, meu ursinho está vestindo uma saia com muitas camadas de chiffon, feitas com um véu de casamento que encontrei em uma das butiques. Eu o tingi no banheiro com a água que desbotou de roupas novas, para ele não ter mais o aspecto branco de noiva que atrairia olhares. A saia termina bem na ponta da bainha, escondendo-a completamente — pelo menos é o que vai acontecer quando secar. A parte de trás está aberta, para que eu possa arrancar o urso e a saia sem ter que pensar.

O visual parece ridículo e passa todo tipo de mensagens constrangedoras a meu respeito. Mas uma mensagem que não passa é que se trata de uma espada angelical matadora. Acho bom.

Vou andando pela rua e escalo a cerca ao redor do bosque, da altura do meu peito. Essa área me dá a sensação de ser aberta demais, mas há árvores suficientes para projetar uma sombra mosqueada provocada pelo sol do fim de tarde. Um lugar perfeito para coelhos.

Puxo meu ursinho de pelúcia e fico satisfeita quando ele sai tão depressa. Fico parada na grama alta, empunhando a espada angelical como se fosse um bastão de radiestesia. Um certo anjo, cujo nome não vou dizer, pois estou tentando parar de pensar nele, me disse que essa pequena espada não é uma espada comum. Há esquisitice suficiente na minha vida do jeito que está, mas às vezes a gente tem vontade de tentar.

— Encontre um coelho.

Um esquilo pendurado na beirada da árvore dá uma risada, na forma de pequenos guinchados.

— Não é engraçado. — Aliás, não poderia ser mais sério. Carne crua de animal é minha melhor esperança para Paige. Não quero nem pensar no que vai acontecer se ela não conseguir comer isso também.

Avanço contra o esquilo, com o braço relaxado e pronto para ser ajustado pela espada. O esquilo pula.

— Desculpa aí, esquilo. Mais uma coisa pela qual a gente tem que culpar os anjos. — Uma imagem do rosto de Raffe me vem à mente... Um halo de chamas ao redor de seu cabelo, mostrando linhas de sofrimento em seu rosto sombreado. Gostaria de saber onde ele está. Se está com dor. Ajustar-se às novas asas deve ser como ajustar-se a novas pernas: doloroso, solitário e, durante a guerra, perigoso.

Levanto a espada acima da cabeça. Não consigo olhar e não consigo não olhar, por isso faço uma estranha combinação de virar a cabeça e apertar os olhos enquanto espio apenas o suficiente para conseguir mirar no esquilo.

Trago a espada para baixo, num arco.

O mundo de repente sai de prumo e me deixa zonza.

Meu estômago se aperta.

Minha visão escurece e clareia.

Num segundo, a espada está descendo sobre o esquilo.

No seguinte, está sendo sustentada num céu azul-royal.

O punho que a segura é de Raffe. E o céu não é o meu céu.

Ele paira à frente de um exército de anjos em formação. Suas asas gloriosas, brancas e inteiras, enquadram seu corpo, fazendo-o parecer a estátua de um deus grego guerreiro.

15

RAFFE LEVANTA A ESPADA NO ar. A legião de anjos ergue suas espadas em resposta. Um grito de guerra irrompe quando fileira após fileira de homens alados levanta voo.

Ver tantos anjos se elevarem em formação é uma visão de tirar o fôlego. A legião voa para a batalha, liderada por Raffe.

Uma ideia sussurra em minha mente.

Glória.

Depois, num piscar de olhos, o céu azul e os homens alados desaparecem.

Estamos em um campo à noite.

Uma horda de demônios diabolicamente assustadores e com cara de morcego corre para mim numa avalanche, guinchando um brado infernal. Raffe dá um passo à frente e começa a brandir a espada com precisão, exatamente como nos meus sonhos.

Lutando ao lado dele e protegendo-lhe as costas, estão anjos guerreiros, alguns dos quais já vi antes, no antigo ninho da águia. Eles brincam e incitam uns aos outros enquanto lutam e se defendem dos monstros da noite.

Outra ideia ecoa em minha mente.

Vitória.

O cenário muda de novo e estamos no céu, só que, desta vez, em meio a uma tempestade de raios. Trovões ribombam pelas nuvens escuras e relâmpagos iluminam o cenário, em forte contraste. Raffe e um pequeno grupo de guerreiros pairam na chuva, observando outro grupo de anjos acorrentados serem arrastados.

Os prisioneiros voam com grilhões perfurantes ao redor dos pulsos, tornozelos, pescoço e cabeça. Os cravos ficam do lado de dentro, para penetrar a pele. O sangue lava aos borbotões seu rosto, mãos e pés, assim como a chuva.

Um demônio atarracado com cara e asas de morcego pega carona nos ombros de cada prisioneiro. Os demônios seguram as correntes às coleiras, usando as últimas como freio. Eles dão trancos nas correntes em uma direção, depois em outra, cravando os aguilhões com crueldade e fazendo os prisioneiros voarem de um lado a outro, feito bêbados. Mais endiabrados se penduram nos grilhões dos tornozelos e pulsos, para unir um prisioneiro ao outro.

Alguns desses anjos lutaram ao lado de Raffe no campo. Riram com ele e o protegeram. Agora eles o observam com dor excruciante nos olhos, ao serem conduzidos como gado sob tortura.

Os outros anjos os examinam com imensa tristeza, alguns de cabeça baixa. Mas Raffe é o único que voa distante do grupo, roçando mãos com alguns dos prisioneiros, em seu caminho de descida para a terra.

Quando a cena desvanece, outra palavra toma forma em minha mente. Honra.

E depois estou em pé debaixo das árvores novamente, no bosque de Stanford.

Sinto um aperto na boca do estômago ao concluir o movimento com a espada e atingir com força o espaço no chão onde o esquilo estava um segundo atrás. Minhas mãos estão crispadas com tanta força ao redor do cabo que os nós dos meus dedos parecem prestes a estourar.

O esquilo fugiu às pressas para uma árvore e me observa. Parece franzino e insignificante depois das coisas que acabei de ver.

Solto a espada e caio de bunda no chão.

Não sei quanto tempo fico ali, ofegante, mas suspeito de que tenha sido bastante. Não há nada além do céu azul de outubro, o cheiro da grama e o silêncio incomum que permeia todos os lugares, desde que as pessoas abandonaram os carros.

Será possível que a espada esteja se comunicando comigo? Enviando-me a mensagem de que foi feita para batalhas épicas e glória, e não para caçar esquilos e ser vestida como um bichinho de pelúcia bonitinho?

Claro, isso é papo de louco.

Mas não mais louco do que o que acabo de ver.

Quero apagar essa linha de pensamento. Qualquer coisa que tenha o cheiro remotamente insano é um rastro que não quero seguir. Mas eu me permito fazê-lo pelo menos dessa vez.

Raffe disse que a espada era meio sensitiva. Se, por algum acaso realmente bizarro, isso é verdade, talvez ela também tenha sentimentos. Talvez tenha lembranças que possa compartilhar comigo.

Na noite em que aqueles homens me atacaram, será que ela ficou frustrada por eu não ter ideia de como usá-la numa luta? É constrangedor para uma espada ser empunhada por alguém que a brande como se fosse um porrete? Será que ela estava mesmo tentando me ensinar a usá-la, por meio dos sonhos?

Essa ideia me apavora. Eu deveria trocá-la por uma arma de fogo ou algo que fosse um pouco menos invasivo e que tivesse menos opiniões. Na verdade, eu chego a me levantar, virar de costas para ela e andar alguns passos.

Mas é claro que não posso deixá-la.

É a espada de Raffe. E um dia ele vai querê-la de volta.

NO CAMINHO PARA O ALOJAMENTO, hesito perto da fila da comida. É um novo grupo, mas a fila tem mais ou menos o mesmo tamanho. A resistência está montando um sistema que inclui limitar a comida a duas refeições diárias. No entanto, embora isso esteja sendo configurado, os recém-chegados ainda guardam comida e passam boa parte do tempo na fila.

Suspiro e vou para o fim da fila.

Quando volto para o nosso quarto, está vazio. Não tenho certeza se é uma boa ideia que Paige fique onde possa ser vista, mas imagino que elas voltarão logo. Coloco três hambúrgueres na mesa do professor. Não perguntei que tipo de carne era, mas duvido que seja de vaca.

Eu havia pedido que a carne fosse supermalpassada, inclusive mencionei as palavras "pingando sangue", pensando que seria o mais próximo que eu conseguiria de cru, sem levantar nenhuma suspeita. Mas me decepciono ao descobrir que a carne mal está rosa no centro.

Corto a parte cozida, a separo do centro rosado e a coloco de lado para Paige. Pelo menos posso tentar ver se ela come carne rosa. Tento não pensar muito nisso.

Suspeito de que ela não tenha saído do laboratório em sua nova forma antes de a encontrarmos, senão saberia o que consegue comer. Se eu a tivesse encontrado um dia antes, será que poderia tê-la salvado disso?

Encerro esses pensamentos no fundo da minha mente e como meu hambúrguer de forma metódica. A alface e o tomate foram reconstituídos de algo que provavelmente não é o que pretende ser, mas que me faz lembrar de verduras. Já vale. O pão, no entanto, acabou de sair do forno e está delicioso. O acampamento teve sorte de encontrar alguém que sabe fazer pão.

Tiro a espada de Raffe e coloco a lâmina nua no colo. Passo os dedos pelo metal. A luz atinge as ranhuras líquidas do aço, mostrando as ondas prata-azuladas que o decoram.

Se eu relaxar, posso sentir o tênue brilho de pesar emanando dela. A espada está sofrendo. Não é preciso ser um gênio para entender o motivo desse sofrimento.

— Me mostra mais — peço, embora não tenha certeza se posso aguentar mais neste momento. Meus joelhos já estão fracos, e eu me sinto vazia. Mesmo em um mundo onde anjos existem, ainda é chocante que uma posse compartilhe memórias com a gente. — Me fala do Raffe.

Nada.

— Tudo bem. Vamos lutar — digo numa voz entusiasmada, como se estivesse falando com uma criança pequena. — Seria bom ter mais aulas.

Respiro fundo e fecho os olhos.

Nada.

— Certo. Bom, não tenho nada melhor para fazer agora do que decorar o ursinho com fitas e laços. O que você acha de rosa-chá?

A sala estremece e então se transforma.

16

O TEMPO TEM UM JEITO de pregar peças nos sonhos, e acho que é a mesma coisa com as memórias. Pelo que parece uma década, eu pratico com a minha espada, enfrentando inimigo após inimigo ao lado de Raffe.

Os endiabrados devem estar furiosos por ele ter arrancado uma das esposas de suas mandíbulas e levado o que pensavam que lhes pertencia. Desde então, os endiabrados o perseguem, caçando qualquer um que possa ser um companheiro para ele. Suponho que os demônios não são o tipo que perdoa e esquece.

Era após era no mundo, é a mesma coisa em todo lugar. Vilarejos medievais, campos de batalha da Primeira Guerra Mundial, monastérios budistas no Tibete, bares clandestinos em Chicago. Raffe segue rumores de nefilins, mata endiabrados e qualquer coisa que aterrorize a população local, depois desaparece noite adentro. Ele foge de todos com os quais possa ter tido alguma ligação no processo, para evitar que sejam mortos.

Sozinho.

Apenas Raffe e sua espada.

E agora ele não tem nem mesmo ela.

Bem quando acho que as aulas acabaram, a memória da espada se altera para uma situação que quase me devasta.

Sou atingida violentamente pela intensidade.

Raffe ruge, com ira e agonia.

Ele está em apuros. A dor é excruciante, mas o choque é pior.

Meu corpo fantasma oscila ao perder as fronteiras e me faz sentir totalmente desorientada. A experiência de Raffe é tão intensa, que meus próprios pensamentos e sensações são esmagados pelos dele.

Sua respiração entrecortada é tudo o que consigo ouvir. É tudo o que ele consegue ouvir.

Mãos e joelhos o seguram, mas o sangue faz as mãos deslizarem. Raffe está ensopado com o próprio sangue.

A dor irradia de suas costas e percorre todo o seu corpo. Esmaga seus ossos. Perfura seus olhos. Esmurra seus pulmões.

O sangue se espalha pelo asfalto.

Mãos grandes mexem em alguma coisa, em sua visão periférica. Ele tenta desesperadamente não olhar, mas não consegue evitar.

Asas.

Abras brancas como a neve.

Decepadas e largadas na estrada suja.

Sua respiração fica mais áspera, e tudo o que ele vê são penas brancas inertes sobre o asfalto negro.

Uma gota de sangue da mão de alguém pinga em uma pena. Beliel, o demônio, está sobre as asas de Raffe, como se fosse dono delas.

Raffe registra um grito muito distante.

— Ei!

Ele se força a erguer os olhos.

Sua visão está borrada pela dor e pelo suor. Pisca várias vezes e tenta se concentrar, além da dor lancinante em suas costas.

É uma filha do homem magricela, que parece minúscula ao lado de um dos seus agressores. Está meio escondida atrás das asas laranja-queimado do guerreiro, mas Raffe a vê e sabe que foi ela quem gritou.

Sou eu. Será que pareço tão insignificante assim ao lado de um anjo?

Ela joga algo nele com toda a força.

Sua espada? Seria possível?

Raffe não tem tempo de se surpreender. Sua espada faria tudo por ele, até permitir a ligação com uma humana para ajudá-lo.

Uma onda de fúria lhe garante uma descarga de energia. Ele quebra o domínio de seus agressores e ergue a mão. Seu braço treme com o esforço.

Seu mundo se reduz à espada, a Beliel e aos anjos adiante.

Raffe pega a espada e, no mesmo movimento, desfere um golpe na barriga de Beliel, quase perdendo o equilíbrio nesse processo.

Então consegue usar o impulso do movimento para atingir o anjo ao lado.

A cena não fica mais lenta, como em outras lutas. Não precisa. Sinto cada músculo trêmulo, cada passo incerto, cada inspiração difícil.

Ele está zonzo e mal consegue ficar em pé. Quando os inimigos saem voando, ele vê o guerreiro das asas laranja-queimado atingirem a garota. Ela cai na rua com força, e Raffe pensa que ela está morta.

Em meio à nevoa de agonia, ele se pergunta quem é ela e por que uma filha do homem se sacrificaria para ajudá-lo.

Ele se força a ficar em pé. Precisa de todas as suas forças para segurar a espada em riste quando o Anjo Queimado se prepara para atacar. As pernas de Raffe tremem violentamente e ele está perdendo a consciência, mas continua em pé por pura fúria e teimosia.

Obviamente covarde demais para enfrentá-lo sozinho, o Anjo Queimado desiste e voa dali. Raffe desaba no asfalto assim que o outro parte.

Deitado na rua, ele vê o mundo escurecer. Só restam ocasionais explosões de cor. Sua respiração enche os ouvidos, mas ele se concentra em ouvir os sons na área circundante.

Pés se agitam atrás de portas fechadas. Dentro dos prédios, humanos sussurram e discutem sobre a segurança de sair. Falam sobre quanto Raffe valeria se o fizessem em pedaços.

Mas não são eles que o preocupam. Há uma agitação mais sutil, ruídos de algo se arrastando. Um crepitar baixo, como baratas nas paredes.

Estão vindo atrás dele. Os endiabrados o encontraram. Eles sempre encontram, uma hora ou outra.

Desta vez, contudo, estão com sorte. Raffe está completamente indefeso. Eles poderão arrastá-lo para o fundo do inferno e torturá-lo devagar ao longo das eras, enquanto ele permanece indefeso e sem asas.

Ele tenta desesperadamente se manter alerta, mas o mundo se derrete em escuridão.

Alguém está chamando pela mãe. A voz é forte e determinada.

Deve ser um sonho febril, pois ninguém seria tão idiota, em um local cheio de gangues humanas. Mas os passos nas escadas do edifício silenciam.

Os ratos humanos sussurram, certos de que a garota que chama pela mãe está com sua gangue por perto. O que mais poderia tornar uma menina tão corajosa?

Os endiabrados também param de se arrastar. Não são inteligentes o bastante para compreender muita coisa, caso contrário, teriam chegado a ele séculos atrás, coordenado um ataque real, em vez de apenas mergulhar em oportunidades aleatórias. Estão confusos. Atacam ou fogem?

Ele tenta se afastar da rua, onde está exposto, mas pontos negros brotam em sua visão e ele apaga novamente.

Alguém o viu. A dor berra e finca as garras em suas costas.

Uma pequena mão lhe dá um tapa.

Ele abre os olhos por um instante.

Contra a claridade do céu, cabelos escuros sopram na brisa. Olhos intensos emoldurados por longos cílios. Lábios tão vermelhos que a garota os devia estar mordendo.

É necessário um instante para se dar conta de que é a filha do homem que se arriscou para ajudá-lo. Ela lhe pergunta alguma coisa. Sua voz é insistente, mas melódica. Um bom som para se ouvir ao morrer.

Ele perde e recobra a consciência enquanto ela o movimenta. Continua esperando que ela o retalhe ou que os endiabrados a ataquem. Em vez disso, ela lhe faz um curativo e o coloca numa cadeira de rodas pequena demais.

Quando a menina grunhe e faz esforço para indicar que ele é pesado — provavelmente para mostrar como é forte —, ele não deixa de achar engraçado, mesmo na neblina de dor. É uma péssima atriz. As filhas dos homens são notoriamente pesadas, se comparadas aos anjos, e existe algo divertido e delirante em seu fingimento.

Talvez seus vigias se casassem com as esposas porque se entretinham com elas. Esse não é exatamente um motivo para ser condenado ao abismo, mas é o primeiro no qual Raffe pensou.

Sapatos caminham na calçada: são os ratos humanos que correm atrás de Raffe. Mais corajosos por causa dos ratos, os endiabrados rastejam na direção dele também.

Ele tenta alertar a menina.

Mas não é necessário. Ela já está correndo em direção às sombras, empurrando-o o mais rápido possível. Se ela puder se manter à frente deles por tempo suficiente, os endiabrados vão se distrair com os suculentos ratos humanos.

Seu último pensamento antes de apagar é que seus vigias teriam gostado daquela menina.

17

AS SOMBRAS QUE ATRAVESSAM AS janelas estão alongadas quando acordo, de um sobressalto. Ainda estou trêmula por causa da experiência com Raffe. Eu não apenas sabia o que ele estava pensando como sentia o que ele sentia, pensava o que ele pensava.

Será que a espada realmente era assim tão próxima dele? Talvez apenas em situações extremamente intensas. A experiência foi bizarra e insana, em todos os aspectos.

Passo a mão trêmula sobre a lâmina cálida, dizendo ao meu corpo que está tudo bem.

Estou começando a juntar algumas peças. Algumas atitudes de Raffe agora fazem mais sentido.

Ele não podia vir em meu auxílio durante as lutas públicas no último acampamento da resistência sem que rumores sobre nós se espalhassem. Os endiabrados sempre acabavam encontrando-o, e provavelmente foi uma combinação de sorte, seguir os rastros e dar ouvidos às fofocas dos humanos. Uma história sobre uma luta como essa definitivamente seria motivo de falatório. Ele apostava que eu anunciasse para todo mundo que não éramos amigos, que ele não se importava com o que acontecesse comigo.

E ele perseguiu os demônios inferiores na floresta mesmo depois que fugiram, pois pareciam ter vindo do inferno, não pareciam? Se algum deles vivesse para contar que tinha vindo salvar uma filha do homem, seria apenas uma questão de tempo até me encontrarem.

Mas ele precisava ter chegado ao ponto de me dizer que nem gostava de mim, depois do nosso beijo? Na minha opinião, isso foi totalmente desnecessário.

O beijo.

Como uma semente germinando, sinto um impulso crescente de perguntar à espada a respeito disso.

É tolo e constrangedor, talvez até mesmo superficial, depois do que acabei de ver Raffe passar. Mas, exatamente por causa do que acabei de presenciar, quero vê-lo em um tipo diferente de momento. Um momento em que ele esteja autoconfiante e no controle. Um momento em que ele esteja vivenciando algo diferente de dor e ameaças, nem que seja por dois segundos.

Isso, e o fato de que estou morrendo de vontade de saber o que ele sentiu durante nosso beijo.

Eu sei que não importa. Sei que não vai mudar nada. Sei que é imaturo. Tanto faz.

Será que uma garota não pode ser uma garota por, sei lá, cinco minutos?

— Me mostra suas memórias do beijo. — Fecho os olhos. O calor percorre minhas bochechas, o que é bobo, pois a espada estava lá quando o beijo aconteceu e viu a cena toda. Por isso, qual o problema se eu estou curiosa para saber o que ele sentiu? — Ah, fala sério. Temos que fazer isso de novo?

Nada.

— Essa última parte foi totalmente péssima. Eu preciso de um pouco de conforto. É apenas um favorzinho. Por favor?

Nada.

— Fitas e laços extras para você. — Tento usar um tom de voz como se estivesse falando sério. — Talvez até mesmo maquiagem de brilhos no ursinho.

Ainda nada.

— Traidora. — Eu sei que é uma declaração engraçada, já que a espada na verdade está sendo leal a Raffe, mas eu não me importo.

Coloco-a de volta na bainha, que estava apoiada na cadeira, e espeto o urso no cabo.

Passo a alça sobre o ombro e saio para ver se consigo encontrar minha mãe ou Paige.

O corredor ainda está cheio, como de costume. Dois caras idênticos de cabelos loiros estão andando pelo espaço apertado, dizendo "olá" para um monte de pessoas que passam por eles. Parece que todo mundo gosta deles. Levo um segundo para me dar conta de que são Dee e Dum. Seus cabelos agora estão loiro-areia.

Dee mostra discretamente a Dum algo na palma da mão, e Dum quase fica vesgo tentando segurar a risada. Suponho que Dee acabou de afanar alguma coisa que alguém, provavelmente, já disse que eles não poderiam ter.

Eles acenam para mim e eu os espero.

— O que aconteceu com o cabelo de vocês? — pergunto.

— Somos mestres-espiões, esqueceu? — diz Dee.

— E com isso queremos dizer *mestres* de disfarces — diz Dum.

— Bom — emenda Dee, limpando tinta da linha do couro cabeludo —, "mestre" é uma palavra meio forte.

— Assim como "disfarce" — digo com um meio sorriso.

— Cara, você está demais — Dum diz para Dee. — Bonito como sempre.

— O que você afanou? — Mantenho a voz baixa, caso o dono não tenha senso de humor.

— Ah, você está perdendo a mão, mano. Ela viu. — Dum olha em volta para ver se tem alguém ouvindo.

— Até parece. Meu toque é como manteiga. — Dee abre as palmas agora vazias e agita os dedos. — Ela é esperta, só isso. Ela entende das coisas.

— É, e foi por isso que a gente se sentiu tão mal por só pensar em você como candidata para as lutas, Penryn. Falando nisso, o que você acha de vestir hábito de freira?

— Melhor ainda: óculos sensuais de bibliotecária. — Dee assente para mim como se estivesse me dando uma dica. — Acontece que temos tanto bibliotecárias como freiras aqui.

— Por acaso fica melhor? — Dum arregala os olhos com espanto.

Eles se entreolham e simultaneamente exclamam:

— Luta na lama com bibliotecárias! — Trocam um aperto de mãos no ar como garotinhos empolgados.

Todos no corredor olham para nós.

— Está vendo? Olha só o interesse — diz Dee.

Mas então o corredor se esvazia e pessoas se amontoam para sair pela porta. Alguma coisa está acontecendo.

— O que foi? — pergunto a um cara que espia lá fora.

— Não faço ideia — responde ele, parecendo ao mesmo tempo assustado e animado. — Só estou seguindo o pessoal para ver o que aconteceu. Você também, né?

Uma mulher passa ao nosso lado.

— Encontraram alguém morto, mutilado ou alguma coisa assim. — Ela empurra as portas e deixa o ar frio entrar.

Morto ou mutilado.

Vou atrás dela.

Lá fora, uma pequena multidão muito tensa ronda a calçada na frente do prédio principal. O sol pode estar baixo no horizonte, mas o céu encoberto simplesmente suga as cores e pinta tudo de cinza.

Pessoas olham do outro lado de El Camino. Do outro lado fica o bosque cercado, onde eu persegui o esquilo. Durante o dia é bonito e tranquilo, com árvores espaçadas o bastante para oferecer uma sombra esburacada sem escurecer demais. Porém, à medida que a luz vai se desvanecendo, o bosque começa a parecer sinistro e agourento.

Algumas pessoas correm direto do prédio para o bosque, enquanto outras hesitam antes de ir até lá. Outras ainda ficam, com esperanças de permanecer seguras perto do edifício, apertando os olhos para ver o que está acontecendo nas sombras debaixo das árvores.

Paro e assimilo a situação, depois me junto aos que correm para o bosque. Não posso deixar de me perguntar o que atrai essas pessoas até lá, no fim do dia, numa escuridão cada vez maior. Fragmentos de conversa pelo caminho me dão algumas respostas.

Não sou a única preocupada com alguém que ama. Várias pessoas se separaram durante o caos da invasão angelical ou do ataque ao ninho da águia. Agora estão desesperadamente preocupadas que seja lá quem tenha sobrado de suas famílias possa estar ferido ou morto. Outras são mais curiosas que espertas, incentivadas por fazer parte de uma organização cheia de pessoas determinadas, algo que pensaram que nunca aconteceria de novo.

De qualquer modo, somos em número suficiente para criar um bloqueio na cerca, que é feita de arame, da altura do meu peito, e requer alguma escalada. Já que ela envolve o bosque por vários quarteirões dos dois lados, não há escolha a não ser escalá-la.

Debaixo das árvores, há um pequeno grupo reunido. Sinto sua inquietação e ouço a tensão em sua voz. Um sentimento de urgência dispara em mim. Algo está seriamente errado aqui, e estou convencida de que tem algo a ver com a minha família.

Corro até a multidão, abrindo caminho.

O que vejo é algo que não vou conseguir apagar da memória enquanto eu viver.

18

MINHA IRMÃZINHA LUTA DEBAIXO DAS sombras.

Irradiando dela, há cordas puxadas por homens. Uma corda está amarrada ao redor de seu pescoço; duas outras, em seus pulsos; e mais duas, ao redor dos tornozelos.

Os homens manejam as cordas como se estivessem contendo um cavalo selvagem.

O cabelo de Paige está embaraçado e há sangue nele. Também há sangue manchando seu rosto e seu vestido florido. O contraste do sangue escuro e dos pontos em sua pele pálida faz parecer que ela se levantou dos mortos.

Ela luta contra as cordas como alguém possuído. Encolhe-se quando os homens dão puxões para tentar controlar seu corpo. Até mesmo sob essa luz, vejo o atrito sangrento das amarras ao redor de seu pescoço e pulsos, enquanto ela é puxada aos trancos, como se fosse um bonequinho macabro de vodu.

Meu primeiro instinto é berrar como uma alma penada e sacar a espada.

Mas há algo deitado na frente de Paige.

O choque de vê-la amarrada com tamanha crueldade, como se fosse um animal, me impediu de enxergar o resto da cena. Só que agora vejo um volume disforme sombreado, imóvel como uma rocha, na forma de algo que eu desejava não ter reconhecido.

É um corpo.

É o cara que tinha o bastão quando ele e seus amigos me atacaram.

Desvio o olhar. Não quero processar o que meus olhos acabaram de ver. Não quero registrar os pedaços que faltam nele.

Não quero pensar no que isso significa.

Não consigo.

Paige põe a língua para fora e lambe o sangue dos lábios.

Fecha os olhos e engole. Seu rosto relaxa por um segundo.

Paz.

Em seguida, ela abre os olhos e espia o corpo perto de seus pés. É como se não pudesse evitar.

Uma parte de mim ainda espera que ela se encolha de repulsa ante a visão do cadáver. Há nojo. Mas também um lampejo de desejo. Fome.

Ela lança um olhar para mim. Vergonha.

Para de lutar e olha diretamente para mim.

Vê minha hesitação. Vê que não estou mais correndo para salvá-la. Vê o julgamento em meus olhos.

— Ryn-Ryn... — Paige chora. Sua voz é repleta de perda. Lágrimas escorrem pelo seu rosto manchado de sangue, deixando caminhos limpos. Seu rosto deixa de ser o de um monstro feroz para se tornar o de uma garotinha assustada.

Ela começa a se debater novamente. Meus punhos, tornozelos e pescoço doem em solidariedade ante a visão das cordas que esfolam sua pele ensanguentada.

Os homens balançam as pontas das cordas, de forma que fica difícil dizer se estão mantendo Paige cativa, ou se é ela que os está segurando. Já vi como seu corpo pode ser forte. Ela tem força o bastante para os desafiar seriamente e lhes oferecer uma briga de verdade. Nesse terreno irregular, ela pode fazê-los perder o equilíbrio e cair.

Em vez disso, minha irmã esperneia, sem resultado.

Apenas o suficiente para fazer as cordas ferirem-na cada vez mais. Apenas o suficiente para se punir. Apenas o suficiente para que ninguém mais se machuque.

Minha irmãzinha chora, inconsolável.

Começo a correr de novo. Não importa o que tenha acontecido, ela não merece isso. Nenhuma criatura merece.

Um soldado à minha direita levanta o rifle e aponta para mim. Está tão próximo que consigo ver até dentro do buraco escuro do silenciador.

Paro, quase escorregando.

Outro homem está ao lado dele, apontando um rifle para Paige.

Levanto as mãos com as palmas abertas.

Homens agarram meus braços, e percebo, pela força e pela brusquidão, que esperam uma grande luta. Nós, garotas da família Young, estamos adquirindo certa fama.

Os homens relaxam quando veem que não estou a fim de briga. Luta de mão é uma coisa, mas armas estão além de mim. Só me resta permanecer viva até poder fazer algo mais eficaz.

Mas minha mãe tem sua própria lógica.

Ela sai correndo por entre as sombras, silenciosa como um fantasma. Salta sobre o soldado, que tem um rifle apontado para Paige.

O outro soldado levanta a coronha e acerta minha mãe no rosto.

— Não! — Chuto o cara que está segurando meu braço, mas, antes que ele caia e eu possa tirar o outro cara de cima de mim, três deles vêm ao meu encontro. Eles me jogam no chão como membros de gangue experientes, antes que eu tenha a chance de me estabilizar.

Minha mãe coloca a mão na frente para impedir outra coronhada.

Minha irmã intensifica a luta. Desta vez, está cheia de pânico e fúria. Guincha no ar como se pedisse ajuda aos céus.

— Fala para ela calar a boca! Fala para ela calar a boca! — diz alguém, num misto de grito e sussurro.

— Não atirem! — responde Sanjay com outro sussurro urgente. — Precisamos dela viva para estudá-la. — Ele tem a decência de me lançar um rápido olhar culpado. Não sei se é para eu ter raiva ou gratidão.

Tenho que ajudar minha família. Meu cérebro me alerta sobre as armas, mas o que posso fazer? Deitar aqui, enquanto eles torturam e matam minha irmã e minha mãe?

Três homens me seguram. Um agarra meus braços acima da cabeça, outro prende meus tornozelos, e o terceiro fica sobre a minha barriga. Parece que ninguém mais está me subestimando. Que assim seja.

Agarro os pulsos do cara que está segurando minhas mãos, usando-o como alavanca e certificando-me de que não pode fugir.

Esperneio e chuto, tentando fazer o cara que está segurando meus tornozelos me largar. É difícil para qualquer um equiparar o poder de um chute com as mãos.

Então recolho a perna livre e o chuto bem no meio da cara.

Com as pernas livres, eu me levanto e enlaço ambas ao redor do pescoço do homem sentado em meu estômago.

Golpeio as pernas com tudo em direção ao chão e dou um tranco que o lança para trás. Puxo a perna debaixo dele e chuto sua virilha.

Meu golpe é tão forte que ele desliza de cima de mim e cai na grama, agonizante. Não vai mais dar trabalho por algum tempo.

Só que agora o cara que segura meus pulsos começa a tentar se desvencilhar, a tentar se livrar. Se eu achasse que ele simplesmente fugiria e me deixaria em paz, ficaria mais do que feliz de deixá-lo ir embora.

A questão é que existe uma chance enorme de que ele pense em me enfrentar enquanto estou caída. Os rapazes às vezes agem dessa forma quando acontece de perderem uma briga para uma mulher pequena. Eles atribuem o resultado à sorte, ou algo assim.

Eu o seguro firme. Usando-o como alavanca, me contorço e giro na altura dos quadris, em um golpe que alguém na minha academia descreveu como "escalar parede", só que faço isso deitada no chão.

Apoiada na lateral do quadril, golpeio com a perna e acerto a cabeça do cara que está por cima.

Aposto que ele não contava com essa.

Levanto num salto e analiso o cenário ao meu redor, pronta para outro ataque.

Minha mãe está no chão, sacudindo um cara pelo rifle. Está agarrada ao cano apontado diretamente para ela. Ou não se dá conta de que basta o sujeito apertar o gatilho para mandá-la pelos ares, ou não está nem aí.

Minha irmã grita para o céu como o monstro que todos pensam que ela é. As veias no pescoço e na testa estão saltadas, como se estivessem prestes a explodir.

Dois dos homens que seguravam as cordas agora estão no chão. Um terceiro tomba diante dos meus olhos.

Mergulho em direção à minha mãe, na esperança de que o rifle não dispare antes que eu possa fazer alguma coisa.

Por sorte, os soldados são pessoas do povo, recém-formados e inexperientes. Minha esperança é que esse aqui ainda não tenha atirado em ninguém e não esteja disposto a contar uma mãe desesperada como sua primeira vítima.

19

SEM PENSAR, TODOS OLHAMOS PARA o alto. De início, não sei por que também faço isso.

Depois, percebo que há um zumbido vindo do céu. Tão baixo que mal se ouve.

Porém está ficando mais alto.

Pelos vãos das árvores, vejo uma mancha escura no céu crepuscular. Está chegando cada vez mais perto, numa velocidade alarmante.

O zumbido continua baixo, apenas o suficiente para o sentirmos nos ossos em vez de nos ouvidos. É agourento, como algo reconhecível em um nível primitivo, um medo profundamente enterrado no inconsciente e transformado em som.

Antes que eu possa identificá-lo, as pessoas se viram e saem correndo.

Ninguém grita, nem berra, nem pede socorro a ninguém. Todos apenas fogem em silêncio e desespero.

O pânico é contagiante. Os homens soltam minha mãe e se juntam à correria. Quase imediatamente depois, os caras que seguravam minha irmã soltam as cordas e também saem correndo.

Paige ofega e olha para o céu. Parece fascinada.

— Corre! — dou um grito, e o encanto dela se quebra.

Minha irmã dá meia-volta e sai correndo para o lado oposto, para longe do acampamento da resistência. Adentra mais o bosque, com as cordas fazendo um rastro na terra, feito cobras serpenteando na escuridão atrás dela.

Minha mãe me lança um olhar. Sangue escorre de seu olho ferido. Mesmo nessa luz, vejo um hematoma começando a se formar.

Depois da mais breve hesitação, ela persegue minha irmã por entre as árvores.

Fico paralisada, ouvindo o zumbido se tornar mais intenso. Será que fujo atrás delas ou volto correndo para um lugar seguro?

Tomo a decisão quando as nuvens escuras ficam próximas o suficiente para formar sombras individuais.

Homens alados com caudas de escorpião.

Dezenas deles escurecem o céu. Voam baixo e descem cada vez mais.

Deve haver outro bando ou vários outros fora do ninho da águia.

Corro.

Fujo deles em disparada, em direção à escola, como todas as outras pessoas. Sou a última do grupo, ou seja, um alvo fácil.

Um escorpião assume uma rota descendente e aterrissa na minha frente. Diferentemente dos outros que já vi no ninho da águia, este está pronto, com cabelo desgrenhado e dentes que amadureceram em presas de leão. Os braços e pernas são perturbadoramente humanos, com a diferença de que as coxas e os bíceps são extremamente musculosos. Seu corpo, num primeiro olhar, é humano, mas a barriga e o peito parecem pequenos, como um cruzamento entre abdome definido e o abdome segmentado dos gafanhotos.

Os dentes são tão grandes que o monstro não parece capaz de fechar a boca, e gotas de baba pingam dos lábios. Ele rosna para mim e mexe a gorda cauda de escorpião acima da cabeça.

Sou tomada por um medo indescritível.

É como se eu estivesse revivendo o ataque do escorpião no porão do ninho da águia. Meu pescoço se torna hipersensível, na expectativa de um ferrão perfurá-lo.

Outro escorpião pousa perto de mim. Tem dentes afiados como navalhas que ele arreganha quando silva.

Estou presa.

Arranco o urso de pelúcia e saco a espada. Parece menos desajeitada na minha mão do que parecia antes, mas é o ponto máximo onde chega minha confiança.

Tiros são disparados, e a noite está cheia de rugidos tonitruantes de asas e guinchados estridentes de pessoas.

Mal tenho tempo de me colocar na posição de ataque que aprendi no sonho, antes que um dos monstros invista contra mim.

Movimento a lâmina num arco de quarenta e cinco graus, com o objetivo de golpear seu pescoço. Em vez disso, acerto o ferrão que ele girou para me atacar.

O monstro urra, um som perturbadoramente humano que sai da boca cheia de presas.

Não tenho tempo de terminar, pois o segundo tenta me atacar com o ferrão. Faço o que posso para impedir que a memória de levar uma ferroada me paralise para sempre.

Por sorte, minha espada não sofre desses dilemas. A satisfação que emana dela é inquestionável. A lâmina se ajusta no ângulo perfeito. É leve como pluma no movimento de subida e pesada como chumbo no arco de descida.

Quando abro os olhos, o segundo escorpião está sangrando no chão e sua cauda se mexe em movimentos espasmódicos. O primeiro se foi, provavelmente saiu voando para cuidar dos ferimentos ou morrer em paz.

Sou a única criatura viva a permanecer em pé nessa porção do bosque. Deslizo em meio às sombras da árvore mais próxima e tento acalmar a respiração.

Os escorpiões ainda pousam ao longe, atraídos pela massa de gente amontoada nas cercas.

Capturam pessoas e as ferroam repetidamente de diferentes ângulos, como se praticassem ou talvez se divertissem. Acoplam a boca nas vítimas para sugá-las e, ao mesmo tempo, outros escorpiões pousam para ferroá-las.

As pessoas gritam e se jogam umas sobre as outras na cerca, tentando saltá-la. Espalham-se na tentativa de encontrar um lugar onde pular para o outro lado, mas também são capturadas pelos escorpiões.

As poucas que conseguem atravessar a cerca parecem estar bem. Os escorpiões estão ocupados, aferroando aquelas que ficaram no bosque, como predadores preguiçosos, e não dão atenção às que conseguem fugir.

Quando as vítimas despencam no chão, as criaturas começam a sugá-las. Quando todas estão amontoadas contra a cerca ou fugindo para dentro do prédio da escola, do outro lado da rua, os escorpiões já perderam o interesse. Decolam no ar e formam um redemoinho, como um enxame de insetos, antes de desaparecerem no céu cada vez mais escuro.

Algo farfalha atrás de mim, e giro com a espada em riste.

É minha mãe que se aproxima, se arrastando.

Somos as únicas pessoas que se movem deste lado da cerca. Todas as outras parecem mortas. Mesmo assim continuo escondida nas sombras, para o caso de os escorpiões voltarem, mas tudo permanece imóvel e silencioso.

Minha mãe passa por mim, cambaleando.

— Ela se foi. Eu a perdi. — Lágrimas reluzem em seu rosto ensanguentado. Segue a passos incertos para a cerca, ignorando as pessoas caídas pelo caminho.

— Estou bem, mãe. Obrigada por perguntar. — Agarro o ursinho e limpo o sangue da espada com a saia de chiffon. — Você está bem? Como sobreviveu?

— Claro que você está bem. — Ela continua andando. — Você é a noiva do diabo e essas são as crias dele.

Deslizo a espada para dentro da bainha e devolvo o urso ao seu lugar.

— Eu não sou a noiva do diabo.

— Ele te tirou de dentro do inferno e está permitindo que nos visite dos mortos. Quem mais teria esses privilégios, senão a noiva?

Ela me viu uma vez nos braços de um cara e já nos casou. O que será que Raffe pensaria de ter minha mãe como sogra?

— Você viu para onde foi a Paige?

— Ela sumiu. — Sua voz falha. — Eu a perdi na floresta. — Na semana passada, minha reação a isso seria muito simples. Esta noite, porém, não sei se sinto pânico ou alívio. Talvez os dois.

— Você se escondeu do escorpião? — pergunto. — Como conseguiu sobreviver? — Nenhuma resposta.

Se alguém me dissesse que minha mãe tem poderes mágicos, eu não teria problemas em acreditar. Nem sequer me surpreende muito que ela tenha sobrevivido de alguma coisa.

Eu a sigo até a cerca. Pelo caminho, passo por vítimas deitadas em posições estranhas e desconfortáveis. Embora não estejam mais sendo atacadas, continuam murchando e secando como charque. O bosque parece um campo de batalha com pessoas espalhadas por toda parte.

Quero assegurar às vítimas que elas vão sair dessa, que o efeito vai passar. No entanto, com a atrocidade desse ataque, não tenho mais tanta certeza assim.

Dois corpos de escorpiões estão deitados entre as vítimas no campo. Um levou um tiro na barriga; o outro, na cabeça.

Minha mãe olha entre as vítimas, como se estivesse à procura de alguém. Pega o que tem a expressão mais horrorizada e contorcida congelada no rosto e o arrasta para uma seção da cerca que foi derrubada.

— O que você está fazendo? — pergunto.

— Uma oferenda — diz ela, arrastando com dificuldade o pobre coitado. — Precisamos encontrar a Paige, por isso precisamos de uma oferenda.

— Você está me assustando, mãe. — Desperdício de saliva.

Como se ela soubesse que não adiantaria nada me pedir ajuda, ergue o homem sobre um mastro da cerca. O sujeito desliza de novo e cai num amontoado.

Quero detê-la, mas, quando ela coloca um projeto louco na cabeça, nada na face da Terra consegue pará-la.

A noite começa a cair. A nuvem de escorpiões está cada vez mais longe e não há nenhum desgarrado no céu.

O pensamento de me embrenhar pelo bosque à noite à procura da minha irmã-demônio não é basicamente a ideia que tenho de diversão. Mas não posso deixá-la sozinha, por várias razões. Além do mais, vai ser muito melhor se eu mesma a encontrar do que alguma pessoa apavorada da resistência.

Então deixo minha mãe fazendo o que quer que seja e volto para a escuridão do bosque.

20

É QUASE NOITE CERRADA QUANDO retorno para o cenário de carnificina à beira da cerca. Há gente rondando as vítimas como se estivesse em transe. Alguns estão acocorados ao redor de um ente querido que se foi; outros andam sem rumo, chorando e com cara de terror; outros cavam covas rasas.

Minha mãe terminou seu projeto, embora não esteja visível em parte alguma. O homem que ela arrastou agora está sobre uma pilha de corpos, com os braços estendidos sobre a cerca, como um espantalho aterrorizado e aterrorizador. Ele foi amarrado no lugar com alguns pedaços de corda provavelmente encontrados em algum dos caras que enlaçaram Paige.

Seus lábios, contorcidos como se num grito paralisado, estão realçados por batom vermelho. A camisa de botões está rasgada, expondo o peito quase sem pelos. Sobre ele, uma mensagem escrita em batom:

ENCOSTE EM MIM E VOCÊ VAI FICAR NO MEU LUGAR

O fator bizarrice do projeto da minha mãe é bem alto. Todos se desviam, para passar bem longe dele.

Quando passo ao largo dos corpos, um homem se curva para verificar a pulsação de uma mulher deitada ao meu lado.

— Escuta — digo. — Essas pessoas podem não estar mortas.

— Essa aqui está. — E passa para a seguinte.

— Podem parecer mortas, mas é possível que só estejam paralisadas. É isto que os ferrões fazem: paralisam as pessoas e as fazem parecer mortas em todos os aspectos.

— Sim, mas, bom, falta de batimentos cardíacos vai provocar o mesmo fim. — Ele sacode a cabeça, solta os pulsos do cara que acabava de checar e passa para a próxima vítima.

Vou seguindo atrás enquanto soldados apontam os rifles para o céu, à espreita de quaisquer sinais de outro ataque.

— Mas pode ser que você não consiga sentir os batimentos cardíacos deles. Acho que o efeito diminui a velocidade de tudo. Acho...

— Você é médica? — pergunta ele, sem parar de fazer o trabalho.

— Não, mas...

— Bom, eu sou. E posso te dizer que, se não há batimentos, não existe chance de uma pessoa estar viva, a não ser em alguma situação muito incomum, como uma criança cair numa lagoa congelada. Não vejo nenhuma criança que caiu numa lagoa congelada por aqui, você vê?

— Eu sei que parece loucura, mas...

Dois homens pegam uma mulher com cautela e a jogam na cova rasa.

— Não! — grito. Essa poderia ser eu. Por algum tempo, todos pensaram que eu estava morta e, se as circunstâncias tivessem sido diferentes, eles poderiam ter me jogado num buraco e me enterrado viva enquanto eu observava, paralisada, mas em plena consciência.

Corro até lá e me posiciono entre os homens e o buraco.

— Não façam isso.

— Deixa a gente em paz. — O homem mais velho nem me olha enquanto, melancólico, carrega a vítima.

— Ela pode estar viva.

— Minha esposa está morta. — Sua voz falha.

— Escuta. Existe uma chance de ela estar viva.

— Você pode nos deixar em paz? — Ele me fulmina com um olhar de soslaio. — Minha esposa está morta. — Lágrimas escorrem de seus olhos vermelhos. — E vai continuar morta.

— É provável que ela possa te ouvir neste exato momento.

O rosto do homem ganha um tom vermelho e fica muito difícil olhar para ele.

— Ela nunca vai voltar. E, se voltar, não vai ser mais a nossa Mary. Vai ser algum tipo de aberração. — E aponta para uma mulher parada perto de uma árvore. — Como ela.

A mulher parece frágil, perdida e sozinha. Mesmo com o lenço marrom preso ao redor da cabeça e as luvas nas mãos, reconheço o rosto enrugado de Clara, a mulher que se arrastou para fora das ruínas do ninho da águia. Ela veste um casaco desbotado e transpira o desejo de não ser notada. Suponho que as pessoas não têm sido propriamente receptivas.

Ela abraça o próprio corpo, como se agarrada ao marido e às filhas que anseia encontrar. Tudo o que ela queria era reunir a família.

Os familiares de Mary arrastam seu corpo paralisado para a cova rasa.

— Vocês não podem fazer isso — tento de novo. — Ela está plenamente consciente. E sabe que está sendo enterrada viva.

O rapaz mais novo pergunta:

— Pai, você acha que...

— Sua mãe morreu, filho. Ela era um ser humano decente e vai ter um enterro decente. — E pega uma pá.

Agarro o braço dele.

— Sai de perto de mim! — Ele se desvencilha, trêmulo de fúria. — Só porque você não tem a decência de fazer o que é certo pela sua família, não significa que tem o direito de impedir que outros façam pela deles.

— O que você quer dizer com isso?

— Você deveria ter abatido a sua irmã, com amor e compaixão, antes que estranhos tivessem que se manifestar e tentar fazer isso por você.

O homem pega uma pá cheia de terra e joga sobre a esposa no buraco.

A terra cobre o rosto dela.

21

NO BOSQUE CADA VEZ MAIS escuro, Obi acena para chamar um de seus rapazes.

— Por favor, coloque a srta. Young com a mãe dela e certifique-se de que elas estejam em segurança para passar a noite.

— Vocês estão me prendendo? — pergunto. — Por quê?

— É para a sua proteção — Obi responde.

— Proteção contra o quê? — insisto. — A Constituição dos Estados Unidos?

Obi suspira.

— Não podemos ter sua família solta por aí causando pânico. Preciso manter o controle.

O rapaz de Obi aponta a pistola com silenciador para o meu peito.

— Caminhe até a rua e não me dê nenhum trabalho.

— Ela está tentando salvar a vida das pessoas — diz uma voz trêmula. É Clara, agarrando-se ao casaco grande demais ao redor do corpo, como se desejasse desaparecer.

Ninguém lhe dá atenção.

Lanço um olhar para Obi: *Você está falando sério?* Mas ele está ocupado, acenando para outro sujeito.

E aponta para o projeto que minha mãe fez com aquela vítima.

— Por que aquela pilha horrível de corpos ainda está por aí? Eu te disse para se livrar daquilo.

O rapaz de Obi manda dois outros caras tirar os corpos de lá. Pelo visto, ele mesmo não quer mexer com isso.

Os dois homens sacodem a cabeça e se afastam. Um deles faz o sinal da cruz. Eles dão meia-volta e correm para a escola, para o mais longe possível dos corpos.

Enquanto meu guarda me escolta por entre a carnificina, ouço Sanjay dizer às pessoas que joguem os corpos não reclamados numa van para serem autopsiados.

Afasto-me deles quase tropeçando. Não consigo nem olhar. Talvez essas pessoas estejam mesmo mortas. Com certeza é o que espero.

Sou jogada no banco traseiro de um carro de polícia estacionado na rua. Minha mãe já está lá.

A viatura tem uma divisória entre os assentos da frente e os de trás. Há barras nas janelas traseiras. Abaixo do vidro de trás, há cobertores e algumas garrafas de água. Meus pés derrubam um balde com tampa, cheio de pacotes de lenços umedecidos.

Levo um minuto para entender que não vamos ser levadas a lugar nenhum. Esta é nossa prisão.

Maravilha.

Pelo menos o guarda não pegou minha espada. Ele nem me revistou em busca de armas, então considero que não era um policial no Mundo Antes. Ainda assim, provavelmente teria pegado minha espada se ela não se parecesse com um ursinho de pelúcia pós-apocalíptico.

Tomo um gole de água. Mal dá para aplacar a sede, mas pelo menos não vou precisar fazer xixi num futuro próximo.

Pessoas correm em desespero, tentando terminar suas tarefas antes da escuridão total — quer essas tarefas sejam arrastar corpos para a van de autópsias ou enterrar entes queridos. De quando em quando, olham para o céu, mas, conforme a escuridão espreita, começam a olhar por cima dos ombros com nervosismo, como se estivessem preocupadas que algo as alcançasse sorrateiramente.

Eu entendo. Existe algo apavorante em ser deixado sozinho no escuro, ainda mais com alguém que se acredita ter morrido.

Tento não pensar em como deve ser para as vítimas. Paralisadas, mas conscientes, abandonadas indefesas na escuridão, com monstros e família.

Quando o último corpo não reclamado é jogado na van, os trabalhadores fecham a porta com força e saem dali no carro.

Os que não foram com a van saem trotando pela rua, rumo à escola. Depois as famílias, quer tenham terminado ou não de jogar terra nas sepulturas de seus entes, largam as pás e saem correndo atrás dos trabalhadores, obviamente sem querer ser deixadas para trás.

Minha mãe começa a fazer ruídos animalescos de ansiedade ao observar todo mundo ir embora. Quando a pessoa é paranoica, o último lugar em que deseja ficar é aprisionada num carro, onde não pode fugir ou se esconder.

— Está tudo bem — digo. — Eles vão voltar. Vão nos deixar sair quando se acalmarem. E então vamos procurar a Paige.

Ela sacode a maçaneta da porta, depois pula para o meu lado e tenta a outra. Bate na janela. Dá tapas na tela que separa os bancos da frente dos de trás. Sua respiração se torna ofegante.

Está despencando numa grave espiral de ataque de pânico.

Só nos faltava uma crise de histeria em um espaço menor que um sofá.

Quando os últimos retardatários passam correndo pela minha janela, grito para eles:

— Me coloquem em outro carro!

Eles nem sequer olham na minha direção ao saírem apressadamente pela rua e adentrarem a escuridão.

E sou deixada num cubículo com a minha mãe.

22

TODO TIPO DE PREOCUPAÇÃO GIRA pela minha cabeça.

Respiro fundo. Tento colocar essas preocupações de lado e me concentrar em manter o equilíbrio.

— Mãe? — Mantenho a voz baixa e calma. O que eu realmente quero fazer é me arrastar para debaixo do assento e sair do caminho dela quando ela explodir. Mas não é uma opção.

Estendo uma garrafa de água.

— Quer um pouco?

Ela me olha como se eu fosse louca.

— Para de beber isso! — Agarra o recipiente da minha mão e guarda abaixo da janela traseira. — Temos que economizar.

Seus olhos disparam para todos os cantos da nossa prisão. Sua preocupação desesperada transparece em cada linha do rosto. Ela é a imagem da ansiedade. Parece que essas linhas aumentam dia após dia entre as sobrancelhas e ao redor da boca. O estresse a está matando.

Ela vasculha os bolsos. A cada ovo esmagado que encontra, fica mais desesperada. Para meu alívio, alguém levou o bastão elétrico de gado. Odeio pensar na força que foi necessária para isso.

— Mãe?

— Cala-a-boca-cala-a-boca-*cala-a-boca*! Você deixou aqueles homens a levarem!

Ela agarra a divisória de metal com uma das mãos e o assento traseiro com a outra. Então aperta até todo o sangue sumir de suas mãos e transformá-las em garras brancas.

— Você deixou aqueles monstros fazer todas aquelas coisas horríveis com ela! Você se vendeu para o diabo e nem sequer pôde salvar sua irmã? — O franzido entre suas sobrancelhas fica tão apertado que parece um pesadelo. — Você nem conseguiu olhar nos olhos dela quando ela mais precisava. Você estava aqui fora caçando a sua irmã, não estava? Para poder matá-la com as próprias mãos! Não é verdade?

Lágrimas escorrem pela máscara torturada que é seu rosto.

— Existe alguma bondade em você? — Ela grita na minha cara com tanta intensidade que seu rosto se torna escarlate, como se estivesse prestes a explodir. — Você não tem coração! Quantas vezes eu te disse para proteger a Paige? Você é mais que inútil!

Ela bate a mão na divisória repetidas vezes até eu achar que vai sangrar.

Tento bloquear a imagem da mente.

Só que não importa quantas vezes eu a ouça descontar a raiva em mim, suas palavras continuam me perfurando.

Encolhida num canto, tento ficar o mais longe possível. Ela vai distorcer qualquer coisa que eu disser para se adequar a sua lógica insana e então devolver na minha cara.

Eu me preparo para um de seus acessos de fúria. Não é algo que eu queira experimentar numa prisão tão pequena que não podemos nem deitar. Não é algo que eu queira viver em nenhum momento, em nenhum lugar.

Mas não consigo pensar em nada que possa dizer para acalmá-la. Esse sempre foi o papel de Paige. Então faço a única coisa que me vem à mente.

Cantarolo uma melodia.

É a música que ela murmura quando está saindo de um episódio muito ruim. É o que considero sua canção de desculpas. Ocasos, castelos, surfe, hematomas.

Ela pode me ignorar ou entrar numa espiral de fúria. Ouvir-me cantar sua música pode acalmá-la ou deixá-la mais raivosa do que nunca. Se existe uma coisa com que posso contar em relação à minha mãe é que ela é imprevisível.

Sua mão se levanta e acerta um tapa no meu rosto.

Bate tão forte que penso que vou carregar a marca de sua palma para sempre na face.

E me bate de novo.

Na terceira vez, agarro seu punho antes que os dedos façam contato.

Em meu treinamento, já apanhei, levei socos, pontapés, fui derrubada, atingida e sufocada por todos os tipos de oponentes. Mas nada dói tanto quanto um tapa de mãe.

Eu me lembro de que várias semanas se passaram desde que ela recebeu medicação, mas isso não faz nada para aliviar o ardor.

Preparo-me para detê-la de alguma forma sem machucá-la, na esperança de que isso não saia demais do controle. Resulta que acabo não precisando.

Sua expressão muda de fúria para angústia. Seus dedos relaxam na divisória metálica. Os ombros se curvam, e ela se curva em posição fetal, encostada na porta.

Começa a tremer quando é tomada pelas lágrimas. Chora em grandes soluços, como se fosse uma garotinha.

Como se o marido a tivesse abandonado à mercê dos monstros.

Como se as filhas tivessem sido arrancadas dela pelos demônios.

Como se o mundo tivesse chegado ao fim.

E ninguém entendesse.

Se Paige estivesse aqui, abraçaria nossa mãe e faria carinho em seu cabelo. Paige a confortaria até ela adormecer. Já fez isso inúmeras vezes, mesmo depois de nossa mãe a ter machucado.

Mas eu não sou Paige.

Encolhida no meu canto do carro, eu me agarro ao pelo macio do ursinho de pelúcia.

23

SONHO QUE ESTOU COM RAFFE mais uma vez.

O entorno parece familiar. Estamos no chalé de visitantes em que Raffe e eu dormimos na noite em que deixamos o escritório. Na noite em que aprendi seu nome, em que ele passou de prisioneiro a parceiro e me abraçou enquanto eu tremia num pesadelo.

O tamborilar da chuva contra as janelas enche a cabana.

Olho para meu eu daquele dia, adormecida no sofá debaixo de um cobertor fino.

Raffe está deitado no outro sofá, me observando. Seu corpo musculoso se estende languidamente sobre as almofadas. Os olhos azul-escuros giram com pensamentos que não consigo ouvir. É como se a espada tivesse adquirido consciência própria depois de me contar tanto sobre Raffe e agora mantivesse os pensamentos dele ocultos.

Existe algo suave nos olhos de Raffe que nunca vi antes. Não se trata de desejo, amor ou algo do tipo. Se fosse isso, seria apenas obra das minhas fantasias confusas.

Não que eu fantasie sobre ele.

É mais como o jeito com que um cara durão que não gosta de gatos olharia para um filhotinho e notasse pela primeira vez que ele pode até ser meio bonitinho. Uma certa consciência relutante e particular de que, talvez, nem *todos* os gatos sejam ruins.

O momento de guarda aberta passa num segundo. Os olhos de Raffe mudam e observam o corredor. Ele ouve alguma coisa.

Fica tenso.

Espero, esforçando-me para ver.

Dois pares de olhos vermelhos ficam maiores ao se aproximar sorrateiramente, silenciosos como a morte. Da escuridão do corredor, espiam a sala de estar e me observam.

Uau. Por que eu não fiquei sabendo disso?

Numa fração de segundo, Raffe está em pé, correndo e pegando a espada a caminho do corredor.

As sombras endiabradas saltam e voltam para o quarto; preto absoluto contra cinza-escuro. Mergulham pela porta aberta, onde o ar frio flui como um rio.

Raffe e as criaturas entram em câmera lenta ao correrem para a janela quebrada ao lado da cama. A chuva entra em lâminas pelas aberturas escancaradas, ao mesmo tempo em que as cortinas dançam ao sabor do vento.

Sei que devo copiar os movimentos de Raffe no ataque, mas fico ocupada demais observando o que está acontecendo. As criaturas estão fugindo, não atacando.

Será que o estavam espionando? Vão voltar para buscar reforços?

Os endiabrados teriam escapado pela janela se o primeiro não tivesse afastado o segundo do caminho e o feito acertar as cortinas, o que resultou no segundo agarrar o primeiro, em pânico.

Enquanto disputam posição, Raffe atravessa com a espada o que está pulando da janela e quase o parte ao meio. Depois acerta o segundo e rasga sua garganta.

Raffe olha pela janela para se certificar de que são os únicos endiabrados.

Sobe na cama com dificuldade e se encolhe de dor, curvado para recuperar o fôlego. Os curativos nas costas florescem com manchas de sangue escuro onde costumavam ficar as asas.

Ele mal acabou de acordar do sono de recuperação, algumas horas antes, e já é sua terceira luta. Uma comigo, outra contra a gangue de rua que invadiu nosso prédio de escritórios e agora com essas coisas assustadoras. Não posso nem imaginar como deve ser difícil para ele. Uma coisa é ser separado de seu bando e cercado por inimigos, mas além de tudo isso ainda ser gravemente ferido... deve ser o sentimento mais solitário do mundo.

Ele enxuga a lâmina na roupa de cama, polindo-a carinhosamente no lençol. As criaturas finalmente terminam seus estertores enquanto ele sai.

Por incrível que pareça, ainda estou dormindo lá na sala. Claro, não tive uma noite decente de sono em dias, e estava praticamente inconsciente, tamanha a exaustão. Meu corpo treme no sofá. O frio penetrou no cômodo enquanto a porta do quarto permaneceu aberta.

Raffe para um instante e se inclina no sofá para recuperar o fôlego.

Resmungo durante o sono e estremeço debaixo dele.

O que Raffe está pensando?

Que, se algum dos endiabrados estiver observando, não vai fazer diferença se estivermos em sofás diferentes ou no mesmo? Ou já estou condenada porque fiquei em sua companhia por tempo demais?

Resmungo de novo e encolho os joelhos de encontro ao peito debaixo do cobertor fino.

Ele se inclina e sussurra:

— Calma. *Shhh*.

Talvez só precise sentir o calor de outro ser vivo depois de uma amputação tão traumática. Talvez esteja exausto demais para se importar se sou uma filha do homem, tão esquisita e bárbara quanto as esposas dos vigias.

Seja qual for o motivo, relutante, ele tira as almofadas do encosto do meu sofá. Então para, parecendo prestes a mudar de ideia.

Depois desliza atrás de mim.

Primeiro seu abraço é rígido e desconfortável. Mas, conforme começa a relaxar, a tensão em seu rosto se alivia.

Ele acaricia meu cabelo e sussurra:

— *Shhh*.

Não importa quão reconfortantes sejam seus gestos, retribuo-lhe em igual medida, no momento que ele mais precisa.

Aconchegada mais perto dele mesmo dormindo, meus resmungos vão se transformando em um suspiro contente. Quase dói ver Raffe fechar os olhos e me abraçar de um jeito que um menino abraçaria um bichinho de pelúcia para se reconfortar.

Estendo minha mão de fantasma e acaricio sua face. Mas é claro que não posso senti-lo. Só posso sentir aquilo de que a espada se lembra.

Mesmo assim, percorro a mão pelas linhas de seu pescoço e pelos músculos de seu ombro.

Imagino o calor macio de seu corpo.

E lembro como foi estar envolta em seus braços.

24

ESTÁ ESCURO QUANDO ACORDO. FLUTUO de volta para a realidade, ainda atolada no sonho.

Acaricio o pelo macio do ursinho. Meu sonho tinha uma dose maior de conforto do que qualquer aula de luta teria o direito de possuir. É como se a espada escolhesse uma memória reconfortante de propósito, e eu me sinto grata por isso.

Levo um minuto para lembrar por que estou dormindo no banco traseiro de um carro.

Certo. Somos prisioneiras em uma viatura de polícia.

Então o restante das lembranças volta numa enxurrada, e minha vontade é poder retornar ao meu sonho.

Lá fora, carrocerias de carros pontuam a estrada, e as sombras dos galhos projetadas pela lua se movimentam de um lado para o outro ao vento. Como muitos lugares, as ruas ficam surreais e assustadoras à noite.

Algo se move do lado de fora da minha janela.

Antes que eu possa identificar a sombra, ela bate no vidro.

Dou um ganido.

Em silêncio, minha mãe agarra meu braço, arrastando-me com urgência para o assoalho do carro com ela.

— Sou eu, Clara — sussurra a sombra.

Uma chave gira e a porta do motorista se abre. Por sorte, alguém desligou as luzes do giroflex e assim não parecemos um farol.

Sua silhueta magérrima desliza para o assento do motorista.

— Você é uma mulher morta — diz minha mãe. — Toda enrugada e parecendo que saiu de dentro de uma sepultura.

— Ela não está morta, mãe. — Eu me levanto do assoalho e sento no banco.

— Às vezes eu queria estar — diz Clara. Ela dá partida, e o ronco do motor é assustadoramente alto.

— O que você está fazendo? — pergunto.

— Tirando vocês daqui. Levando para longe dessa gente horrível. — O carro faz uma ampla curva em S para evitar outros veículos.

— Desligue os faróis — peço. — Eles chamam muita atenção.

— São faróis diurnos. Não dá para desligar.

Conforme ela manobra em torno dos obstáculos, nossas luzes atingem a pilha de corpos da minha mãe. Pelo visto, ninguém quis colocar a mão naquilo, apesar das ordens de Obi.

O corpo de aparência macabra no topo da pilha tenta, lentamente, erguer a mão para se proteger da luz.

— Os mortos estão ressuscitando — diz minha mãe. Ela parece animada, como se sempre soubesse que isso acabaria acontecendo.

— Ele não estava morto, mãe.

— Você foi a primeira que ressuscitou — diz ela. — A primeira dos mortos.

— Eu também não estava morta — insisto.

— Espero que ele encontre a família e que seja aceito de volta — diz Clara. Seu tom deixa claro que ela duvida disso.

Tento não pensar no restante das vítimas.

Ironicamente, minha mãe pode ter salvado a única vítima de escorpião que vai sobreviver a esta noite.

QUANDO JÁ ALCANÇAMOS ALGUMA DISTÂNCIA do quartel da resistência, Clara para o carro para eu poder me sentar no banco do passageiro. Como minha mãe também não quer ficar na prisão de trás, nos amontoamos todas no banco da frente, comigo no meio.

— Obrigada, Clara. Como você conseguiu a chave? — questiono.

— Pura sorte — diz ela. — Aqueles gêmeos de nome esquisito deixaram cair a apenas alguns passos de mim.

— Eles... deixaram cair? — Aqueles são os dois mãos-leves e pregadores de peças mais habilidosos que já vi. Difícil imaginar que qualquer um deles deixe alguma coisa cair.

— É, eles estavam fazendo malabarismos com um monte de objetos enquanto andavam. A chave simplesmente caiu e eles nem perceberam.

— Mas você percebeu.

— Claro.

— Como você sabia que era a chave deste carro?

Ela levanta a etiqueta da chave e me mostra. É um suporte plástico transparente originalmente destinado a fotos, que emoldura um pedaço de papel com letras de forma infantis: "CAMBURÃO DA PENRYN — ULTRASSECRETO".

Se algum dia eu vir os gêmeos de novo, parece que lhes devo uma luta na lama com outra garota-zumbi.

— Espero que não se metam em confusão — diz Clara. — Eles parecem ser bons meninos.

— Eu ficaria surpresa se alguém ao menos soubesse que eles tinham a chave. Não se preocupe, eles não vão se meter em encrenca. — Mas suponho que um de seus arqui-inimigos, sim.

Minha mãe sussurra com urgência num celular, conversando com alguém que não está ali.

— Então, para onde vamos? — pergunta Clara.

Isso escurece meu humor. Uma pergunta tão simples. Não sei nem por onde começar a pensar nisso. Tanto minha mãe quanto Clara são mais velhas do que eu; mas, de alguma forma, elas presumem que *eu* vá descobrir o que fazer.

Paige se foi. E aquele cadáver sobre o qual ela estava...

Fecho os olhos e tento apagar a imagem, mas só piora. O sangue no rosto dela não lhe pertencia, tenho certeza disso. Ou ela vai caçar as pessoas, ou pessoas vão caçá-la. Talvez os dois.

Não aguento pensar em nenhuma das duas opções. Se a pegarem, vão tratá-la do jeito que a resistência tratou: amarrá-la como um animal ou matá-la. Se ela os pegar...

Nem pense nisso.

Mas tenho que pensar, não tenho? Não posso deixá-la por aí sozinha, desesperada e assustada.

A resistência provavelmente vai procurar por ela quando amanhecer. Se conseguirmos encontrá-la primeiro, talvez possamos achar uma forma de lidar com seus problemas. Mas como encontrá-la?

Respiro fundo e solto o ar devagar.

— Vamos nos afastar algumas cidades da resistência, depois nos esconder até chegarmos a uma conclusão do que fazer.

— Boa ideia — elogia Clara, que olha para o céu tanto quanto para a estrada.

— Não — nega minha mãe, apontando em frente com uma das mãos e segurando o celular na outra. — Continue em frente. A Paige veio por aqui. — Ela parece segura de si.

Existe algo esquisito a respeito do celular. É maior e mais volumoso que o normal. Parece vagamente familiar.

— Isso é um celular? — Estendo a mão para pegá-lo.

— Não! — Ela puxa bruscamente e o envolve com o corpo de modo protetor. — Não é para você, Penryn. Nem agora nem nunca.

Minha mãe tem uma relação diferente com objetos inanimados do que a maioria de nós. Às vezes um interruptor de luz é apenas um interruptor de luz. Até que deixa de ser.

Do nada, depois de anos usando o mesmo interruptor para acender a luz, ela se convenceu de que ele precisava ser acionado seguidas vezes para salvar a cidade de Chicago. Depois disso, voltou a ser só mais um interruptor. Até o dia em que ela precisou dele para salvar Nova York.

— O que é isso? — pergunto.

— É o diabo.

— O diabo em uma caixinha preta? — Não importa, claro. Nunca importa. Só que, por alguma razão, eu quero que ela me conte a respeito. Talvez acione minha memória sobre o que é e onde o vi antes.

— O diabo fala comigo usando a caixinha preta.

— Ah... — Faço que sim, tentando pensar em alguma outra coisa para dizer. — Que tal a gente jogar ela fora, então? — Se ao menos pudesse ser tão simples assim.

— E aí como vamos encontrar sua irmã?

A conversa está fadada a girar em grandes círculos. Estou perdendo tempo.

Minha mãe se mexe e vislumbro a tela do aparelho. É um mapa da Bay Area com setas amarelas indicando dois pontos.

Conheço esse visor. Eu me lembro dele como alguma coisa que meu pai certa vez trouxe para casa.

— É o protótipo do papai.

Minha mãe o enfia atrás das costas, preocupada que eu possa pegá-lo.

— Não acredito que você o roubou e deixou o papai ser demitido por causa disso. — Não me admira que ele tenha nos deixado.

— Ele nem gostava daquele emprego.

— Ele adorava aquele emprego. Ficou arrasado quando o perdeu. Você não se lembra dele procurando esse negócio por toda parte?

— A empresa dele não precisava disso tanto quanto eu. O diabo queria que ficasse comigo. Não pertencia a eles.

— Mãe... — Por que discutir?

Se ele não tivesse sido demitido por perder o protótipo, é provável que o fosse por alguma outra coisa que minha mãe fizesse. É difícil ser engenheiro quando a esposa telefona a cada dois minutos. E, se ele não atendesse a ligação, ela ligava para a recepcionista, para o chefe ou para algum colega de trabalho para descobrir se ele estava bem. E, se ninguém atendesse, talvez ele recebesse uma visita surpresa da polícia, querendo falar com ele sobre como a esposa tinha surtado em público, gritando e berrando que *eles* tinham levado o marido dela.

— O que é isso? — pergunta Clara.

— O protótipo de um dispositivo para rastrear animais de estimação — respondo. — Tem um pequeno rastreador. À prova d'água e resistente a impactos. Meu pai mostrou para a gente uma vez. Pelo visto, minha mãe gostou muito do aparelho.

— Ele era engenheiro?

— Era — respondo. Não digo que, quando ele por fim nos abandonou, estava trabalhando de noite na 7-Eleven, a loja de conveniência mais próxima da nossa casa, onde minha mãe poderia ficar sentada num canto enquanto ele operava o caixa.

— Brad, meu marido, também era engenheiro — ela diz, melancólica, quase para si mesma.

No aparelho da minha mãe, a seta pisca e segue um caminho. É um alvo em movimento.

— O que estamos rastreando? — pergunto.

— Paige — diz minha mãe.

— Como você sabe que é a Paige? — insisto, certa de que é outra fantasia. Uma coisa é ter o rastreador do meu pai. Outra é estar, de fato, rastreando Paige, considerando que ela precisaria ter um transmissor nela.

— O diabo me falou. — Minha mãe abaixa a cabeça, parecendo confusa. — Se eu prometer certas coisas a ele — resmunga.

— Tudo bem. — Esfrego a testa, tentando ser paciente. É preciso uma espécie de arte para conseguir tirar informações da minha mãe. Ter um pé na realidade e outro no mundo dela para entender melhor o que ela está dizendo. — Como o diabo sabe onde está a Paige?

Ela me olha como se eu tivesse feito a pergunta mais idiota do mundo.

— Por causa do transmissor, é claro.

25

ÀS VEZES, ATÉ EU COMETO o erro de subestimar minha mãe. É fácil achar que ela não é inteligente e astuta só porque acredita em coisas ilógicas e toma decisões ruins. Mas sua doença não tem nada a ver com a inteligência. Às vezes eu me esqueço disso.

— O transmissor está na Paige? — Prendo a respiração e não me atrevo a soltar o ar.

— Está.

— Onde? Como? — Se minha mãe colocou o transmissor numa bolsa ou em alguma coisa, achando que Paige teria o objeto com ela, pode ser que a gente esteja seguindo o caminhão da resistência, e não minha irmã.

— Ali. — Ela aponta para o meu sapato.

Primeiro eu olho e não vejo nada. Depois percebo que ela não está apontando para o sapato. Está apontando para o sol amarelo costurado na barra do jeans. Estou tão acostumada a esses sóis que nem os enxergo mais.

Abaixo-me para dar uma boa olhada na estrela pela primeira vez. Um canto duro debaixo dos fios amarelos espeta meu polegar. É bem pequenininho, não dá para notar, ou pelo menos eu nunca notei.

— Esta é você — diz ela, com o dedo na seta inferior em Redwood City. — Esta é a Paige. — Ela move o dedo para a seta superior em San Francisco.

É possível que ela tenha ido tão longe em um espaço de tempo tão curto? Respiro fundo. Quem sabe o que ela é capaz de fazer agora?

Eu me lembro de o meu pai nos mostrar um pequeno chip na ponta do dedo. Ele era coberto por uma proteção plástica que o deixava à prova de água e de sujeira, assim os cães poderiam rolar na lama e se molhar sem afetar o transmissor.

É por isso que minha mãe aparecia com tanta regularidade quando Raffe e eu estávamos na estrada. Foi assim que ela acabou no ninho da águia.

— Mãe, você é um gênio.

Ela parece surpresa. Então abre um enorme sorriso satisfeito. Nunca a vi tão feliz desde sei lá quando. Sua face irradia alegria como uma garotinha que acabou de descobrir que fez alguma coisa certa pela primeira vez na vida.

Confirmo, balançando a cabeça.

— Bom trabalho, mãe. — É um tanto perturbador perceber que nossos próprios pais precisam do nosso encorajamento.

LARGAMOS A VIATURA DE POLÍCIA e pegamos um discreto veículo elétrico que está com as chaves no contato.

Vasculho o porta-luvas e o porta-malas da viatura, em busca de qualquer coisa útil para transferir ao novo carro. Encontro binóculos e uma mochila cheia de itens de primeiros socorros. Se existe uma coisa em que os homens de Obi são bons, é sobrevivência em fuga. Imagino que todos os carros da resistência têm uma dessas.

Clara me puxa de lado a caminho do novo carro.

— Não tenha muita esperança — sussurra.

— Não se preocupe. Eu sei que minhas chances de encontrar a Paige são pequenas.

— Não foi isso que eu quis dizer. Eu estava falando sobre a sua mãe.

— Acredite em mim: em relação a ela eu não tenho nenhuma esperança.

— Tem sim. Eu percebo. Existe um ditado que diz: "Só porque você é paranoico, não significa que não estejam atrás de você". Bom, o inverso também é verdadeiro. Só porque alguém está atrás de você, não significa que você não seja paranoico.

— Não entendi.

— O fato de o mundo ter ficado louco não significa que a sua mãe não continue sendo louca também.

Eu me afasto dela. Não estava pensando nisso.

Não de verdade.

Mas ela tinha mesmo que roubar essa possibilidade de mim?

— Eu era enfermeira. Sei como esse tipo de doença pode ser difícil para a família. Falar a respeito pode ajudar. Só não quero que você sofra pensando que a sua mãe pode ser...

Chuto as lanternas e as luzes diurnas do novo carro para impedir que se transformem num farol. Bato com tanta força que as lâmpadas praticamente viram pó.

Não precisamos dessas luzes. Há luar suficiente para ver os vultos dos carros na estrada, mesmo que não dê para enxergar muitos detalhes.

Deslizo para dentro do carro e me sento no banco do carona.

— Desculpe — diz Clara, ao assumir o assento do motorista.

Faço que sim.

E é o fim desse assunto feio.

Ela dá partida no motor e seguimos para norte de novo, rumo a San Francisco.

— Por que você está aqui, Clara? Minha mãe e eu não somos exatamente as melhores companheiras de viagem.

Ela dirige em silêncio por um instante.

— Pode ser que eu tenha perdido a fé na humanidade. Talvez eles estejam certos em nos exterminar.

— O que isso tem a ver com você viajar com a gente?

— Você é uma heroína. Espero que me faça recuperar a fé e me mostre que vale a pena ser salva.

— Não sou nem de perto uma heroína.

— Você salvou a minha vida no ninho da águia. Portanto é minha heroína.

— Eu te deixei num porão para morrer.

— Você me livrou das garras de um verdadeiro horror, quando pensei que todas as esperanças tinham se esgotado. Você me deu a oportunidade de me arrastar de volta para a vida, quando ninguém mais podia.

Ela me lança um olhar, e seus olhos brilham na escuridão.

— Você é uma heroína, Penryn, goste disso ou não.

26

MINHA MÃE MURMURA SEM PARAR no rastreador. Sua voz assume uma cadência, e me assusta que seja a mesma de quando ela reza. Porque, desta vez, ela está se dirigindo ao diabo.

É lento o caminho sinuoso entre os carros abandonados na escuridão, mas conseguimos. Percorremos a mesma rota que Raffe e eu percorremos quando fomos para a cidade. Só que agora não há ninguém na estrada. Nenhum refugiado, nenhuma criança de doze anos dirigindo, nenhuma cidade com barracas. Apenas inúmeros quilômetros de ruas vazias, jornais soprando pelas calçadas e celulares abandonados sendo esmigalhados debaixo dos pneus.

Onde estão as pessoas? Estão se escondendo atrás das janelas escuras dos prédios? Mesmo depois do ataque ao ninho da águia, não posso imaginar que todo mundo tenha deixado a cidade.

Acaricio o pelo macio do urso de pelúcia. Existe algo especialmente macabro nas ruas desertas e algo especialmente reconfortante em ter uma espada irada pendurada nos ombros, mesmo que esteja disfarçada de ursinho de pelúcia.

Algumas horas depois, estamos no caminho dos píeres.

Chegamos ao topo de uma colina na calada da noite. San Francisco deveria ser uma cidade fervilhando de luzes brilhantes, movimento e ruído. Ao mesmo tempo em que eu tinha vontade de vir, tinha medo de toda essa sobrecarga sensorial.

Agora é uma terra desolada.

A lua minguante respinga um pouco de luz sobre latas de lixo viradas e ratos sorrateiros, mas a cidade está tão coberta de cinzas por causa do Grande Ataque que absorve mais luz do que parece possível. A cidade antes bonita se tornou uma paisagem de pesadelo.

Minha mãe vasculha a área com olhos entediados. É como se ela sempre soubesse que seria assim. Como se tivesse visto coisas assim a vida toda.

Mas até ela respira fundo quando avista a ilha de Alcatraz.

Essa ilha é famosa por ter servido de prisão aos criminosos mais infames. Fica na baía, reluzindo vagamente sob o luar refletido na água.

Deve ter seu próprio gerador que foi acionado por alguém. As luzes de Alcatraz não são pontinhos cintilantes de boas-vindas. Em vez disso, há um brilho opaco e pesado que permeia a ilha, apenas o suficiente para ser visível na baía escura.

E apenas luminoso o suficiente para que a gente veja um enxame de criaturas curvilíneas girando no ar acima da ilha.

— Ali — diz ela. — A Paige está ali.

Ótimo. Como foi que ela percorreu um caminho tão longo em um espaço tão curto de tempo? É possível que ela corra assim tão depressa, ou que alguém a tenha trazido de carro, ou voando?

Respiro fundo e solto o ar devagar.

Pelo menos os anjos não tiveram o senso de humor de tomar a vizinha Angel Island em vez disso. Ilha dos Anjos. Seria algo que Raffe provavelmente teria feito se estivesse no comando.

Clara estaciona nosso carro de qualquer jeito na rua, tentando se misturar. Pego os binóculos quando saímos. Estamos no Píer 39, próximo ao cais Fisherman's. No Mundo Antes, era uma enorme atração turística, apinhada de lojas de camisetas, doces e barracas de peixe a céu aberto.

— Minhas filhas adoravam este lugar — diz Clara. — Todos os domingos, a gente vinha almoçar aqui. As meninas achavam uma delícia comer ensopado de mariscos e ver os leões-marinhos. Este lugar era sinônimo de felicidade para as duas. — Ela observa os arredores com olhos melancólicos.

Os leões-marinhos ainda estão aqui, pelo menos. Posso ouvi-los rugir em algum lugar perto do mar. Mas são as únicas coisas familiares.

As docas estão enviesadas e quebradas, parecendo estruturas feitas de palito de dentes. Muitos dos prédios desabaram e se tornaram pilhas de madeira para lenha. Parece que os incêndios não alcançaram esta área, mas a água raivosa com certeza alcançou.

A arrebentação feroz dos tsunamis que percorreram o mundo todo foi atenuada antes de alcançar a baía, mas isso não impediu o dano. Só evitou que esta parte da cidade fosse inundada e totalmente destruída.

Há um navio caído de lado na rua. Outro se projeta do telhado de um edifício demolido.

Estilhaços do tamanho de sequoias estão por toda parte. Pena que os anjos não são mortos como os vampiros. Poderíamos atraí-los para cá e nos divertir um pouco.

Há um navio de cruzeiro surpreendentemente intacto ancorado na água. Quero ir até ele, levá-lo até a ilha, e gritar por Paige. Em vez disso, eu me agacho atrás de uma pilha de caixotes quebrados onde posso ver, mas não ser vista.

Espio Alcatraz pelos binóculos.

As coisas que rondam o céu noturno acima da ilha são muito escuras para que eu possa enxergar cada detalhe, mas consigo distinguir as silhuetas no céu enluarado.

Formas de homens.

Asas.

Gordas caudas de escorpião.

27

O QUE INICIALMENTE PARECIA UM enxame caótico acaba se mostrando uma revoada bem organizada.

Mais ou menos.

A maioria dos escorpiões segue um anjo que sobe, se prepara e mergulha. Os escorpiões o seguem como filhotes de pássaro. Boa parte deles, pelo menos.

Alguns recuam tanto que quase entram no caminho do anjo durante a coreografia de voo. E é uma coreografia. O anjo repete o padrão de voo para não se afastar da ilha. Varia aqui e ali, mas na maioria das vezes é um padrão previsível.

Se eu já não soubesse, diria que ele os está ensinando a voar.

Filhotes de pássaro são ensinados a voar, e filhotes de golfinho são ensinados a respirar. Talvez os filhotes de monstro sejam ensinados pelas mães a ser monstros, mas essas coisas não têm mãe.

A verdade é que o anjo está fazendo um péssimo trabalho para ensinar. Vários escorpiões estão com dificuldade. Até eu consigo ver que alguns deles estão batendo asas depressa demais. Não são beija-flores e provavelmente vão se cansar ou ter um ataque cardíaco — considerando que tenham coração.

Um deles cai direto na água e se agita ali, guinchando.

Outro escorpião dá um rasante acentuado demais atrás do que caiu primeiro. Não sei dizer qual escorpião pega qual, se o que está no ar tentando ajudar o companheiro, se o que está na água que agarra o do ar, mas, de qualquer forma, o segundo também desaba no mar.

Eles se debatem e tentam subir um em cima do outro. Brigam por alguns segundos a mais de ar, mas o vencedor só consegue dar um último guinchado antes que os dois afundem.

A primeira vez que vi essas coisas no porão do ninho da águia, estavam suspensas em tubos de líquido. Mas acho que deviam estar com algum tipo de cordão umbilical, ou se transformaram quando "nasceram", pois agora estão claramente afundando.

Passos me fazem girar e me abaixar mais. Minha mãe e Clara se agacham ao meu lado, atrás de um caixote quebrado.

Há tantas sombras ao longo da antiga área comercial do píer que um exército poderia marchar em nossa direção e eu não o veria. Nós nos abaixamos ainda mais na escuridão.

Mais passos. Agora estão correndo.

Pessoas entram e saem das sombras. Disparam para o espaço aberto, onde o luar as expõe. É uma pequena debandada de pessoas que fogem desesperadamente de alguma coisa.

Algumas olham para trás com expressão de terror enquanto correm.

Fora o estampido de seus pés nas tábuas de madeira curvadas, não fazem nenhum outro ruído. Não gritam, não chamam uns aos outros.

Mesmo quando uma mulher cai, claramente tendo torcido o tornozelo, não há outro ruído a não ser a pancada do impacto. Seu rosto se contorce de dor e terror, mas nenhum som sai de sua boca. Ela se levanta e sai mancando o mais depressa possível, numa espécie de corrida saltitante, tentando desesperadamente acompanhar a manada.

O pânico dessas pessoas ecoa em meu peito. Também tenho o ímpeto de sair correndo, mesmo sem saber do que exatamente elas estão fugindo.

Quando minhas pernas tremem para expressar minha indecisão, as criaturas que estão perseguindo a multidão aparecem da esquina.

São três. Dois escorpiões voam baixo, próximos ao chão, batendo as asas de inseto com um zunido. No centro, um anjo que parece ter usado esteroides está mancando.

O anjo enorme tem asas brancas como a neve.

As asas de Raffe.

Beliel.

28

MESMO NESSA SITUAÇÃO PERIGOSA, MEU coração se aperta ao ver as lindas asas de Raffe no demônio Beliel.

Da última vez em que o vi, ele estava mancando com uma asa ferida. Alguém deve ter costurado a asa de volta no lugar depois que Raffe rasgou os pontos. Deve ser legal ter médicos maléficos de prontidão. O coxear de Beliel é notável, mas nem de perto tão ruim como estava quando Raffe o fez fugir do aeroporto.

Também está com bandagens novas ao redor da barriga, onde Raffe o retalhou com a espada quando o conheci. É bom constatar que ferimentos de espada angelical não cicatrizam tão rápido quanto outros ferimentos, como Raffe me contou.

Os escorpiões voam tranquilamente, oscilando para frente e para trás, mergulhando baixo o bastante para espiar nas janelas. Um destrói uma delas: provavelmente a última intacta no píer.

Os ruídos de estilhaços são imediatamente seguidos por um berro estridente. Uma família com filhos sai correndo pela porta da loja e se une ao grupo que está fugindo dos monstros.

Existe alguma coisa sobre a forma como os escorpiões se movimentam que aciona meu alerta interno. Eles não estão perseguindo para capturar.

Estão reunindo as presas.

Antes que minha mente possa formar a palavra "armadilha", vejo um clarão e uma rede de pesca caindo do céu.

É quando começa a gritaria.

Uma, duas, cinco redes de pesca, tão grandes quanto cabanas, desabam do céu escuro.

Sombras mais escuras mergulham, vindas do alto. Pousam de quatro e saem correndo a passos ligeiros, como escorpiões de verdade, antes de se levantarem sobre pernas humanas.

Duas delas chegam a despencar de cara no cais quebrado, como se ainda não tivessem dominado a arte de aterrissar. Uma delas guincha com fúria ao aprisionar as pessoas, mostrando uma boca cheia de dentes de leão. Puxa a borda da rede com violência e a faz chicotear nos tornozelos das pessoas.

Há dezenas de humanos aprisionados debaixo das redes, se agarrando e se contorcendo, na tentativa de encontrar a saída. Algumas ferroadas dos escorpiões fazem as pessoas se amontoarem no meio das armadilhas. Há gritos e berros. Todo o silêncio prévio se foi.

Disparos ecoam de um dos grupos aprisionados. Um escorpião próximo é abatido, berrando.

Como se fosse o soar do sinal de jantar, um monte de escorpiões mergulha sobre o grupo enredado, no lugar de onde veio o disparo. Ferrões são manejados a torto e a direito e acertam humanos repetidamente, até que sangue comece a gotejar das pontas afiadas. As cabeças monstruosas se acoplam às vítimas para sugá-las.

Os gritos e o movimento frenético se acalmam depois de um minuto e deixam apenas uma pilha de corpos enrugados espasmódicos debaixo de um manto de malha.

Não sei se alguma outra pessoa tem uma arma, mas, depois disso, ninguém se atreve a disparar.

Um menino de uns oito anos foi separado de seu pai. Eles tentam se alcançar, cada um em uma rede. A criança chora por seu pai, mas é este quem parece pálido e absolutamente apavorado pela separação.

Os escorpiões os encurralam, arrastando as redes ou fazendo a multidão andar sob a ameaça dos ferrões.

Nós nos abaixamos mais nas sombras e mal nos atrevemos a respirar.

Os monstros fazem os prisioneiros marcharem até um contêiner, do tipo que caminhões, trens e navios carregam. Não está longe de nós, mas, com todos os escombros espalhados, eu não o havia percebido.

A porta do contêiner é aberta. Uma cerca metálica com trama de arame está enrolada atrás dela.

Logo em seguida, um grupo de pessoas se afasta o máximo possível da entrada.

Metade do contêiner já está lotada de homens, mulheres e algumas poucas crianças. Estão aterrorizados e amontoados, como as vítimas indefesas que são.

Os escorpiões sobem a cerca de arame que serve de portão e erguem as redes. Os novos prisioneiros fogem correndo dos monstros e entram no contêiner.

29

OS ESCORPIÕES FAZEM UMA COISA surpreendente. Saem voando no céu noturno e deixam Beliel sozinho para baixar a cerca e trancá-la.

Ele não tem pressa ao fazer isso, como se quisesse provocar os prisioneiros. Quando termina, pendura a chave em um dos postes de luz, ao lado do contêiner. A trama da cerca de arame enrolada é folgada, o que permite passar um braço ou uma perna pela abertura, mas nem uma criança poderia escapar de lá.

Os antigos prisioneiros estão em silêncio, mas os novos fazem um barulho e tanto com o choro e as perguntas cheias de pânico.

— O que está acontecendo?

— O que eles vão fazer com a gente?

Beliel manca por ali, desligando as luzes de sinalização na doca. Seu joelho parece incomodar mais que antes. Ele deixa luz apenas perto do contêiner de carga. O círculo da iluminação é claro ali, e fico feliz por ainda estarmos escondidas nas sombras.

Como se o medo e a histeria dos prisioneiros não fossem suficientes, Beliel sacode o portão de arame, depois bate a palma aberta na lateral metálica. O alto clangor ecoa por todo o píer.

Todos se encolhem e os gritos ficam mais altos. O terror e a falta de perspectivas vêm em ondas tão grandes que me inundam.

Beliel enfia a cara na cerca. Todos se afastam ainda mais. Ele solta um silvo e rosna. Depois agarra a borda do contêiner e o sacode.

Agora até os prisioneiros veteranos estão gritando.

O que ele está fazendo?

Já o vi num ataque de ira, totalmente descontrolado. Mas isso é diferente. Não há paixão no que ele está fazendo. É só uma tarefa.

No entanto, ele está nervoso, lançando olhares furtivos para o céu.

Será que está sendo vigiado? Ou talvez seja apenas mais um treinamento para os escorpiões, que possivelmente ainda estão por perto, observando de algum lugar? Mas com que objetivo?

Olho para a escuridão e para os telhados restantes, de repente me sentindo exposta.

Vejo apenas os feixes de luz perto do contêiner. As luzes são um farol em meio à paisagem desolada dos prédios retorcidos e da noite sem vida.

Ainda não consigo entender.

Então, uma silhueta mais escura aparece no céu.

Asas ameaçadoras de demônio.

Ombros largos.

O formato de um deus grego deslizando pelo céu.

Raffe.

Cada nervo no meu corpo ganha vida e pulsa.

Minha mente grita: *armadilha, armadilha, armadilha!*

É por isso que Beliel está sozinho, fazendo todo esse ruído. O barulho tanto atrairia atenção quanto disfarçaria quaisquer ruídos que os escorpiões fizessem. Os escorpiões estão por aí. Escondidos. Esperando.

Sem pensar, corro instintivamente e abro a boca para gritar um alerta para Raffe.

Porém mãos ferrenhas agarram meu braço e me fazem perder o equilíbrio. Mãos cobrem minha boca com força, e tudo o que vejo são os olhos grandes e apavorados de minha mãe. Ela me olha como se eu tivesse enlouquecido.

Meu cérebro finalmente acompanha o restante de mim.

Ela está certa.

Claro que está certa. Imagine como as coisas estão ruins, quando sua mãe clinicamente insana é mais racional do que você?

Raffe.

Concordo, balançando a cabeça para mostrar que recuperei a sanidade, e me mexo para poder ver o que está acontecendo. Minha mãe me solta.

Raffe pousa em silêncio. Suas asas não se dobram totalmente. As garras no contorno delas são desferidas, e então ele golpeia. São retráteis. Eu não havia me dado conta disso antes.

Numa velocidade frenética, percorro minhas opções. O que posso fazer? Gritar vai colocar todos nós em encrenca. Além disso, Raffe acha que eu morri. Gritar para ele pode apenas colocá-lo em mais perigo ainda por causa do choque.

Os prisioneiros gritam quando avistam Raffe com asas de demônio. É doloroso ver que as pessoas preferem um vilão que parece um anjo a um mocinho que parece um demônio.

Beliel finge surpresa, de modo teatral, como um palhaço.

— Ora, é Rafael! Ah, como vou me defender do grande Ira, que é apenas uma sombra caída do que já foi um dia? — Ele deixa a encenação de lado. — Sério, Rafael, não há nada mais triste do que um arruinado ex-qualquer-coisa obcecado por tentar reviver a glória passada. Tenha um pouco de dignidade, por favor. Você está envergonhando a si mesmo.

— O que devo arrancar primeiro: seus braços e pernas, ou suas asas? — A voz de Raffe é cheia de violência, num tom que nunca ouvi antes. Soa como se desejasse poder fazer as duas coisas.

— Por que você quer tanto voltar, Rafael? O que era tão incrível em fazer parte da hoste angelical, hein? Regras. Demais. Até esqueci quantas. Talvez você tenha esquecido também.

Beliel está ganhando tempo. Mantendo Raffe no lugar até os escorpiões descerem sobre ele. Estou louca para lhe gritar um alerta. Preciso de todas as minhas forças para me manter em silêncio.

— Toda essa teoria sobre como uma raça de mestres-guerreiros só pode sobreviver se todas as mínimas infrações forem punidas ao extremo. — Beliel faz um movimento num gesto que diz: *Quem se importa?* — Pode ter feito sentido no passado, quando só havia algumas regras, mas agora as coisas saíram de controle, não acha? Nós, os caídos, por outro lado, provamos que uma raça de mestres-guerreiros pode sobreviver muito bem com o sistema oposto. Sem regras. A gente faz o que quer. Com quem quiser.

Raffe avança contra ele, e as luzes duras enfatizam as sombras de seu rosto. Parece o Anjo da Morte. Ou talvez o Anjo da Vingança. Alguém que não consigo imaginar se aproximando.

— Você teria economizado muita confusão na vida se tivesse tomado juízo e se juntado a nós — diz Beliel. — Aquela pequena filha do homem que morreu nos seus braços? Poderia ter sido sua. Ninguém teria dito não. Ninguém teria se atrevido a tomá-la de você.

Com um rugido atroz, Raffe ataca.

30

ELE SALTA PARA BELIEL E bate as asas nele, claramente ameaçando atravessá-lo com as garras.

Beliel sai do caminho num rodopio, evitando parcialmente o golpe. Joga uma lâmpada de segurança em Raffe.

O objeto cai no píer. Brilha como uma luz intermitente, iluminando os lutadores como um globo de luz de danceteria.

Escorre sangue pela carranca e pelos braços de Beliel.

— Admita. Você gosta das novas asas. Por que se importar com a maciez e o volume das penas quando pode ter liberdade e poder?

— Eu poderia perguntar o mesmo a você, Beliel. — Raffe sai pisando duro, de forma ameaçadora, em direção ao demônio.

— Já tive minha vida de liberdade e violência. Chegou a hora de uma mudança. Quero um pouco de respeito. Admiração merecida, não acha?

— Eles se rodeiam como tubarões em preparação para o ataque. O manquitolar de Beliel se foi, agora que conseguiu ludibriar Raffe.

— Respeito e admiração estão além de você — declara Raffe. — Você é apenas um pau-mandado patético dos anjos.

— Não sou pau-mandado! — Seu rosto fica vermelho e furioso. — Nunca fui pau-mandado. Nem dos demônios, nem dos anjos, nem de ninguém! — A luz intermitente enfatiza as sombras duras de seu rosto manchado de sangue.

Raffe salta sobre Beliel uma vez mais, porém seu movimento é interrompido por uma rede que cai do céu noturno e o aprisiona.

Raffe rola no píer, emaranhado na rede.

Levanta, levanta!

A luta se incendeia dentro de mim. Não posso ficar vendo Raffe ser executado. Cada fibra do meu ser entoa: *Não, não, não.*

O que eu faço? O que eu faço?

Raffe não está lutando contra a rede, como eu esperava. Em vez disso, abre as asas. As garras em formato de gancho nas extremidades se enroscam na rede.

Então ele move as asas e corta a trama.

A rede despenca ao redor de Raffe como um véu, e ele salta, pronto para lutar.

Escorpiões caem do céu e alguns pousam em Raffe. Ele se abaixa, mas as pancadas oblíquas o fazem perder o equilíbrio.

Suas asas, braços e pernas chicoteiam à sua volta. Três escorpiões tombam, contorcendo-se de dor. Ainda resta meia dúzia de inimigos, além de Beliel. Como se não bastasse, mais três pousam nas proximidades.

Tiro o urso de pelúcia e saco a espada, pronta para avançar.

Minha mãe me pega pela camiseta e me puxa com um tranco tão forte que caio de bunda, como uma criancinha.

Por sorte, Raffe parece capaz de segurar a própria barra. Duvido que ele tenha feito as pazes com as novas asas, mas pelo menos aprendeu a controlá-las melhor que da última vez em que o vi.

Ele também é um guerreiro destemido. Eu não tinha realmente me dado conta de como ele pode ser feroz, mas, agora que penso a respeito, pode ser a primeira vez que o vejo lutar sem estar gravemente ferido. As memórias da espada só o mostravam lutando com ela, o que era uma visão e tanto, mas essa aqui é uma dança mais feroz.

Tenho certeza de que Raffe ainda não se recuperou totalmente, mas é uma maravilha observá-lo. Ele é veloz. Mais veloz que os escorpiões, que não param de tentar ferroá-lo. Um único escorpião não é um adversário mais difícil para ele do que uma formiga-lava-pés é para uma pessoa.

No entanto, ele está em grande desigualdade numérica. Ainda assim, não parece preocupado e sai atacando tudo o que encontra no caminho para se aproximar de Beliel.

Beliel entende o que está acontecendo e decola para o céu noturno. Pelo visto, seu maléfico plano de saúde cobre ferimentos em asas, porque as suas parecem estar funcionando direitinho.

Raffe decola atrás dele.

Observo-o se afastar de mim. Ele nem chegou a saber que eu estava por perto.

E desaparece na escuridão, como um sonho que se desvanece.

Fito o céu onde ele desapareceu, provavelmente por mais tempo do que eu deveria.

31

OS ESCORPIÕES HESITAM ANTES QUE os primeiros deixem o local. Acho que estão voando atrás de Raffe, mas não estou totalmente certa. Existe certa relutância na forma como eles se mandam. Quase metade continua no chão, se entreolhando, em dúvida.

Esses devem ser os piores asseclas de todos os tempos. Seja lá o que foi usado para fabricá-los, coragem não estava na lista. Não me admira que Beliel tenha sido obrigado a enfrentar Raffe por tanto tempo antes de os escorpiões chegarem.

Em dado momento, todos que podiam se mandar já o fizeram. Meia dúzia é deixada morta no cais estilhaçado, enquanto alguns se contorcem e silvam de dor ao lado deles. Não parecem capazes de fazer muito mais estrago, mas mesmo assim fico de olho neles, por via das dúvidas.

Minha mãe solta um suspiro profundo ao meu lado. Clara, no entanto, ainda parece estar paralisada de medo. Acho que está passando por algum tipo de estresse pós-traumático, depois de ver tantos escorpiões.

É hora de darmos o fora daqui. Ir para algum lugar seguro onde possamos passar a noite e arquitetar algum plano maluco para resgatar minha irmã. Só que no momento não consigo ter muito entusiasmo para bolar planos malucos.

Sou apenas uma garota. Não sou páreo para esses monstros. Eles podem parecer fracos se comparados a Raffe, e acho que me senti assim também em alguns aspectos durante minha jornada com ele, mas, depois de tudo o que acabo de testemunhar, a ficha cai.

Teria sido suicídio entrar sorrateiramente na ilha de Alcatraz. Ela está repleta desses monstros e não há mais como sair.

Apesar do meu comportamento errático, tanto minha mãe quanto Clara ainda dependem de mim para decidir o momento certo de fugirmos daqui. Estamos nas sombras e temos uma boa chance de conseguir sair sem sermos notadas.

Apuro os ouvidos em busca de inimigos e monstros. Tudo o que ouço são soluços aterrorizados de pessoas presas no contêiner. Os sons são abafados agora, provavelmente para não chamar atenção, mas os prisioneiros parecem não conseguir evitar.

O contêiner se ilumina com lampejos intermitentes da luz de sinalização caída no chão. Atrás da trama de arame, os prisioneiros se amontam, parecendo sujos e desesperados.

Eu me preparo para sair em disparada de trás da pilha de caixotes onde estou escondida, mas parece que não consigo me movimentar. Meus olhos ficam se desviando para as pessoas trancadas no contêiner.

Teoricamente, seria a escolha óbvia correr até lá e soltá-las. Só levaria alguns minutos para libertar um monte de gente de seja lá que horrores as esperam.

Se eu tivesse a chave.

Beliel a pendurou em um dos postes de luz, mas agora não sei qual. Se foi no que ele jogou em Raffe, posso levar uma hora para encontrar.

Fecho os olhos, tentando bloquear a visão e os sons dos prisioneiros. Preciso me concentrar em Paige e em minha mãe. Não posso me distrair com todos que precisam de ajuda, pois no momento todos nós precisamos de ajuda. Desesperadamente.

Lanço um olhar para minha mãe e vejo terror em seu rosto. Ela move os lábios em silêncio e embala o corpo para frente e para trás. Esses são monstros reais que saíram dos pesadelos dela. Clara parece ainda pior, se é que isso é possível.

Preciso me levantar e arrumar um jeito de nos tirar daqui. Preciso cuidar das minhas pessoas.

Um lamento inconsolável atravessa o píer e me toma.

Tento ignorar.

Mas não consigo.

Poderia ter sido a Paige, antes que aqueles monstros angelicais a pegassem. Com certeza é a irmã, a filha ou a mãe de alguém. Não seria maravilhoso se alguém tivesse ajudado a Paige, como eu posso fazer com essas pessoas?

Ugh. Por que não consigo bloquear esse pensamento idiota?

É, tudo bem, já chega.

Eu me levanto. A preocupação e o medo se intensificam no rosto da minha mãe quando ela me vê espiando o caminho dos prisioneiros. Não preciso me preocupar com a possibilidade de ela me seguir. Às vezes, ser paranoica realmente salva sua vida.

Com certeza não há chance de Clara me seguir. Ela tem ótimas razões para morrer de medo dos escorpiões. Contudo, junto ao medo, há algo em seus olhos que eu não esperava ver.

Orgulho.

Ela espera que eu os resgate. Ela ainda acha que sou uma droga de uma heroína. Uma parte dela ficaria desapontada se eu apenas fosse embora.

Isso quase me faz abandonar a ideia.

Mas, é claro, eu não abandono.

Saio em disparada da relativa segurança que as sombras mais escuras proporcionam.

32

OS ESCORPIÕES FERIDOS ME NOTAM logo de cara. Meu coração praticamente para quando eles se viram e silvam para mim.

Quase posso sentir a dor excruciante da ferroada e o pânico de perder o controle do meu corpo enquanto ainda estou consciente. O pensamento de ter de atravessar tudo isso de novo me faz correr tão rápido que acho que vou desmaiar.

Desesperada como estou, não presto atenção em meus pés e escorrego em sangue.

Evito a queda fazendo uma dança desajeitada de equilíbrio de mão e espada.

Foco.

Não deixar os escorpiões me ferirem de novo só porque estou surtando com a possibilidade de isso acontecer.

Enfio tudo — medo, esperança, pensamentos — no porão de minha mente e bato a porta antes que tudo isso exploda de novo para fora. Está ficando cada vez mais perigoso abrir essa porta.

A única coisa que existe no mundo agora é meu caminho até o contêiner dos prisioneiros. Esfrego a sola do sapato no chão para limpar o sangue.

Apesar de todos os silvos e guinchados, os escorpiões feridos continuam no chão. Mantenho um olho neles para garantir que não se arrastem em minha direção.

Antes que eu entre no círculo de luz, olho em volta para me certificar de que não há escorpiões, anjos ou ratos voadores vindo ao meu encontro.

Não ajuda que meus olhos já estejam se ajustando à luz e tornando as sombras muito mais escuras.

Mergulho na luz como se pulasse dentro da água.

Sinto-me exposta instantaneamente.

Qualquer um no píer agora pode me ver. Corro o mais depressa possível para o poste de luz ainda em pé, perto da prisão metálica. Todos os prisioneiros silenciam, como se estivessem prendendo a respiração.

A chave não está no poste de segurança e em nenhum lugar próximo.

Olho de volta para a lâmpada intermitente que Beliel jogou no píer. A chave pode ter voado para qualquer lugar.

Ou eu me empenho em procurar por ela nesse mar de tábuas quebradas, ou desisto e garanto que minha mãe e Clara saiam daqui em segurança.

Ou posso conferir se minha espada consegue atravessar objetos de metal.

Ela atravessou ossos com facilidade durante meu treinamento onírico, e creio que seja uma arma muito especial. Antes que eu possa refletir mais a respeito, levanto a espada e golpeio.

A lâmina corta facilmente o cadeado e o fecho de metal do cercado de arame.

Uau.

Nada mal.

Ergo a espada para o segundo cadeado, só que, antes que eu o atinja, ouço um farfalhar atrás de mim.

Giro a espada ainda no alto, meio convencida de que um escorpião ferido se arrastou até aqui. Estou pronta para atacar.

Mas não é um escorpião ferido.

É bem saudável.

Ele recolhe as asas diáfanas, como se acabasse de pousar. Caminha em minha direção, os pés humanos demais descalços. De alguma forma, eu poderia me sentir melhor se ele tivesse garras nos pés ou alguma outra coisa que os fizesse parecer menos humanos.

Mais dois anjos-escorpiões pousam atrás do primeiro.

Só há mais uma tranca. Giro e ataco com a espada.

O bicho sai voando. O portão de arame se abre. Agora as pessoas só precisam fugir.

Em vez disso, elas se amontoam no fundo, paralisadas de terror.

— Vamos! — Bato nas laterais do contêiner para colocá-las em ação pelo choque. — Fujam!

Não espero para ver se fazem mesmo isso. Acabo de colocar minha mãe e Clara em perigo, rumo a uma morte terrível. Quero me estapear por não tê-las convencido a sair sem mim.

O portão faz um ruído às minhas costas.

Os prisioneiros começam a correr, espalham-se por toda parte, e seus passos ecoam pelo píer de madeira.

Corro para o lado oposto de minha mãe e de Clara, na esperança de atrair os escorpiões para longe delas.

Então ouço minha mãe.

Ela dá um berro arrepiante de terror.

33

INSTINTIVAMENTE, TODOS SE ESPALHAM E seguem em direções opostas.

Só há alguns monstros e muitos de nós. Há uma boa chance de que alguns de nós se safem.

Corro em direção a uma massa de sombras, onde uma placa de sorvete cor-de-rosa desponta de uma pilha de tábuas quebradas. Se der a volta, posso conseguir desaparecer nas sombras serrilhadas.

No entanto, antes de chegar lá, alguma coisa atinge minha cabeça e me envolve.

Estou presa numa rede.

Meu primeiro pensamento é cortá-la com a espada, mas agora estou cercada de gente correndo ao meu redor e não há espaço suficiente. Quanto mais as pessoas se agitam, mais emaranhadas ficam.

Sombras caem do céu. Sombras com asas de insetos e ferrões curvados.

Elas descem em lugares aleatórios. Uma no topo do contêiner de carga causa um ribombar oco. Várias pousam na frente da velha fileira de lojas, para onde meia dúzia de pessoas está se encaminhando, antes que uma rede também caia sobre elas.

Cinco, dez, vinte. Tantas sombras que parece que estamos numa colmeia.

Estamos presos.

Todos começam a choramingar novamente. Desta vez, o desespero é tão intenso que sinto como se estivesse afundando nele.

Mesmo que eu pudesse partir a rede, não poderia sair fatiando todos esses escorpiões para me livrar. Guardo a espada de volta na bainha para camuflá-la.

A rede fede a peixe. De início, acho que não vamos conseguir andar com ela sobre nós, mas um dos escorpiões agarra a beira da nossa rede e puxa uma corda. Somos amontoados quando as bordas se fecham ao redor das nossas pernas.

O escorpião nos puxa dentro da rede como se fôssemos um cão numa coleira. O ferrão nos mira, paira muito próximo, dentro da zona de perigo. Outro escorpião caminha ao nosso lado, tornando claro, pelas investidas rítmicas do ferrão, que devemos fazer o que ele quer.

Desesperada, procuro Clara e minha mãe, com pouquíssimas esperanças de encontrá-las.

Mas elas estão ali, a apenas dois grupos de prisioneiros de distância. Minha mãe se agarra ao meu ursinho como se fosse seu bebê há muito perdido, e Clara agarra o braço da minha mãe como se fosse morrer se o soltar. Ambas parecem petrificadas.

Sinto náusea.

Náusea de medo. Náusea de raiva. Náusea pela estupidez do que eu fiz.

Eu vim aqui em busca da minha irmã e, em vez disso, me deixei ser capturada de maneira bastante imprudente. Pior que isso, fiz Clara e minha mãe serem capturadas. E, vendo o grande número de cativos sobre o píer, também não libertei ninguém.

Vários grupos de humanos enredados convergem quando somos conduzidos em direção à água. Primeiro, considero que os escorpiões estão nos levando para um novo contêiner; mas, em vez de uma cela, estão nos levando para um barco.

— Brian! — Uma moça debaixo da minha rede estende a mão para um cara aprisionado em outra, quando nossos dois grupos se aproximam.

— Lisa! — ele a chama, desesperado. Ambos forçam a rede e esticam o braço o máximo que podem, na tentativa de se tocar.

Por um segundo, conseguem roçar a ponta dos dedos.

Em seguida um grupo se move entre eles e quebra o toque. A mulher começa a chorar, desconsolada, com a mão estendida.

Outro grupo é jogado na frente de Brian, e ele desaparece na multidão, ainda tentando alcançar Lisa.

* * *

O BARCO DE DOIS ANDARES já viu dias melhores. A pintura está tão arranhada que estou convencida de que a embarcação deve ter tombado de lado no telhado de um edifício destruído antes que os vilões o colocassem em uso. De alguma forma, ele ainda consegue flutuar. E ainda exibe as palavras "Excursões a Alcatraz do capitão Jake" em azul, embora, com todos os arranhões, pareça "curso Alcatraz".

O motor dá partida e somos agraciados com uma fumaça escura de escapamento. O cheiro de gasolina polui o ar quase instantaneamente. Um humano a serviço do inimigo deve estar pilotando o barco. Meio que espero que não seja o capitão Jake.

Todos são forçados e empurrados em direção ao barco. Escorpiões começam a nos libertar das redes. Não temos para onde ir, é claro; não se quisermos viver mais alguns minutos.

Quando os primeiros prisioneiros começam a embarcar, consigo ficar perto o bastante de minha mãe e de Clara, e somos jogadas juntas. Minha mãe me passa o urso de pelúcia, como se o tivesse mantido em segurança para mim.

Encaixo o ursinho na espada e a disfarço novamente. Tenho uma esperança ferrenha de conseguir levá-la comigo e talvez usar minhas habilidades incipientes para nos tirar dessa confusão.

Mas ela diminui quando vejo que as armas estão sendo tiradas dos prisioneiros conforme eles embarcam. Há uma pilha cada vez maior de coisas na doca, ao lado da rampa de embarque. Machados, bastões com pregos, ferramentas de pneus, facões, facas e até mesmo alguns revólveres. Eu ainda teria esperanças se a pilha só tivesse armas, mas inclui bolsas, mochilas, bonecas e, sim, até mesmo bichos de pelúcia.

É gente mal-encarada — humanos — que está tirando esses objetos dos prisioneiros. Não falam nem olham ninguém nos olhos. Apenas pegam o que está um pouco visível nos prisioneiros e jogam os objetos sobre a pilha.

Acaricio meu urso, perguntando-me se esta é minha melhor chance de fugir. Mesmo que eu não consiga, talvez possa distrair essa gente para que minha mãe e Clara escapem. Estamos naquele breve intervalo em que ainda tenho a espada e não estamos mais presas na rede, portanto é agora ou nunca.

Um tiro explode tão perto que todos nos abaixamos.

Um homem que pelo visto não abriu mão de sua arma a segura ainda apontada para uma das mulheres a serviço dos inimigos, que agora está sangrando na ponte. Ele é instantaneamente cercado por escorpiões com seus ferrões. As presas estão tão próximas do rosto dele que tenho certeza de que o sujeito consegue sentir o hálito das criaturas.

Ele treme tanto que chega a deixar a arma cair, e uma mancha úmida se espalha por suas calças.

Os escorpiões, entretanto, não atacam o atirador. Parece que esperam por algo.

— Aqui, pegue a faca dela — diz outro capanga humano. Seu rosto é todo marcado pelo sofrimento, seus olhos são meio mortos e estão encobertos pelo choque. Ele pega uma faca de cozinha da mão de um prisioneiro e a entrega ao atirador. — Agora jogue naquela pilha.

O atirador dá um tranco com o braço e lança a faca na pilha. Parece tão apavorado que provavelmente nunca considerou esfaquear um dos escorpiões com ela.

As criaturas silvam e se afastam, e vão patrulhar a multidão novamente.

Estamos todos tão atônitos pelo drama, que nenhum de nós pensou em fugir enquanto tudo isso acontecia. E minha ideia de provocar uma distração para minha mãe e Clara fugirem foi por água abaixo.

O atirador toma o lugar de sua vítima e passa a recolher armas e bolsas de outros prisioneiros. Não faz contato visual e não diz uma palavra. De vez em quando lança um olhar furtivo para a mulher na qual atirou e que está morrendo a seus pés.

Depois disso, não há mais incidentes enquanto todos entram no barco.

Quando um dos capangas estende a mão para pegar minha espada disfarçada de urso, tenho que me forçar a erguer a alça sobre meu ombro e colocá-la, eu mesma, na pilha. Preciso de toda minha força de vontade para fazê-lo, mas deve haver uns vinte, trinta escorpiões aqui.

Coloco a bainha sobre a base da pilha, tentando escondê-la o máximo possível. Alguém vai encontrá-la num momento ou outro. O que vai acontecer depois disso, só Deus sabe.

Minha mãe e Clara me fazem levantar e me puxam com elas. Pelo jeito estou com cara de quem não queria abandonar a espada. Olho para trás, onde o ingênuo ursinho de pelúcia está parcialmente enterrado debaixo de uma pilha de armas e bolsas, e não posso deixar de pensar que talvez Raffe nunca mais veja sua espada.

Atrás de mim, a mulher que tentava alcançar seu amor chora baixinho.

34

A ÁGUA BATE NA LATERAL do barco, e o convés oscila para cima e para baixo. Nós nos agitamos sobre o navio e logo singramos as águas escuras.

Alcatraz é lendária por ser a prisão mais segura de todos os tempos. A mera visão dela na penumbra me faz querer fugir. Penso em mergulhar nas águas com minha mãe e Clara e arriscar, mas os outros se adiantam a mim.

Um casal corre para ela. São Brian e Lisa, o casal que havia sido separado pelas redes. Meu coração dispara com a esperança de que eles consigam. Não estamos tão longe que não possamos nadar para o outro lado, congelando ou não.

Mas os escorpiões são rápidos.

Tão rápidos que três deles chicoteiam as caudas com os ferrões para marcar o casal a caminho das portas.

Mas não os perseguem. Apenas deixam que o par faça sua escolha. Leva algum tempo para a paralisia se completar, mas sei que a dor excruciante e a rigidez começam imediatamente. Quando o casal alcança a beira do barco, já está arrastando os pés.

Seria suicídio pular. Vão estar paralisados muito antes de poder alcançar a costa.

Contudo, a alternativa é continuar paralisado entre os escorpiões, completamente à mercê deles.

Escolha difícil. Sinto muito por eles. Não sei bem o que eu escolheria.

Eles escolhem ficar a bordo. Brian se inclina na amurada como se refletisse sobre o salto, mas parece não querer ir adiante. Lisa deita a cabeça no convés ao lado dele.

Eu entendo. Todos que estão vivos até agora são sobreviventes. Eles fizeram o que foi necessário para chegar até aqui, e não têm escolha a não ser seguir em frente. Brian desliza da amurada e se deita ao lado de Lisa, estremecendo e perdendo o controle dos músculos. Os escorpiões ignoram o casal, parecendo entediados ao saltar do barco e voar, enquanto outros pousam no convés e caminham de um lado para o outro.

Um escorpião se inclina e tira os óculos de Brian. Tenta colocá-los em posição invertida. Quando caem, ele os pega de novo e tenta mais uma vez. Como se já não fosse estranho o suficiente ter corpo de homem, asas de libélula e cauda de escorpião... agora a criatura olha ao redor com uma lente quebrada nos óculos de arame.

Sinto-me estranhamente nua sem a espada. O tempo todo, levo a mão ao pelo macio do urso de pelúcia e então me lembro de que não está mais comigo. Sento-me entre minha mãe e Clara: três mulheres desarmadas, cercadas por monstros.

Apenas alguns meses atrás, turistas sentavam-se neste barco com câmeras e celulares, tirando fotos, gritando com os filhos, beijando-se diante do horizonte da cidade. Provavelmente circulavam em seus moletons novos, totalmente despreparados para os ventos frios do verão de San Francisco.

Agora mal há crianças, e nenhuma delas está correndo por aí. Há apenas algumas pessoas mais velhas misturadas com as demais, e só um quarto delas é mulher. Todos parecem já estar há muito tempo sem banho e sem uma boa refeição, e toda nossa atenção está concentrada nos escorpiões.

Somos deixados sozinhos por ora. A maior parte das criaturas não tem o físico tão avantajado e os ombros tão largos como imaginei que monstros teriam. Alguns chegam a ser franzinos. Não são feitos para ganhar a presa pela força. São projetados para usar os ferrões como arma principal.

Todos têm caudas que parecem fortalecidas por esteroides. Gordas e musculosas, estufadas de um jeito esquisito e grotesco. Se olhar com atenção, posso ver uma clara gota de veneno na ponta de cada ferrão, como se para manter os dutos funcionando direito.

Um dos escorpiões usa calça, mas ela está ao contrário e com o zíper aberto para proporcionar espaço à cauda. Existe algo a respeito disso que me incomoda, mas não consigo decifrar o que é.

Quando o escorpião puxa a calça com mãos de aparência humana demais, algo reluz. Meu estômago se aperta num medo nauseante assim que percebo o que é.

É uma aliança de casamento.

O que uma aliança de casamento está fazendo na mão de um monstro?

Deve ser apenas uma coisa brilhante que ele retirou de alguma vítima. Como um animal e seu brinquedo. Ou talvez ele tenha descoberto que anéis são bons para bater, como socos-ingleses.

É, deve ser isso.

E é pura coincidência que esteja no dedo certo.

ALGUNS MINUTOS DEPOIS, ALCATRAZ ASSOMA na penumbra. Inclino-me para trás, como se com isso pudesse fazer o barco ir mais devagar. Quando aportamos, estou tremendo.

Minha imaginação não para de se perguntar o que pode acontecer com a gente aqui. Tento me controlar, mas não sou bem-sucedida.

A ilha parece uma rocha gigante. A água provavelmente está supergelada e repleta de tubarões, escorpiões ou demônios dentuços infernais.

E então é assim que tudo acaba.

O mundo destruído, humanos aprisionados, minha família desgarrada.

O pensamento me deixa zangada. Espero que a raiva consuma todos os outros sentimentos, pois acho que é a única coisa no momento que me mantém em pé e seguindo em frente.

Muitos dos prisioneiros choram aos soluços, sem querer sair do barco. Pessoas e animais não são tão diferentes assim. Todos sabemos quando estamos sendo levados para o abate.

O ancoradouro da ilha é similar ao que há no continente: pontiagudo, escuro e úmido. Os ventos frios da baía sopram e atravessam minha camiseta. Sinto arrepios. Estou com mais frio que o normal. Eu me preparo para enfrentar o que está por vir.

Mas nada pode me preparar para o que está acontecendo além do cais.

35

HOLOFOTES JOGAM CLARÕES PELOS EDIFÍCIOS e iluminam o caminho que percorremos com passos pesados até a ilha. Para onde quer que eu olhe, só vejo pedra e concreto. Tinta descascada e manchas de ferrugem escorrem das paredes da construção mais próxima.

Quatro escorpiões trabalham perto do contêiner de carga, que tem um portão de cerca de arame, como a prisão de terra firme.

Pegam reluzentes entranhas e pedaços de corpos de dentro de baldes e os jogam no concreto. Os pedaços ensanguentados caem um pouco além do alcance dos humanos aprisionados no contêiner metálico.

O fedor é insuportável. Essas pessoas estão aprisionadas nessa gaiola há muito mais tempo do que eu desejaria saber. Digo isso não apenas pelo odor, mas também pelo fato de esticarem os braços emaciados para tentar apanhar as entranhas e os fragmentos humanos que estão além de seu alcance.

Elas choramingam e gemem. Nada agressivo, apenas desesperado. Os braços são magérrimos, como se já estivessem mortos, mas ainda não tivessem se dado conta disso.

Não devem estar ali para ser transformadas em novos monstros, nem para servir de alimento a eles. Estão judiadas demais, subnutridas demais. Quanta fome será que é necessário ter para tentar apanhar retalhos humanos?

— Burros como terra, em muitos aspectos — diz uma voz familiar. — Mas ainda têm os instintos diabólicos e perversos dos humanos.

É Beliel, o demônio. As asas brancas roubadas se abrem atrás dele, um pano de fundo celestial para seu corpo avantajado. Está atrás dos escorpiões que estão jogando os retalhos sangrentos, que caem no chão com um ruído úmido.

Um coração é jogado na tábua quebrada e enrosca num estilhaço gigante.

Ao lado de Beliel está um anjo cujo cabelo cor de caramelo e penas cinzentas foram bagunçados pelo vento. Veste um terno cinza-claro que transmite discretamente bom gosto e elegância.

Até mesmo com as garotas-troféus a seu lado, eu reconheço o arcanjo Uriel, o político. Foi ele quem orquestrou secretamente a mudança de asas em Raffe para impedi-lo de ser um candidato competitivo na futura eleição angelical. Como se não fosse suficiente para me fazer desprezá-lo, ele gosta de andar por aí com mulheres de aparência igual e que morrem de medo dele.

— Está se referindo aos gafanhotos ou aos brinquedos deles? — As asas de Uriel se abrem parcialmente atrás do corpo, como um halo. Na luz tênue do hotel do ninho da águia, as penas pareciam quase brancas com um toque de cinza, mas agora, na luz dura da iluminação pública, as asas parecem cinzentas com um toque de meia-noite.

Gafanhotos?

— Aos gafanhotos — diz Beliel. — Os humanos também são burros como pedra, mas foram torturados demais para usar da engenhosidade instintiva. Os próprios gafanhotos pensaram nesse jogo, sabia? Fiquei impressionado. Tão diabólicos como qualquer demônio do inferno. — Ele soa quase orgulhoso.

Deve estar falando dos monstros-escorpiões. Sempre imaginei gafanhotos de um jeito, e escorpiões de outro, então não sei por que ele os chama dessa forma.

— Você tem certeza de que esses que você treinou vão ensinar os outros?

— Vai saber. O juízo é nebuloso, os cérebros encolheram e é provável que tenham ficado dementes depois da metamorfose. Difícil prever o que vão fazer, mas essa leva recebeu atenção especial e parece mais capaz que o restante. São o mais próximo de um grupo líder que vamos conseguir.

Um escorpião com mecha branca no cabelo se cansa do jogo e caminha até o contêiner de humanos. A floresta de braços esqueléticos recua por entre os vãos da cerca de arame. Os pés dos prisioneiros raspam o piso metálico quando tentam correr do monstro.

A silhueta do escorpião é alta diante do interior obscuro. Então ele joga um pouco de vísceras dentro da gaiola.

A noite instantaneamente se enche de ruídos metálicos, grunhidos animalescos e quase gritos de frustração e desespero.

As pessoas ali dentro estão se enfrentando pelas migalhas ensanguentadas. Até onde sei, poderia ser algum conhecido deles que foi arrastado e transformado em isca de tortura.

— Percebe o que estou dizendo? — Beliel parece um pai orgulhoso falando.

Aperto o passo na tentativa de passar pelo contêiner o mais rápido possível. Mas os outros se movem na mesma velocidade, com cuidado de não chamar atenção para si mesmos.

Meu braço é agarrado com muita firmeza e sou puxada com tanta força que meu pescoço parece prestes a se quebrar. Um escorpião de cabelo ensebado e escorrido, na altura dos ombros, me puxa para fora da manada.

O de mecha branca que jogou os pedaços humanos aos prisioneiros me olha com um novo interesse aceso no rosto. Vem andando até mim.

De perto, os ombros e as coxas são gigantescos. A criatura me agarra, me tira do jugo do primeiro escorpião e me arrasta atrás dela, segurando os pulsos em uma só mão.

Está seguindo para o contêiner de tortura com suas vítimas desesperadas.

Braços esqueléticos atravessam a trama metálica com dedos longos, de um jeito bizarro.

Não consigo sugar ar suficiente, e o que de fato consigo sugar me faz engasgar. O fedor tão próximo é cruel.

Deslizo em algo protuberante e escorregadio, mas a pegada do monstro é tão firme que não caio.

Meu coração praticamente parou com a percepção de que não vou subir ao edifício de pedras, mas, em vez disso, vou me unir às vítimas torturadas.

Arrasto os pés e resisto. Faço um esforço, tento afrouxar uma das mãos do monstro, mas não sou páreo para sua força.

Alguns passos antes da abertura, o escorpião me lança novamente contra a cerca de metal.

Bato de encontro a ela e agarro o arame para me manter em pé.

No segundo em que atinjo a barreira, as sombras mais escuras no fundo da caixa vêm correndo até mim.

Agachadas em ângulos agudos, o que acentua braços e pernas, com trapos se arrastando pelo chão, elas se empurram para me alcançar o mais depressa possível.

Um grito é arrancado da minha boca e tento desesperadamente me afastar.

Braços se esticam como uma floresta de ossos, brotando por entre os orifícios da grade.

Agarram meu cabelo, meu rosto, minhas roupas.

Esperneio e grito, tento não ver os rostos esqueléticos, os cabelos desgrenhados, as unhas ensanguentadas.

Eu me contorço e puxo, desesperada para me livrar de suas garras. São muitos, mas são fracos, mal conseguem se manter sobre os pés enquanto tento recuar.

Mecha Branca faz uma série de ruídos estridentes que suspeito serem uma risada. Ele acha isso aqui engraçado.

Depois me agarra e me arrasta em direção ao fluxo de gente que vem da balsa.

A criatura nunca pretendeu me jogar na gaiola da tortura. Apenas queria provocar os prisioneiros e, acredito, a mim também.

Nunca ansiei por matar ninguém antes, mas com certeza não vejo a hora de matar esse cara.

SUBIMOS POR UM CAMINHO PAVIMENTADO rumo ao prédio principal, no topo da ilha. Acima de nós, enxames de escorpiões voam no que parece ser um caos generalizado. Há tantos que chegam até a criar um vento, que sopra em todas as direções. Pelo que vi mais cedo, sei que há um padrão treinado em sua luta, mas, de onde estou, a sensação é de que estamos no meio de um ninho de insetos gigantes.

Não há um anjo normal à vista. Este não pode ser o novo ninho da águia. Pelo que sei, anjos preferem as coisas boas da vida, e Alcatraz não é o que se poderia chamar de resort sofisticado. Deve ser algum tipo de centro de processamento humano.

Olho em volta e vejo como estão Clara e minha mãe. Clara é fácil de avistar, com a pele curtida e o corpo enrugado, mas minha mãe não está em parte alguma. Quando Clara me vê à procura de minha mãe, também olha em volta, parecendo surpresa ao constatar que ela não está a seu lado.

Ninguém parece procurar por um prisioneiro faltante. Não sei dizer se isso é bom ou ruim.

Não ouço nada além do zumbido das asas dos escorpiões, mas nossos guardas deixam claro aonde querem que a gente vá. Subimos em direção ao edifício de pedra sobre a rocha gigante que é Alcatraz, percorrendo o caminho trilhado por tantos prisioneiros no passado.

O vento esquisito chicoteia todo o meu cabelo, refletindo o que sinto por dentro.

36

UMA VEZ QUE ENTRAMOS NO prédio, o ruído e o vento se aquietam. Em vez deles, há gemidos baixos que ecoam pelas paredes. Não são apenas os gemidos de uma pessoa, mas os lamentos coletivos de um prédio cheio de gente.

Estou no inferno.

Já ouvi sobre as terríveis condições de algumas prisões do estrangeiro, lugares onde direitos humanos são um sonho distante, vistos apenas na televisão ou lidos por estudantes universitários.

O restante fica na nossa cabeça. As coisas que imaginamos sobre os gritos que ouvimos de lugares desconhecidos. A imagem que inventamos do rosto de uma mulher que chora sem parar a algumas celas de distância. A história que costuramos ao incorporar os gorgolejares, os clangores e o som estridente do que só pode ser algum tipo de serra elétrica.

Somos amontoados em velhas celas de prisão decoradas com ferrugem e pintura manchada. A diferença é que não somos um ou dois por cela, segundo o projeto original. É um cubículo para todo mundo ficar em pé. Apenas em pé.

Que bom que o catre ocupa algum espaço, pois, se não fosse ele, os escorpiões provavelmente teriam enfiado mais gente aqui dentro. Do jeito que está, alguns de nós podem se sentar de cada vez, o que permite aos feridos ter uma trégua, e vai ser útil quando estivermos calmos o suficiente para fazer rodízio de sono.

Como se o lugar já não fosse infernal, um alarme dispara de quando em quando, ecoando pelo edifício e nos deixando nervosos. Além disso, a cada poucas horas, alguns de nós são levados pelo corredor, o que é ainda mais estressante.

Ninguém parece saber o que acontece com aqueles que são levados, mas nenhum deles retorna. Os guardas que escoltam esses grupos são humanos, com alguns escorpiões de reforço. Os guardas humanos são estoicos e falam o mínimo possível, o que os torna ainda mais assustadores.

Ao longo desses ciclos de medo, perco a noção do tempo, cochilo e acordo. Não sei se estamos aqui há horas ou há dias.

Quando uma porta bate, sabemos que outro grupo está partindo.

Ao passarem por nós, reconheço um dos rostos. Um é o pai que foi separado do filho. Seus olhos procuram freneticamente pelo garoto entre os que foram deixados atrás das grades. Quando o encontra, lágrimas rolam por sua face.

O garoto está na cela em frente à minha. Os outros prisioneiros se reúnem ao redor dele, que se sacode com a força das lágrimas ao observar o pai marchar para longe.

Um dos homens começa a cantar "Amazing Grace" num belo barítono. É uma música cuja letra muitos de nós não conhecem, inclusive eu, mas todos a reconhecemos no coração. Murmuro com os demais e observo o grupo passar por nós.

CIGARROS. QUEM DIRIA QUE SERIAM um problema tão grande no fim do mundo?

Há alguns fumantes nesta cela, e um deles vai passando os cigarros. Estamos amontoados aqui, então, não importa quanto os fumantes tentem, não conseguem evitar as baforadas na cara de alguém. Na Califórnia, soltar fumaça na cara de alguém é o mesmo que cuspir.

— Sério, dá para apagar esse negócio, por favor? — pergunta um cara. — Não acha que já é ruim o suficiente aqui sem você poluindo o ar?

— Desculpa aí, mas, se teve alguma vez que eu precisei de um cigarro, a vez é esta. — A mulher esmaga a bituca na parede. — Um café com leite duplo também seria ótimo.

Outros dois prisioneiros continuam fumando. Um deles tem tatuagens nos ombros e ao longo dos braços. Os desenhos são intrincados e coloridos, e é evidente que foram feitos no Mundo Antes.

Havia gangues aqui na Bay Area antes de os anjos chegarem. Não muitas e ficavam em seus pequenos territórios, mas estavam aqui. Deve ser por isso que as gangues de rua cresceram tão depressa. Já eram organizadas e estabelecidas. Foram as primeiras pessoas a tomar as lojas e depois começaram a recrutar.

Minha aposta é que esse cara era um dos integrantes originais de gangue. Ele exala um ar de gente da galera local que os engenheiros do Vale do Silício não conseguem copiar de jeito nenhum, não importa o que tenham feito nas ruas nos últimos dois meses.

— Com o que você está preocupado, vegano? — pergunta o sr. Tatuagem. — Câncer de pulmão? — Ele se aproxima do outro cara e finge uma tosse na cara dele; com isso, espalha fumaça ao redor do sujeito.

Todos ficam tensos. Pessoas saem de perto, mas não chegam longe. Aposto que é como ser pego num liquidificador. Não importa o que se faça, o único caminho é ser sugado para dentro.

Como se a tensão já não fosse pesada o suficiente, o alarme é disparado de novo, arranhando nossos nervos.

Seria de pensar que, se houvesse um verdadeiro cara de gangue no grupo, todas as demais pessoas recuariam. Mas o pensamento está errado.

O vale não é habitado só por engenheiros inteligentes de modos tranquilos. De acordo com meu pai, que um dia foi um engenheiro de modos tranquilos, antes de se tornar o balconista de loja de conveniência mais instruído do pedaço, o vale é infestado de CEOs inflamáveis e de investidores de risco com personalidade mega-alfa. Mandachuvas. Empreendedores em alta voltagem. O tipo de gente que o presidente dos Estados Unidos vinha visitar para o jantar.

Agora, vivemos em um mundo onde os mega-alfas formados nas melhores universidades do país estão comprimidos atrás das grades com gente de gangue educada nas ruas, como o sr. Tatuagem, discutindo sobre quem tem o direito de fumar. Bem-vindos ao Mundo Depois.

O sr. Alfa é um sujeito grande e loiro de trinta e poucos anos, que provavelmente malhava regularmente na época em que valia a pena visitar academias. Aposto que tem um sorriso charmoso quando quer, mas, no momento, parece que o limite de seus nervos foi levado meio metro além do normal, e a única coisa que os impede de explodir é pura força de vontade.

— Eu sou alérgico a fumaça de cigarro — diz Alfa. — Olha, todos nós precisamos trabalhar juntos para sobreviver a isso aqui. — Ele range as palavras entre os dentes, numa clara tentativa de manter as coisas numa boa.

— Então quer dizer que eu tenho que apagar a merda do meu cigarro por sua causa? Cai fora. Ninguém é alérgico a fumaça. As pessoas só gostam ou não gostam. — Tatuagem dá um trago profundo no cigarro.

O terceiro fumante apaga o cigarro discretamente, parecendo ter esperanças de que ninguém o perceba.

— Apaga esse cigarro! — Há um verdadeiro comando na voz de Alfa, que pode ser ouvido até mesmo com o alarme estridente. Aí está um cara acostumado a ser ouvido. Um cara acostumado a ser levado em conta.

Tatuagem joga a bituca ainda acesa em Alfa. Por um instante, todo mundo relaxa. Só que aí Tatuagem pega um cigarro novo e acende.

O alarme silencia, mas o mergulho no silêncio parece ainda pior.

O rosto e o pescoço de Alfa ficam muito vermelhos. Ele empurra o outro cara, como se não se importasse de apanhar até virar uma maçaroca no chão. Talvez não se importe. Talvez isso seja uma saída mais fácil para ele do que seja lá o que os anjos estejam preparando para nós.

O problema é: ele está tomando essa decisão em nome de todos nós. Uma luta numa cela do tamanho de um caixão significa um monte de ferimentos para todos, em um momento em que não podemos nos dar o luxo de nenhum.

As pessoas começam a recuar.

Estou no canto dianteiro, ao lado de Clara. Corpos nos empurram contra as barras. Se o pânico se alastrar, podemos acabar esmagados contra as grades de metal. Não vamos chegar a morrer por causa disso, mas ossos podem se quebrar. E não é um bom momento para ossos se quebrarem.

No centro da cela, o sr. Tatuagem parte para cima de Alfa. Este, por sua vez, não deve ser subestimado.

Ele agarra a jaqueta de alguém e joga a base do zíper nos olhos de Tatuagem. Atinge o rosto de uma mulher.

Tatuagem recua o braço para acertar uma porrada, e seu cotovelo golpeia o pescoço de um velho.

O idoso cai de costas em Clara e a faz bater a cabeça de encontro às barras. Estou tentando cuidar da minha própria vida, mas isso não vai acabar bem para nenhum de nós.

Ando por entre as pessoas até chegar aos briguentos e agarro os ombros de Tatuagem.

Acerto o joelho na parte de trás do joelho dele. Tenho o cuidado de garantir que seja um golpe reto para não deslocar, pois um joelho quebrado na nossa situação é uma sentença de morte.

Ele desaba e fica da minha altura. Puxo seus ombros na minha direção e pego sua cabeça num sossega-leão. Seguro a testa com um braço e travo o outro ao redor do pescoço.

Aperto os braços para demonstrar que estou falando sério. Não estou tentando sufocá-lo. Fazer todo o sangue subir para o cérebro é mais rápido. Ele tem de três a cinco segundos antes de perder a consciência.

— Relaxa — digo. Ele atende na hora. Esse homem já brigou o suficiente para saber quando acabou.

Alfa, por sua vez, não sabe quando parar. Pelos olhos esbugalhados e o rosto escarlate, o medo e a frustração ainda giram com força dentro dele. O cara recua a perna, chutando outra pessoa no processo, e se prepara para atingir Tatuagem como uma bola de futebol enquanto eu o seguro.

— Se você der esse chute, juro por Deus que vou deixar ele te comer vivo. — Baixo a voz e procuro dar o maior tom de comando que consigo. Só que o sr. Tatuagem muito provavelmente está pensando em como meus braços são magros e curtos. Deve estar registrando neste exato momento que minha voz é feminina.

Vou parar no mundo da dor se não estabelecer o controle enquanto ele está de joelhos. Porque, quando ele estiver em toda a sua altura e me olhando de cima para baixo, no topo da minha cabeça, pode começar a ter ideias.

Então faço uma coisa que nunca faria no Mundo Antes.

Embora ele tenha se entregado, eu o sufoco mesmo assim. Seu corpo desaba no chão e a cabeça tomba.

Ele vai ficar apagado por alguns segundos, apenas o suficiente para eu cuidar do Alfa. E, quando esses dois recuperarem o juízo, deitados indefesos no chão e eu de pé, eles vão entender a mensagem com muita clareza: *Quem manda aqui sou eu. Vocês vivem ou morrem segundo os meus desejos, e sou eu que digo quando é para brigar e quando não é.*

Tudo soa muito bem na minha cabeça.

Só que não é assim que acontece.

37

ESTOU PRESTES A AGARRAR ALFA quando somos atingidos por uma força tão poderosa que só posso descrever como um canhão cheio de pelotas de gelo. A força me faz cair de costas na parede, mas, diferentemente de um tiro de canhão, o impacto não para.

Levo um segundo para me dar conta de que é um jato poderoso de água, disparado por uma mangueira de incêndio. Tão gelado e intenso que congela o ar em meus pulmões.

Quando enfim para, sou um pedaço surrado e inerte de pano encharcado no chão.

Mãos ásperas pegam meus braços e sou levantada e arrastada para fora da cela. Em minha difícil luta para conseguir respirar, noto vagamente que homens de cara feia também arrastam Tatuagem e Alfa.

Saio cambaleando ao lado dos meus captores. É melhor do que ter os braços arrancados das juntas. Quando se torna claro que não vou oferecer resistência, um dos sujeitos me solta e ajuda os dois que puxam Tatuagem. Ele recobrou a consciência e está se debatendo, confuso e amedrontado.

Meu guarda anda até Tatuagem e o acerta com um soco no estômago enquanto os outros dois o seguram firme. Eu me encolho em solidariedade. Depois disso, todos seguimos aos trancos e barrancos pelo corredor central, sem resistência.

Os guardas nos levam a uma passagem de tijolos com tinta descascando e atravessamos uma porta de metal. Uma sinalização desbotada diz: "SOMENTE PESSOAL AUTORIZADO".

A porta se abre para uma estreita escadaria, que provoca um clangor metálico oco a cada degrau que descemos. O espaço abaixo parece industrial, é quase uma fábrica. Uma rede de gotas d'água gigantes pende do teto quase até o chão.

À medida que nos aproximamos, tenho uma visão melhor. Há coisas encolhidas dentro dos pingos d'água.

Pessoas.

Nuas e curvadas em posição fetal. Inconscientes e suspensas na água.

Existe algo familiar e horrível a respeito delas.

Fico esperando vê-las sugar o polegar ou se mexer, mas nenhuma faz nada disso.

— O que foi? — pergunta um homem no meio da sala, olhando em nossa direção. Está vestido numa camisa de flanela sobre jeans e segura uma prancheta na mão. Cabelos encaracolados castanhos e olhos da mesma cor. Parece um universitário fazendo pesquisa. Eu diria que ele não representaria problemas em qualquer outro cenário que não este.

— Encrenqueiros — diz meu guarda.

— Levem-nos para o fundo — diz o homem distraído com a prancheta. — Um pouco de ajuda seria bem-vinda na última fileira.

Tatuagem, que agora anda com as próprias pernas sem causar problemas, é o primeiro a ser conduzido ao campo de pingos d'água. O guarda de Alfa o leva junto em seguida. Até o momento, meu guarda me deixou andar sozinha sem me tocar. Agora agarra meu braço como se temesse que eu saísse correndo.

— Quais, doutor? — pergunta meu guarda.

— Qualquer um serve, contanto que esteja na última fileira — diz o doutor ao passar por nós, em direção a um escritório cuja janela dá para os pingos.

Entramos no criadouro de pingos d'água. A primeira fileira contém pessoas.

Conforme andamos para o fundo da sala, as pessoas dentro dos pingos começam a se transformar. É como ver um vídeo em time-lapse do desenvolvimento fetal.

No primeiro terço do caminho do criadouro, elas têm caudas.

Na metade, começaram a adquirir asas diáfanas.

Com dois terços, já são reconhecíveis como monstros-escorpiões.

O recinto cavernoso está repleto de escorpiões em vários estágios de desenvolvimento.

Centenas.

E todos começam a partir de humanos.

Quando chegamos à última fileira, os escorpiões estão em plena formação, completos com os cabelos até os ombros e dentes que passaram de humanos a leoninos. Os dessa última fileira se mexem, estão alertas e nos observam quando nos aproximamos.

Esse laboratório está várias gerações à frente do que eu vi no porão do ninho da águia. É mais organizado, com fetos de aparência mais robusta e perigosa. Quantas fábricas de escorpiões como esta existem?

Tatuagem começa a enfrentar os guardas novamente. Há três deles, e, apesar de todos os músculos e da postura desafiadora, suas habilidades de luta são desajeitadas e despreparadas.

Ele sacode os guardas, e os músculos em seu pescoço e em seus braços ficam tensos com o esforço. Os guardas estão prestes a jogá-lo em um dos pingos, quando o cara dá um tranco inesperado e faz um dos guardas acertar o cotovelo no líquido.

A coisa dentro da água se mexe tão depressa que não sei direito o que está acontecendo.

Em um segundo, o guarda está segurando o ombro de Tatuagem ao mesmo tempo em que o cotovelo parte a película de água.

No segundo seguinte, o guarda está metade dentro do pingo, com as pernas sacudindo no ar, e a água começa a se tingir de vermelho-sangue.

Espantados, assistimos à cena do guarda desafiando a gravidade — e não sei quantas outras leis da física — pendurado ali, metade dentro, metade fora. Dentro do pingo, o monstro bombeia veneno no pescoço do guarda e suga seu rosto. Nuvens de sangue rodopiam ao redor deles, dentro do impossível pingo que, de alguma forma, mantém o formato e contém o líquido, apesar de ter sido perfurado pelo corpo do guarda.

Os olhos de Tatuagem ficam enormes quando ele se dá conta do que o aguarda. Olha para mim e para Alfa. Provavelmente encontra a mesma expressão em nosso rosto.

Depois dele, seremos os próximos.

Alfa faz um sinal de cabeça para Tatuagem, como se acabassem de concordar numa coisa. Suponho que não há nada como uma morte atroz iminente para fazer as pessoas passarem por cima das diferenças. Eles pegam um dos guardas, que ainda segura Tatuagem. Unidos, os dois enfiam a cabeça dele em outro pingo.

O escorpião ali dentro se move no líquido para agarrar a nova presa. O guarda tenta se afastar desesperadamente, e, por instinto, pressiona as mãos no pingo para se impulsionar.

As mãos mergulham direto na água.

E depois ele também não consegue tirá-las.

Suas costas, pescoço e braços fazem força para tirá-lo dali.

Os pés escorregam para frente. Mas nem um centímetro dele sai de dentro do pingo.

O guarda começa a convulsionar. Cada músculo do corpo treme com seus gritos abafados, na tentativa desesperada de se livrar do feto de escorpião.

Não consigo mais olhar.

Os outros guardas, agora em menor número, saem correndo. Dois fogem para a porta dos fundos e meu guarda visa a direção oposta.

O gorgolejar das bolhas e o debater dos sapatos da vítima, que rangem sobre o chão, reverberam em meus nervos esfrangalhados. Não demora muito e as duas vítimas se acalmam e paralisam.

O lugar de repente se torna muito silencioso.

— E agora? — pergunta Tatuagem. Apesar dos músculos, ele parece um garotinho perdido.

Olhamos em volta, por entre a floresta de monstros suspensa nos pingos.

— Agora nós damos o fora daqui — diz Alfa.

O silvo de um escorpião vem da porta dos fundos.

Corremos pelo criadouro em direção às escadas frontais, tomando cuidado para não esbarrar em nenhum dos pingos.

38

UM RIBOMBAR ECOA NO ESPAÇO cavernoso. Fileiras de pingos oscilam, ameaçando cair. Detesto pensar no que vai acontecer se despencarem. Em minha mente, a água já está espirrando no chão e os fetos monstruosos se desenrolando, conforme passamos rapidamente.

A estrutura do teto, onde as fileiras de pingos estão dependuradas, lentamente se inclina para trás. Tem água espirrando atrás de nós, ou é minha imaginação?

O criadouro anda uma fileira para trás, depois para.

A sensação macabra de atravessar úteros transparentes me parece ainda mais surreal quando os fetos de escorpião vão voltando a ser humanos, fileira após fileira. No instante em que alcançamos a primeira fila de pingos vazios, um tropel oco de passos ecoa escada abaixo diante de nós. Paramos, derrapando; olhamos em volta.

O único lugar que nos resta é o escritório elevado que faz frente para o criadouro de monstros. Subimos os poucos degraus até a sala e entramos correndo.

Doutor, o cara de camisa de flanela e jeans, ergue os olhos de suas notas na prancheta, na frente de um antiquíssimo conjunto de tevê.

Alfa pega uma caneta com uma das mãos e agarra o cabelo do doutor com a outra. Aponta a caneta perto do olho, pronto para dar uma estocada.

— Vou enfiar isso no seu olho se você não tirar aqueles monstros das nossas costas — sussurra Alfa. Ainda acho que ele costumava ser um cara de escritório, mas está falando muito sério. Talvez a vida corporativa seja mais dura do que eu pensava.

— Para eles os humanos são todos iguais — diz o doutor, olhando fixo para a caneta. — Eles não vão ficar procurando vocês.

Como se para provar o que estava dizendo, seus olhos se desviam para a janela sobre o laboratório. Um grupo está entrando na fábrica abaixo de nós. Vários escorpiões avançam contra uma fileira de gente suja e pelada.

Na frente deles está a nova fileira de pingos d'água vazios.

Um dos humanos inimigos fica na frente do grupo. Podemos ouvi-lo lá embaixo, pela fresta da porta.

— É melhor vocês simplesmente cumprirem as ordens. — Pelo tom de voz, parece que ele acredita nisso e que está lhes fazendo um favor por compartilhar um segredo. — Senão, esses podem ser vocês. — Empina a cabeça para dois dos outros capangas.

Os humanos a serviço dos inimigos pegam o homem mais próximo e o arrastam algumas fileiras mais adiante, onde o jogam dentro de um pingo.

Mesmo daqui, consigo ouvir seu grito gorgolejante e abafado de terror. O escorpião meio formado dá um solavanco, como se tentasse acertar a presa com o ferrão que ainda não tem, depois gruda no sujeito com a boca ainda humana.

Observo até o limite do suportável.

As pessoas nuas na frente da porta ficam paralisadas. Estão impressionadas e horrorizadas.

— A escolha é de vocês — diz o cara que imagino ser o capataz. — Vocês podem acabar como ele — aponta para a vítima do escorpião. — Ou podem escolher entrar em uma dessas coisas de água por vontade própria e sem nenhum problema. As primeiras quinze pessoas a se voluntariar ganham.

Todos dão um passo à frente.

O capataz começa a escolher pessoas aleatoriamente, e elas deslizam para dentro das prisões aquáticas.

— Como eu respiro? — pergunta um homem grande, cujo corpo já está no pingo e a cabeça ainda permanece de fora.

Um dos humanos a serviço dos inimigos enfia a cabeça do homem dentro da água, também sem responder.

A pergunta parece ocorrer a todos eles assim que estão na água. Acho que a situação toda foi tão estranha e surreal que as vítimas devem ter imaginado que teria alguém cuidando desses detalhes por elas. Ou talvez apenas consideraram que poderiam colocar a cabeça para fora e respirar.

Quando se dão conta de que estão aprisionadas e que não podem mais sair, seu rosto passa da ansiedade ao pânico.

A fileira de pingos da frente sacode e sacoleja de forma errática, em resposta aos novos habitantes que surtam dentro de suas prisões aquosas. Bolhas enchem os pingos, à medida que os últimos resquícios de ar das vítimas escapam da boca. Alguns gritam debaixo d'água. Ecos abafados repicam nas paredes do laboratório.

As pessoas restantes recuam, agora em claro arrependimento pela decisão tomada. Mas os inimigos as agarram e as jogam dentro dos pingos. É um trabalho mais fácil agora, pois percebo que as primeiras pessoas escolhidas eram as maiores e mais fortes entre as vítimas.

Quando fica claro que aquilo não é uma negociação, restam apenas os mais fracos do grupo.

39

TATUAGEM FECHA A PORTA DO escritório com cuidado e deixa o barulho lá embaixo.

Alfa puxa a cabeça do doutor para trás, ainda segurando a caneta diante do olho dele.

— Como você consegue viver com isso na consciência? — rosna ele.

— Pergunte ao cara que está ameaçando apunhalar um companheiro humano no olho — responde o doutor.

Tatuagem se aproxima.

— Seus privilégios humanos estão sendo revogados, imbecil.

O escritório tem mesa, cadeira e vidros em cúpula, à moda antiga, com bolotas cor de carne que nem aguento olhar. Não ficaria surpresa se isso fosse usado quando Alcatraz era uma prisão real para criminosos reais.

— Sou um prisioneiro aqui, igual a vocês — diz o doutor, por entre os dentes cerrados. — Faço o que me mandam fazer, igual a vocês. E, igual a vocês, Eu. Não. Tenho. Escolha.

— Tudo bem — replica Alfa. — Só que, diferente de nós, você não é nem comida de bicho-papão, nem biomassa para seja lá o que forem essas coisas.

Atrás do doutor, há várias caixas retangulares do tamanho de livros. Cada uma tem uma imagem colada com fita adesiva e um nome escrito embaixo. Faço menção de olhar para verificar do que se trata, quando uma coisa chama minha atenção.

As letras de caneta marcadora em uma das caixas dizem "PAIGE". A imagem granulada é horrível, mas os olhos escuros e o rosto delicado são inegáveis.

— O que são essas coisas? — Meu coração bate muito forte e me diz para esquecer essa história.

— A raça humana está sendo varrida, e você acha que eu estou feliz? — pergunta o doutor.

— O que é isso? — Seguro a caixa com o nome "PAIGE".

— Me deixe adivinhar: você está lutando bravamente para nos libertar — diz Alfa.

— Estou fazendo o que posso.

— Nos bastidores, sem dúvida — retruca Alfa.

— Muito nos bastidores — acrescenta Tatuagem.

— Ei! — digo. — O que é isso?

Eles finalmente olham para a pequena caixa que estou segurando, com o nome e a foto de Paige.

— É uma fita de vídeo — responde o doutor.

O alarme berra de novo e ecoa pelas paredes.

— Que diabo é isso? — pergunta Tatuagem. — E por que esse barulho fica disparando?

— Tem uma louca à solta — diz o doutor. — Ela não para de abrir as saídas de emergência. Aciona o alarme. Vai me soltar?

Bom, pelo menos minha mãe deve estar bem.

— Quero ver este vídeo — digo.

— Sério? — pergunta Tatuagem. — Vai uma pipoca também?

— Acho que é minha irmã. — Levanto a fita. — Preciso ver isto.

— A Paige é sua irmã? — pergunta o doutor. Pela primeira vez, ele parece realmente me notar.

Sinto uma descarga elétrica ao saber que esse homem conhece Paige.

O doutor tenta vir até mim, mas Alfa dá um tranco em sua cabeça.

— Fura meu olho ou me solta. — O doutor se desvencilha das mãos de Alfa e parece pronto para socá-lo.

— Preciso ver este vídeo.

— Se essa garotinha é sua irmã — diz o doutor —, receio que tenha morrido no ataque contra o ninho da águia.

— Não, ela não morreu — retruco.
Surpreso, ele pisca para mim.
— Como você sabe?
— Eu estive com ela ontem mesmo, ou sei lá quanto tempo faz que estou aqui.
Os olhos do doutor ganham um foco tão intenso em mim que pareço ser a única em seu mundo neste momento.
— Ela não atacou você?
— Ela é minha irmã. — Como se isso respondesse à pergunta.
— Onde ela está agora?
— Acho que ela veio para cá. Nós viemos atrás.
O alarme desliga e todos relaxamos um pouco os ombros.
— Não temos tempo para assistir a uma fita, querida, ficou louca? — retruca Tatuagem. — Leve isso com você.
— É uma Betamax, não é VHS — diz o doutor. — Este provavelmente é o único aparelho Betamax que sobrou na Bay Area. É pré-histórico, como tudo o que restou por aqui.
— O que é Betamax?
— Um formato de vídeo obsoleto — diz Alfa. — Mais velho que você.
— Por isso não dá para assistir em lugar nenhum, só nesta máquina — diz o doutor.
— Qual é o plano de vocês? — pergunto a Alfa e Tatuagem. — Tem alguma forma de eu assistir a isto aqui e depois encontrar vocês?
Eles se entreolham, e é claro que nenhum dos dois tem um plano.
— Vamos levá-lo preso e sair daqui — diz Alfa.
— Então vocês vão morrer — sentencia o doutor. — Eu não significo nada mais para os gafanhotos do que vocês.
— Gafanhotos?
— Aquelas coisas. — Ele acena para a janela com a cabeça. — É assim que os anjos os chamam. Não sei por quê. Essas coisas vão ser o fim da humanidade. — Ele mergulha no próprio mundo por um minuto, olhando para a fábrica de escorpiões, depois parece se lembrar de que estamos aqui. — Escutem, se querem fugir, esta noite é o momento. Há uma missão planejada para levar todos os gafanhotos daqui numa revoada.
— E por que a gente vai acreditar em você? — pergunta Tatuagem. Ele encontrou um abridor de carta em algum lugar e está afiando as arestas.

— Porque sou um ser humano e vocês também. Isso nos coloca no mesmo time, quer vocês gostem ou não.

— Por quanto tempo as criaturas vão ficar fora? — pergunta Alfa.

— Não sei.

— Que horas eles vão sair?

— Só sei o que acabei de contar. Esta noite vai ser nossa melhor e única chance.

— Se eles saírem, vamos poder libertar todo mundo — digo, pensando em Clara, na minha mãe e em todos que cantaram "Amazing Grace" durante a marcha para a morte. Agora eu sei para onde eles foram.

— Difícil sair de fininho com todo mundo junto — diz Alfa.

— Não dá para disfarçar com aquele barco — respondo. — A menos que você planeje nadar com os tubarões para sair daqui. Quanto mais gente, maior a chance de alguns de nós sobreviverem.

— Se todo mundo fugir ao mesmo tempo — diz Alfa —, com certeza muitos *não* vão sobreviver.

— Se deixarmos gente para trás, com certeza *ninguém* vai sobreviver — concluo.

— A menina tem razão — diz Tatuagem.

Alfa respira fundo e solta o ar devagar.

— As chaves das celas estão na sala dos guardas — diz o doutor. — Convença os guardas humanos de que vocês vão libertar todo mundo, inclusive eles. Eles vão conseguir as chaves, espalhar a notícia e destrancar as celas para vocês.

— Você está mentindo — diz Tatuagem.

— Não estou. Você acha que há uma única pessoa aqui dentro que gosta de estar aqui? Acha que todos não fugiríamos, se pudéssemos? Vocês só precisam convencer os guardas de que as chances de sobrevivência deles são maiores com vocês do que sem vocês. Só que essa parte vai ser mais difícil do que vocês pensam.

— Por que vocês não planejaram fugir esta noite, se os guardas vão estar fora? — pergunta Alfa. — Por que esperar a gente libertar todo mundo?

— Porque só existe um barco. E, quando eles saírem, vai estar ancorado em San Francisco, não aqui. Isso aqui é Alcatraz, senhores. Eles não precisam de guardas; eles têm a água.

— A gente consegue atravessar nadando? — pergunta Tatuagem.

— Talvez. O atleta certo que treinou para isso e não tem medo de tubarões. Alguém com roupa de natação, nadando durante o dia e com uma equipe de cobertura num barco. Conhece alguém assim?

— Existe uma saída — diz Tatuagem. — Pensa, rapazinho. Ou eu vou garantir que você seja o primeiro a ser jogado na água esta noite.

O doutor me observa. Quase consigo ver as engrenagens em sua cabeça girando na capacidade máxima.

— Ouvi dizer que o piloto é trancado no píer quando o barco atraca lá. Pode ser que eu consiga colocar essa menina a bordo. — Ele me indica com a cabeça. — Talvez ela possa libertar o piloto e convencê-lo a trazer o barco de volta.

— Eu vou — diz Tatuagem. — Em nome da equipe.

— Tenho certeza que sim, mas precisa ser ela — diz o doutor.

— Por quê?

— Há um grupo aqui recrutando mulheres para o ninho da águia. Quando eles se forem, posso garantir que ela esteja incluída. Então, a menos que você seja uma moça, não vai conseguir uma carona para fora daqui.

Tatuagem me observa. Está tentando decidir se vou fugir no segundo em que chegar a terra firme.

— Minha mãe está aqui, e minha amiga também — afirmo. — Vou fazer tudo o que puder para ajudar na fuga.

Os rapazes se entreolham de novo, em uma conversa silenciosa.

— Como sabemos que o cara da balsa vai arriscar a vida voltando por nós? — pergunta Alfa. — A mãe dele também está aqui?

— Ela vai ter que ser persuasiva — sugere o doutor.

— E se não for? — questiona Tatuagem.

— Então vamos encontrar outra pessoa para pilotar a balsa — afirma o primeiro, confiante.

— Se você tem tanta certeza, por que não fez isso antes? — pergunta Alfa.

— É a primeira vez que todas as criaturas e anjos planejam sair. O que te faz pensar que não teríamos fugido sem vocês?

Os rapazes assentem.

— Está dentro? — Alfa me pergunta.

— Estou. E trago o barco eu mesma se for preciso.

— Vai ser melhor se o barco não afundar no caminho até aqui — diz Alfa.

— Certo — digo. — Vou falar com alguém que saiba o que está fazendo. — Minha voz é mais confiante do que eu me sinto.

O alarme berra de novo, reverbera das paredes e ataca nossos ouvidos.

— Talvez você possa levar essa mulher para te ajudar — diz o doutor. — Ela pode te mostrar todas as saídas.

— Vão — digo. — Abram as celas para quando chegar a hora. Eu vou libertar o capitão do barco em terra firme.

Tatuagem e Alfa se entreolham e nenhum dos dois parece convencido. O alarme silencia de novo.

— A menos que vocês tenham um plano melhor — diz o doutor.

Os homens acenam com a cabeça.

— É melhor você estar dizendo a verdade, doutor — diz Tatuagem. — Ou vai virar isca de tubarão pela manhã. Está me entendendo?

Alfa parece prestes a perguntar se eu vou ficar bem, mas então, talvez se lembrando de onde estamos, dá meia-volta para sair.

— Se você vir essa mulher da saída de emergência — chamo atrás dele —, diga que foi a Penryn quem te mandou. Cuida dela, tá? Acho que é a minha mãe.

Tatuagem lança um último olhar fulminante para o doutor e sai.

40

— VOCÊ ESTAVA MESMO DIZENDO a verdade para eles? — pergunto.
 — Na maior parte — responde o doutor, ao inserir a fita na máquina retangular abaixo da tevê. Ambos parecem pré-históricos. Embora a tela seja pequena, o resto do aparelho é volumoso e pesado, como algo saído de alguma das fotos antigas do meu pai. — Era a forma mais rápida de tirá-los daqui para que a gente pudesse conversar sobre o que realmente importa.
 — E o que é?
 — Sua irmã.
 — E por que ela é tão importante?
 — É provável que não seja. — Ele olha de soslaio, me dando a impressão de que deseja que eu entenda o contrário. — Mas estou desesperado.
 Não faz muito sentido, mas não me importo, contanto que possa ver a fita. Ele pressiona um botão na máquina abaixo do televisor.
 — Esse negócio funciona mesmo?
 Ele faz um som de desdém.
 — O que eu não daria por um computador. — Seus dedos mexem nos controles e botões do velho televisor.
 — Não tem ninguém te impedindo. A Bay Area está cheia de computadores jogados, prontos para ser pegos.
 — Os anjos não são grandes fãs das máquinas humanas. Preferem brincar com a vida real e com a criação de novas espécies híbridas. Embora eu

tenha a impressão de que eles não deveriam estar fazendo isso. — Essa última parte ele resmunga, como se falasse consigo mesmo. — Eu trouxe alguns aparelhos escondidos, mas a infraestrutura nesta rocha era longe de ser de ponta, para começo de conversa.

— As coisas aqui parecem bem avançadas. — Indico a janela. — Muito mais do que no porão do ninho da águia.

O doutor ergue as sobrancelhas.

— Você viu o porão do ninho da águia?

Confirmo.

Ele inclina a cabeça de lado feito um cão curioso.

— E, ainda assim, aqui está você: viva para me contar.

— Acredite em mim, estou tão surpresa quanto todo mundo.

— O laboratório do ninho foi nosso primeiro — explica ele. — Naquela época, eu ainda estava preso aos modos antigos... aos modos humanos. Precisava de tubos de teste, eletricidade e computadores, mas eles não me deixavam ter muito do que eu precisava. A resistência dos anjos à tecnologia humana foi um empecilho para mim, de um jeito que transformou o laboratório em um tipo de porão do Frankenstein em 1930.

Ele aperta play no aparelho de vídeo.

— Desde então, fui aprendendo a gostar dos métodos dos anjos. São mais elegantes e efetivos.

Uma imagem granulada em preto e branco de uma sala lúgubre aparece na tela. Um catre, uma mesa de cabeceira, uma cadeira de aço. É difícil dizer se costumava ser uma cela de prisão para confinamento solitário ou o quarto de um burocrata triste.

— O que é isso? — pergunto.

— Em algum ponto nesse meio-tempo, alguém instalou um sistema de vigilância nesta rocha. Não é surpreendente, considerando que era uma movimentada atração turística. Acrescentei som em alguns dos cômodos. Os anjos provavelmente não sabiam que estavam sendo observados, então não saia por aí anunciando.

Na tela, a porta de metal do quarto se abre com força. Dois anjos sem camisa entram arrastando um gigante entre eles. Mesmo nessa gravação granulada, reconheço o demônio Beliel. Ele tem bandagens ensanguentadas ao redor da barriga.

Atrás dele está outro anjo de aparência familiar. Não consigo distinguir a cor de suas asas na imagem ruim, mas suponho que seja laranja-queimado. Lembro-me dele na noite em que Paige foi capturada, na noite em que ele e seu bando cortaram as asas de Raffe. Ele segura uma pequena Paige em um braço como se fosse um saco de batatas.

O rosto dela não tem cortes e suas pernas oscilam, atrofiadas e inúteis. Ela parece minúscula e indefesa. Deve ser a noite em que Paige foi capturada.

— Esta é sua irmã? — o doutor questiona.

Faço que sim, mas não consigo dizer nada.

O Anjo Queimado joga Paige num canto sombrio do cômodo.

— Tem certeza que quer ver isso? — pergunta o doutor.

— Tenho. — Não tenho. Quero vomitar só de pensar em algo que possa ter acontecido enquanto eu não estava perto para protegê-la.

Mas não tenho escolha. Sou compelida a assistir ao restante da gravação.

41

O BORRÃO VOADOR NO CANTO da tela revela ser minha irmã de novo, que logo aterrissa com uma pancada. Eu me encolho ao vê-la ricochetear na parede e desabar sobre as pernas inúteis.

Ela solta um minúsculo grito de dor, mas ninguém no quarto parece notar.

O Anjo Queimado já se esqueceu dela e levanta as pernas de Beliel. Eles o jogam na cama dobrável. Beliel desaba e as molas rangem. Parece morto. Queria que fosse verdade.

Atrás deles, minha irmãzinha se arrasta mais para o canto escuro e se retrai. Puxa as pernas e as encolhe junto ao peito em posição fetal enquanto observa os anjos com enormes olhos aterrorizados.

A cabeça inconsciente de Beliel gira num ângulo desconfortável contra a barra de metal que serve de cabeceira. Tudo o que eles têm de fazer é puxá-lo um pouco mais para baixo para que ele possa deitar com relativo conforto. Mas não o fazem.

Outro anjo entra trazendo uma bandeja de sanduíches e um grande copo de água. Deixa a comida e a bebida na mesa de cabeceira. Enquanto faz isso, dois dos anjos saem e deixam o Anjo Queimado com o sujeito de entrega.

— Agora não mais tão mandão, hein? — diz Queimado.

— Qual será a profundidade desse corte nos músculos do abdome dele? — diz o que trouxe os sanduíches. — Você acha que ele pode alcançar a comida?

O Anjo Queimado puxa casualmente a mesa de cabeceira, o tanto exato para ficar fora do alcance de Beliel.

— Agora não mais.

Os anjos trocam sorrisos maldosos.

— Trouxemos comida e água. Por acaso é nossa culpa se ele não consegue sentar e alcançar?

Queimado curva os lábios como se quisesse chutar Beliel.

— Com certeza ele é o lixo mais mandão, insuportável e convencido com quem já trabalhei.

— Eu já trabalhei com gente pior.

— Quem?

— Você. — O anjo ri ao fechar a porta atrás deles para saírem.

Paige se encolhe na escuridão, pelo visto totalmente esquecida. Ela é quem deve estar ficando com fome e sede.

Se conseguisse andar, poderia ter se aproximado de fininho e surrupiado um sanduíche. Mas, sem a cadeira de rodas, teria que se arrastar lentamente pelo chão, agarrá-lo e se arrastar de volta. Ela poderia ter feito isso, mas percebo por que não tentou. É difícil achar que é possível roubar alguma coisa quando não se pode correr.

O vídeo fica escuro.

Quando volta, há luz entrando no quarto, provavelmente de uma pequena janela em algum lugar que a câmera não pega. Já se passou um tempo, mas é difícil supor quanto.

Um rosnado doloroso se transforma num uivo de frustração raivosa. Beliel está acordado e tenta se sentar. Mas desaba novamente no catre, com um grunhido de repúdio.

Fica deitado ali, ofegante, parecendo não notar que Paige ainda está curvada no chão de pedra, no canto. Sangue vivo mancha as bandagens enroladas na cintura de Beliel. Ele vira a cabeça e olha fixo para a água. Estica o braço sem se curvar para a frente. A mesa com os sanduíches está um pouco além do seu alcance.

Por mais fome e sede que ele sinta, Paige deve estar mais faminta e mais sedenta. Ela é minúscula. Não tem muita energia armazenada.

Beliel deixa cair a mão e a bate no catre. Grunhe de raiva e dor quando os movimentos repuxam seu ferimento.

Deita de novo, tentando ficar parado. Engole em seco e olha para o copo de água sobre a mesa.

Respira fundo, como se para se preparar, e estende o braço novamente. Desta vez, consegue esticar um pouquinho mais, porém não o suficiente. Sua respiração é ofegante por entre os dentes cerrados quando se aproxima alguns centímetros mais da água. A dor deve ser enorme. Se fosse outra pessoa, eu teria sentido pena.

Ele solta outro grunhido frustrado e desaba de costas uma vez mais. Seu rosto se contorce de dor.

Paige deve ter se mexido ou feito algum barulho, pois de repente ele fita o canto.

— O que você está fazendo aqui?

Paige se encolhe mais junto à parede.

— Eles te mandaram aqui para me espionar?

Ela nega com a cabeça.

— Saia daqui. — Beliel praticamente cospe as palavras. — Espere. Vê se faz alguma coisa de útil e me traga a água e os sanduíches dessa mesa.

Paige o encara, em pânico. Coitadinha. Uma parte de mim quer desligar o vídeo. O que aconteceu, aconteceu. O fato de eu assistir não vai mudar nada.

Mas estou hipnotizada por esta janela de tempo no passado de minha irmã. Se ela teve que passar por isso porque eu não estava presente para protegê-la, então não mereço ser poupada de assistir a tudo o que ela passou.

— Agora! — Beliel urra de um jeito tão alto e poderoso que dou um pulo.

Paige se encolhe ainda mais.

Depois deita no chão de concreto e se arrasta em direção a ele. Seus olhos parecem enormes, e as pernas da calça parecem quase vazias conforme ela se arrasta.

42

— QUAL É O SEU problema? Você é aleijada?
— Não. Só não consigo andar como as outras pessoas. — Ela estende o braço e se arrasta mais alguns centímetros.
— Isso significa que você é aleijada.
Ela para no chão duro, apoiada nos cotovelos.
— Significa que eu me movimento diferente.
— É, se arrastando no chão feito um verme. Me mostre, Vermezinho. Me divirta. Venha se arrastando até aqui que eu te dou um pouco da minha água.
Quero socar a tela da tevê e atingi-lo.
Onde você estava quando ela precisava de você?
Minha irmãzinha olha para a água e engole em seco.
— Eu percebo que você quer. A sede deve estar rachando sua garganta neste exato momento. — A voz dele também soa falha e seca. — Logo você vai começar a sentir dor de cabeça e tontura. Depois sua língua vai inchar e todos os seus instintos vão sussurrar na sua mente para mordê-la e beber seu sangue. Alguma vez já sentiu tanta sede a ponto de querer matar um homem em troca do copo de água dele? Não? Você vai sentir isso logo, logo.
Ele toca a bandagem sangrenta como se para compartilhar a dor.
— Venha aqui, Vermezinho. Me mostre como os aleijados e abandonados "andam" de um jeito diferente, e te dou algo para beber.

— Não sou abandonada.

Beliel desdenha.

— Fale o nome de uma pessoa que não te abandonou.

Ela olha para ele com os olhos arregalados e o rosto delicado.

— Minha irmã.

— Sério? Então onde ela está?

— Vindo para cá. Ela vai vir me buscar.

— Não foi isso o que ela disse.

— Você falou com ela? — A esperança em seu rosto parte meu coração.

— Claro que eu falei com ela. Quem você acha que deu você para mim?

Cerro o punho com tanta força que os nós dos meus dedos parecem prontos a explodir.

— Mentira.

— É verdade. Ela disse que se sentia mal por isso, mas não podia mais ter a responsabilidade de cuidar de você.

— Você está mentindo. — A voz dela fraqueja. — Ela não disse isso.

— Ela está exausta. Tão cansada de acordar todo dia de manhã sabendo que precisa encontrar comida para você, te carregar, te lavar, fazer tudo por você. Ela tentou, mas você dava muito trabalho.

Todas as forças são drenadas de mim, e tenho de cambalear para trás e me inclinar na parede para conseguir me manter em pé.

— Eles são todos assim. — A voz de Beliel não é hostil. — No fim, todo mundo sempre nos abandona. Não importa quanto a gente os ame, ou quanto a gente faça por eles. Nunca somos bons o bastante. Somos os rejeitados, você e eu. Os abandonados.

— Você é um mentiroso. — O rosto dela se franze e as palavras saem confusas. Paige chora aos soluços, deitada ali no chão de pedra, totalmente indefesa. Seu tom quase implora para que esse monstro a conforte.

Meu peito se aperta e tenho dificuldade para respirar.

— Você vai ver. Nada nunca vai ser dado livremente para nós, da forma como é dado para as outras pessoas. Nem amor, nem respeito, nem mesmo amizade. A única forma de conseguirmos qualquer uma dessas coisas é colocando os outros no lugar deles, abaixo de nós. A última coisa que podemos nos dar ao luxo é de ficarmos indefesos e fracos. Você precisa ser forte e submeter todo mundo pela força. E, se eles implorarem e se comportarem, então talvez a gente possa deixá-los ser nossos cachorrinhos de estimação. Isso é o mais perto que párias como nós vamos conseguir chegar de ser desejados.

É ruim o bastante que ele esteja destruindo as esperanças frágeis de uma garotinha inocente de sete anos. Mas o que me mata é que provamos que ele estava certo. A imagem dela amarrada e sacudida como um animal selvagem vai ficar gravada a fogo para sempre na minha memória.

— Gostaria de um pouco de água? — A voz de Beliel é neutra. Nem gentil, nem abertamente cruel.

Minha irmã engole em seco e sente os lábios ressecados com a língua. Ela tem uma sede desesperadora, mesmo que não esteja chorando.

— Venha se arrastando até mim, Vermezinho, e eu te dou um pouco.

Ela ainda está deitada no chão, imóvel, com a parte superior do corpo apoiada nos antebraços. Paige olha para ele, desconfiada. Morro de medo de que ela caia no jogo de Beliel, mas, ainda assim, há uma parte de mim que deseja que ela vá até ele, pois precisa beber alguma coisa.

Paige estende o braço devagar e se arrasta com grande esforço. Uma vez, duas vezes, até rastejar lentamente pelo quarto. As pernas mortas e ressequidas se arrastam atrás dela.

Beliel bate palmas num ritmo lento.

— Parabéns, Vermezinho. Parabéns. Uma semelhança em miniatura da sua espécie. Vocês, macacos, são habilmente desesperados para fazer o que for preciso para sobreviver. Comparado ao seu povo e às coisas que alguns deles são capazes de fazer, sou praticamente um cara bonzinho.

Paige estende a mão para a mesa sobre a qual está a bandeja de sanduíches e o copo de água. Ela se arrasta para a cadeira metálica ao lado.

— Eu não disse que você podia pegar isso — rosna Beliel. — Eu te disse para vir até mim, não à mesa. — Ele começa a se inclinar para a frente com raiva, mas recua de dor, as mãos sobre a barriga que sangra, soltando o ar com força.

Ela estende a mão para o copo e olha para a água com desejo e sede evidentes.

— Claro, você é exatamente como o resto. — Os lábios de Beliel mostram um esgar. — Não há uma criatura viva que cuide de alguém a não ser de si mesmo. Até um verme como você. Quer dizer então que você aprendeu uma lição com a sua irmã, não foi? A única coisa que importa no fim das contas é sua própria sobrevivência. É isso que humanos e baratas fazem de melhor.

Paige olha para a água. Depois para Beliel. Uma batalha pega fogo dentro dela, e eu a conheço bem para saber o que ela está debatendo.

— Não faça isso — sussurro. — Cuide de você primeiro. — Pelo menos uma vez.

Sem tomar um único gole, ela estende o copo para Beliel, onde ele pode alcançá-lo.

Solto um gemido desesperado. Quero pegar o copo e fazê-la beber.

— Minha irmã vai vir me buscar. — Sua voz falha, como se ela não tivesse certeza. Seu rosto se contorce numa batalha para evitar as lágrimas.

Ele olha para a água.

E olha para ela.

— Você não está com sede, Vermezinho? Por que não bebe você? — pergunta, com a voz carregada de suspeita.

Ela funga.

— Você precisa mais. — Está sendo teimosa. Agarrando-se a quem ela é, mesmo sob tais circunstâncias.

— Você não sabe que vai morrer se não tomar água?

Ela segura o copo com firmeza.

Beliel estende o braço, sem mover o corpo, e o pega. Fareja o líquido como se desconfiasse de que pode não ser apenas água.

Toma um gole.

Toma um grande gole.

Depois vira dois terços do líquido.

Detém-se por um instante para recuperar o fôlego. Olha feio para Paige, como se ela o insultasse.

— O que você está olhando?

Ela pisca.

Beliel leva o copo novamente à boca, mas desta vez apenas beberica. Olha para Paige como se considerasse dar o resto para ela.

Então vira tudo em uma grande golada.

— É isso que acontece quando se é bonzinho. Você poderia ter aprendido essa lição mais cedo. Ser boazinha pode ter funcionado para você no passado, mas não mais. Essa estratégia só dá certo quando a gente é desejado. Só que agora você não é diferente de mim. Feia. Rejeitada. Sem amor. Eu entendo.

Mal posso esperar para matá-lo.

Ele passa o copo a ela. Paige o pega, desesperada. Vira em direção à boca.

Rola uma pequena gota.

43

O ROSTO DE PAIGE SE contorce, mas desta vez não caem lágrimas. É provável que ela esteja desidratada demais.

— Me passe os sanduíches.

Ela o fulmina com o olhar.

— Não vão servir para você. Se você comer, só vai dar mais sede.

Ela para um instante, depois pega os sanduíches e os joga nele.

Beliel dá risada quando a comida bate em seu peito e cai aos pedaços sobre a bandagem sanguinolenta. Ele monta o sanduíche de novo e dá uma mordida.

— Não é muito esperta, é?

Ela baixa a cabeça entre os braços sobre a mesinha e larga o corpo ali, como se tivesse desistido.

O vídeo escurece.

Eu me contenho antes de perguntar se ela saiu bem daquela cena. Por um momento, esqueço como ela está agora. Claro que não está bem.

O doutor coloca os dedos sobre o botão de ejetar.

— Já foi suficiente?

— Não — digo, entre dentes cerrados. — Ainda não.

Ele deixa a mão cair.

— É a sua punição. Quem sou eu para discutir?

A tela ganha outra imagem.

Algum tempo já se passou. A luz diminuiu e as sombras agora estão mais longas. A porta se abre e um anjo entra. É Queimado.

Paige ergue a cabeça. Quando vê quem é, sai da cadeira às pressas e, desesperada, se arrasta para debaixo do catre de Beliel.

— Ah, então é para aí que ela foi — diz o Anjo Queimado, de olho em Paige.

— E aonde você foi? — pergunta Beliel.

— Você não parecia precisar de nós, então trouxemos comida e água e deixamos você dormir um pouco. Como está se sentindo? — O Anjo Queimado se curva para observar Paige.

— Fantástico, obrigado por perguntar. — O sarcasmo na voz de Beliel é inegável. — O que você está fazendo?

Paige grita quando o Anjo Queimado a arrasta de sob a cama.

— Solte a menina — berra Beliel.

Surpreso, Queimado a solta.

— Você não faz nada sem a minha permissão. — Beliel agarra Queimado pelo braço e o puxa para encará-lo. Deve doer à beça em sua condição, mas Beliel não demonstra. — Não toque na menina. Nem sequer respire sem a minha permissão. Uriel me deu você para ficar sob o meu comando. Por acaso você acha que ele passaria um segundo da ilustre vida dele se perguntando o que aconteceu com você, se você acabasse como uma mancha na parede?

O Anjo Queimado olha de novo para ele com uma postura desafiadora, mas com um toque de nervosismo.

— Por que você faria isso?

— Você achou mesmo que eu não notaria que você estava tentando me matar de fome e me secar de sede?

— Deixamos comida e água para você — grunhe o Anjo Queimado por entre os dentes, ao tentar puxar o braço do domínio de Beliel. O demônio aperta forte, apesar da dor. — Nós também trouxemos você de volta, quando poderíamos ter te deixado nas ruas para morrer.

— Uriel teria te depenado vivo se vocês não tivessem me trazido. Vocês, garotos, ainda não têm coragem de mentir para ele, têm? Sentem medo de receber algum tipo de punição divina. Bem, a punição dele seria brincadeira comparada ao que eu vou fazer se algum dia acordar e encontrar o jantar fora do meu alcance outra vez. Fui claro?

O Anjo Queimado confirma num movimento de cabeça.

Beliel o deixa partir.

Queimado dá um passo atrás.

— Tragam-me um pouco de comida decente e água. Carne fresca, cozida, em temperatura ambiente. Não sou uma criança que pode viver de sanduíches de creme de amendoim e geleia.

Queimado dá meia-volta para sair. Seu rosto tem um sorriso de escárnio.

— Mas traga alguns sanduíches para ela. — Ele inclina a cabeça para Paige. — Nada como uma coisa quebrada e morta no canto do quarto para feder nosso dia.

Queimado lança um olhar para Paige, que se arrastou de novo para debaixo da cama, e depois encara Beliel, como se este tivesse enlouquecido.

— Algum problema? — questiona o demônio.

O Anjo Queimado sacode a cabeça devagar.

— Que pena. Agora vou ter que esperar para pintar as paredes usando seu sangue.

Queimado se vira.

— Traga uma jarra de água e um pouco de leite para a menina também. E não demore, garoto penoso. Não tenho a semana toda para ficar aqui deitado. Quanto mais rápido eu conseguir voar para falar com seu precioso arcanjo, mais depressa você vai ser liberado dos seus deveres.

Queimado sai.

— Pode vir, Vermezinho. O grande anjo malvado já foi embora.

Paige espia de sob a cama.

— Boa bichinha de estimação. — Ele fecha os olhos. — Cante uma musiquinha para mim enquanto eu tiro uma soneca. — Beliel faz uma careta com a dor que ele se recusou a mostrar ao anjo. — Anda. Qualquer música.

Hesitante, Paige começa a murmurar:

— Brilha, brilha, estrelinha.

A imagem some.

44

— É ISSO — DIZ o doutor quando desliga a televisão.

Tenho de engolir as lágrimas antes de conseguir perguntar:

— O que aconteceu depois?

— Beliel a manteve no quarto como um bichinho de estimação até se recuperar o bastante para ir ao ninho da águia. Ele tinha que se apresentar ao arcanjo Uriel. Algo a ver com um anjo lendário que estava fora havia muito tempo.

Raffe. Beliel deve ter comunicado que Raffe havia fugido.

— Seja lá o que era — diz o doutor —, Uriel não ficou feliz. Beliel ficou num péssimo humor depois disso, e descontou na sua irmã. Depois de tratá-la como um bichinho de estimação durante dias, alimentando-a, fazendo confidências, levando-a para todo lugar, ele a abandonou à equipe médica. Ele a jogou para nós e não olhou para trás.

O doutor tira a fita.

— Ela continuou perguntando por ele até a gente... eles... a transformarem no que ela é hoje.

— Ela perguntava por ele?

O doutor dá de ombros.

— Beliel era o único familiar a ela no nosso ambiente.

Balanço a cabeça, mas a vontade é de vomitar.

— E em que exatamente vocês a transformaram?

— Não acha que já teve punição suficiente por um dia?

— Não finja que se importa. Me fala.

Ele suspira.

— As crianças eram o projetinho de Uriel. Às vezes eu acho que ele só gosta de brincar de Deus... Algo de que as pessoas gostavam de me acusar numa outra vida. Ele queria que as crianças tivessem uma aparência que ele nem conseguia descrever. Disse que nunca tinha visto as coisas que ele queria que as crianças imitassem, mas isso ninguém que importava tinha visto.

Estou com muito medo de perguntar, mas pergunto mesmo assim:

— O que Uriel queria que as crianças fossem?

— Abominações. Tinham que parecer crianças bizarras comedoras de gente. Tinham que rondar a Terra e levar o terror para a população, como parte das intermináveis maquinações políticas dos anjos.

Assim ele poderia dizer que eram nefilins e culpar Raffe por não cumprir sua missão. Assim ele poderia arruinar a reputação do seu concorrente e vencer as eleições para Mensageiro.

— Vocês transformaram crianças em abominações de propósito?

Ele suspira, como se nunca esperasse que eu fosse entender.

— A raça humana está prestes a chegar ao fim, e, se você quer saber, eu estou completamente apavorado. A menos que a gente consiga encontrar uma forma de parar tudo isso, vai ser o nosso fim.

Ele move o braço como se num convite para eu dar uma olhada pela fábrica de escorpiões.

— Estou em um lugar especial para fazer a diferença, para ajudar a descobrir como parar tudo isso. Tenho acesso às instalações e ao conhecimento. Tenho a confiança deles e um pequeno nível de liberdade para trabalhar debaixo do nariz de todos aqui.

O doutor se inclina na parede, como se estivesse cansado.

— Mas a única forma de eu conseguir ajudar a raça humana é fazer o que eles me mandam fazer. Mesmo que seja horrível. Mesmo que destrua profundamente minha alma.

Ele se afasta da parede e anda de um lado a outro pelo escritório.

— Eu daria tudo para não ser o cara que tem de fazer escolhas que depois vão perturbá-lo noite após noite. Mas aqui estou eu. Sou eu e ninguém mais. Você entende?

O que entendo é que ele retalhou minha irmã caçula e a transformou em uma "abominação".

— E como é que você está ajudando a raça humana?

Ele olha para os sapatos.

— Tentei alguns experimentos que mantenho em segredo dos anjos. Roubei um pouco de ciência angelical, ou mágica, ou seja lá como você prefere chamar, e implementei aqui e ali. Eles me matariam se soubessem. Mas tudo o que tenho até agora são possibilidades tentadoras. Ainda não tenho nenhum sucesso confirmado.

Não estou interessada em fazer esse açougueiro de crianças se sentir bem com seu papel. Mas acusá-lo não vai me trazer respostas.

— Por que você fez minha irmã se mover como uma máquina?

— Como assim?

— Ela se senta com as costas retas, faz todos os movimentos de forma rígida, vira a cabeça como se o pescoço não funcionasse mais da mesma forma, sabe... como uma máquina. — Menos quando ela ataca, é claro.

Ele me olha como se eu tivesse ficado louca.

— A menina teve o corpo todo cortado e costurado, como uma boneca de retalhos. E você me pergunta por que ela se mexe com rigidez?

O sujeito que fez aquilo com ela me olha como se *eu* fosse a pessoa insensível.

— Ela sente dor. — Ele diz isso como se eu fosse burra. — Só porque ela funciona, não significa que não esteja sofrendo uma dor excruciante. Imagine ter o corpo todo retalhado, os músculos arrancados, recolocados e costurados, com todas as fibras do corpo alteradas. Agora imagine que ninguém te dê analgésicos. Essa é a situação dela. Acho que posso afirmar com segurança que você nem deu aspirina para ela, deu?

É como se ele estivesse me dando um soco nos pulmões.

— Se isso nem te ocorreu, não é surpresa que ela tenha ido embora, é?

Não posso nem pensar sobre como deve estar sendo para ela sem me sentir prestes a desmoronar.

Ofereci aspirina até para Raffe quando ele estava inconsciente antes de conhecê-lo. Ofereci alívio para a dor do inimigo, mas nunca considerei a mesma coisa para minha própria irmã. Por quê?

Porque ela parecia um monstro, esse é o motivo. E nunca passou pela minha cabeça que monstros pudessem sentir dor.

— Você tem algum palpite sobre onde ela está? — Ouvir o tremor em minha voz suga toda a minha autoconfiança.

Ele olha para a tevê escura.

— Ela não está aqui. Eu já saberia a essa altura. Mas se você estiver certa e ela tiver passado por aqui, nem que por alguns minutos, então está procurando alguma coisa. Ou alguém.

— Quem? Ela já veio até mim e minha mãe. Somos tudo o que ela tem no mundo.

— Beliel — diz o doutor, com um tom que denota certeza. — Ele é o único que poderia entender. O único que a aceitaria e não a julgaria.

— Do que você está falando? Ele é a última pessoa a quem ela recorreria.

Ele dá de ombros.

— Beliel é um monstro. Ela é um monstro. Quem mais vai aceitá-la sem considerá-la uma aberração? Que dirá entender tudo o que ela está passando.

— Nós... — As palavras encolhem na minha boca.

O pensamento de Paige se voltar a Beliel me deixa atônita.

Mas, se Paige estivesse com Beliel no acampamento da resistência, as pessoas não teriam tentado encurralar os dois como uma equipe monstruosa? Como se o lugar de um fosse com o outro, e não com o restante de nós, humanos?

— Ela pode ter um toque de síndrome de Estocolmo.

Não gosto de como isso soa.

— O que é isso?

— É quando a vítima sequestrada desenvolve um apego pelo sequestrador.

Olho para ele, perplexa.

Agarro o espaldar da cadeira e me sento, trêmula como uma idosa. O pensamento da pequena Paige sentindo que não tem ninguém a quem recorrer, a não ser um pesadelo como Beliel, me deixa arrasada de um jeito que nem o fim do mundo poderia deixar.

— Beliel — digo sem fôlego. Fecho os olhos e tento conter as lágrimas. — Você sabe onde ele está? — Minhas palavras me apunhalam.

— Deve estar no novo ninho da águia a essa altura. Algo grande está acontecendo por lá, e Beliel tem um trabalho a fazer para o arcanjo.

— Que trabalho?

— Não sei. Sou apenas o macaco do laboratório. Do tipo que só fica sabendo do estritamente necessário. — Ele me observa. — Fale com o capitão da balsa sobre resgatar os prisioneiros de Alcatraz, depois vá para o ninho da águia.

— E se...

— Quer você consiga ou não convencer o capitão a fazer o resgate, vá para o ninho. O número de pessoas que estão morrendo aqui não é pior do que o que está acontecendo lá. Sua irmã é mais importante do que libertar prisioneiros para um enorme abatedouro, que é o que o mundo vai ser se não encontrarmos uma forma de parar tudo isso.

Essa ideia faz meu cérebro entrar em ação aos solavancos.

— Por que a Paige é tão importante? — Não dá para evitar a desconfiança que entrelaça minha voz.

— Ela é uma garota muito especial. Pode ser útil em nossa luta contra os anjos. Se você a encontrar no ninho da águia, traga-a de volta para mim. Eu vou trabalhar com ela. Vou ajudá-la se puder.

— Ajudá-la como?

Ele esfrega a nuca, parecendo meio envergonhado, meio ansioso.

— Para ser sincero, ainda não tenho certeza. Eu alterei as crianças dessa última leva na esperança de aumentar a nossa chance de sobrevivência como espécie. Um passo desesperado em tempos desesperadores. Os anjos me fariam em pedaços se soubessem disso. Mas as crianças alteradas foram destruídas durante o ataque ao ninho da águia, antes de eu verificar se alguma coisa tinha funcionado.

Ele anda de um lado a outro pelo pequeno cômodo.

— Agora você está me dizendo que sobrou uma. Precisamos encontrá-la. Não sei realmente o que ela pode fazer, ou mesmo se funciona da forma como eu acho que funciona. Mas é uma chance para a humanidade. Uma chance minúscula, mas é melhor do que o que temos agora.

Não confio nele mais do que confiaria num anjo furioso.

— Vou ser bem claro: não podemos ter alguém como Beliel no controle da sua irmã. Você entende? Sob o controle de Beliel, ela pode acabar sendo um importante instrumento para a nossa destruição. Você tem que convencê-la a se afastar dele. Paige pode ser nossa última esperança.

Ótimo.

Antes que tudo se acabe, eu poderia fazer uso de outro sábado de manhã em que Paige e eu comêssemos cereal e víssemos desenho animado em nosso apartamento, durante o pacífico intervalo antes de a nossa mãe acordar. Nossa maior preocupação em manhãs como essas era se ainda teríamos o nosso cereal favorito no fim da semana, ou se teríamos que nos contentar com os cereais sem açúcar.

— Se eu não conseguir sair dessa ilha, ou se você não conseguir me encontrar... — O doutor para, como se estivesse perdido em todas as coisas terríveis que poderiam acontecer com ele. — Vai sobrar para você descobrir o que ela pode fazer e se pode ajudar as pessoas. Se sua irmã não puder ajudar a humanidade, sou apenas um médico malvado fazendo coisas horrorosas para o inimigo. Por favor, não me deixe ser essa pessoa.

Não tenho certeza se é para mim que ele está implorando, mas faço que sim da mesma forma.

Ele também.

— Tudo bem, venha comigo.

45

SAÍMOS DO CORAÇÃO DA FÁBRICA de monstros, pegamos um corredor de tijolos e entramos em outro cômodo. Imagino que em outras épocas tenha sido uma loja de lembrancinhas, a contar pelos cartões-postais e chaveiros em um expositor esquecido perto da porta.

Lá dentro, vários humanos a serviço do inimigo se misturam aos prisioneiros. Os inimigos se destacam pelo rosto limpo, o cabelo arrumado e as roupas asseadas. Também há neles certo ar de confiança que os prisioneiros não têm.

— Madeline — diz o doutor.

Uma mulher madura com traços fortes e aparência de instrutora de balé vem até nós. Cada movimento é gracioso e fluido, como se estivesse acostumada a estar no palco ou em passarelas. O coque apertado dos cabelos grisalhos apenas enfatiza os olhos cor de esmeralda.

— Você pode encontrar um lugar para ela? — pergunta o doutor em voz baixa.

Madeline me observa dos pés à cabeça. Não está só me olhando para ter uma impressão rápida de quem eu sou. Ela me estuda, avaliando meu cabelo, minha altura, cada curva e plano do meu rosto. É como se estivesse me memorizando, catalogando aspectos da minha aparência. Ela olha de novo para o grupo de prisioneiras.

São todas mulheres e estão em duplas. Há duas gêmeas com cabelos avermelhados iguais e pele rosada sardenta. O restante dos pares provavelmente não é formado por gêmeas, mas, num primeiro olhar, é o que parece. Uma dupla de mulheres curvilíneas com pele cor de chocolate, uma dupla de garotas muito magras com cabelo cor de mel caindo em cascata pelos ombros, uma dupla de mulheres com olhos e pele de tons mediterrâneos.

Madeline olha pela sala, depois para mim.

— Tipo físico errado, idade errada — declara.

A porta se abre e um homem empurra um par de adolescentes. Cabelos escuros, maçãs do rosto proeminentes, pequenas como eu.

— E quanto a essas? — pergunta o doutor.

Madeline devolve o olhar feroz para as garotas. Depois olha para mim.

— Essas duas combinam melhor — diz o rapaz bronzeado que as trouxe para dentro, fazendo um gesto para as garotas ao meu lado.

— Temos que nos contentar com essa aqui. — Madeline faz um gesto com a cabeça para me indicar.

— Você vai dizer ao arcanjo que esta é a melhor dupla que conseguimos encontrar? — pergunta o sujeito.

Minha pele se arrepia com a palavra "arcanjo".

— A mesma cor, o mesmo tipo físico — diz Madeline. — Depois de uma transformação e um corte de cabelo, elas vão parecer gêmeas.

— Se não parecerem, é nosso pescoço que vai estar na reta, não o seu — responde o cara.

Madeline olha para o doutor e assente.

— Troquem.

O rosto do rapaz fica mais sombrio.

— Só porque ele está com o seu marido preso em alguma cela, não significa que você pode trocar nossa vida pela dele sempre que o bom médico estalar os dedos.

— Daniel, por favor, só faça o que estão lhe pedindo. — A voz de Madeline é uma ordem com um toque de ameaça.

Daniel respira fundo. Todo mundo fica nos olhando, sentindo a tensão.

Ele observa as duas garotas, depois pega uma pelo braço e a põe para fora.

Minha parte racional me diz para não perguntar. Até onde sei, é para meu benefício. E poderia ajudar minha irmã.

— Você está mantendo alguém refém?

Um dia desses, vou aprender a ficar de boca fechada.

— Todos somos reféns aqui — diz o doutor. — Estou fazendo o que posso para manter alguém vivo.

A ficha cai.

Eu o puxo de lado e sussurro:

— Se a fuga da prisão não sair do jeito que tem que sair, você cuida para que minha mãe fique em segurança?

— Sua mãe, a mulher que sai por aí acionando os alarmes?

Faço que sim.

— Acho que não posso prometer isso.

Surpreendentemente, me sinto melhor com essa resposta do que se ele *tivesse* prometido cuidar dela, porque é mais honesto.

— Pelo menos tenta?

Ele não parece feliz com isso.

— A Paige também vai dar ouvidos a ela. — Não é inteiramente verdade, considerando algumas das coisas que nossa mãe nos manda fazer, mas não preciso entrar em detalhes com ele.

Ele pensa a respeito, depois faz que sim.

— Vou tentar.

É o melhor que posso esperar.

— Tem também uma mulher chamada Clara...

Ele sacode a cabeça.

— Não sou mágico. Não posso fazer desaparecer o inferno que é Alcatraz. Só consigo prometer que vou proteger uma.

Ele dá um passo atrás e puxa Madeline de lado. Trocam sussurros de canto e me dão a chance de absorver a situação.

A adolescente se aproxima um passo de mim. É da minha altura. Temos o mesmo corpo, o mesmo tom de cabelos e os olhos escuros.

Um par de meninas combinando.

Arcanjo.

Uma imagem de Uriel, o político, caminhando pela danceteria do ninho da águia com sua dupla de mulheres aterrorizadas me vem à mente.

Instintivamente, estendo o braço para acariciar minha espada-urso, tentando conseguir algum conforto no pelo macio, mas não há nada ali, a não ser um espaço vazio.

46

A VIAGEM DE BALSA ATÉ San Francisco é tranquila e melancólica, como a que me levou a Alcatraz. A grande diferença é que humanos estão de guarda, não escorpiões.

Madeline e a equipe saem perguntando às duas dezenas de mulheres se sabemos costurar, desenhar vestuário ou fazer bijuterias. Se a resposta é "sim", escrevem coisas numa prancheta. Não sei fazer nada disso, mas eles não parecem se importar.

Perdi noção de quanto tempo se passou desde minha última viagem nesta balsa. Está amanhecendo. O céu está tingido com o que sempre achei que fosse um tom rosado, mas esta manhã parece mais a cor de um hematoma fresco.

Tento ver se consigo falar com o capitão, mas os guardas me redirecionam firmemente até os banheiros. No caminho de volta, encontro uma caneta e um papel numa prancheta pendurada na parede de uma escadaria. Então passo o resto do caminho escrevendo o que quero dizer para o piloto, só para garantir, caso precise passar um bilhete em vez de falar pessoalmente.

Com cuidado, elaboro a argumentação para tentar ser tão persuasiva quanto possível. Quando termino, dobro o papel e o deslizo de novo no bolso, na esperança de não precisar dele. Vai ser muito melhor se eu puder persuadi-lo pessoalmente.

Assim que atracamos, caminhamos em direção à luz do sol, incapazes de acreditar que estamos livres de Alcatraz. Os escorpiões feridos na noite em que fomos capturados não estão em parte alguma. Sangue escorre do cais quebrado e sobre as sombras da aurora.

Nossos guardas humanos não se desviam do curso pretendido, embora não haja escorpiões nem anjos por perto.

— Por que vocês não fogem? — pergunto a um dos guardas, sem conseguir evitar.

— E depois fazer o quê? Lutar para recolher migalhas na lata de lixo? Não conseguir dormir de tanto medo que os anjos venham me caçar?

Ele dá uma olhada em todas as prisioneiras. Todas parecemos hesitantes, cautelosas e perdidas.

— Os anjos podem machucar os outros, mas não a mim. As criaturas deles saem do meu caminho quando eu passo. Como três refeições completas todos os dias. Tenho um teto e proteção. E você pode conseguir o mesmo. Você foi escolhida. Agora só precisa seguir as instruções.

Ele deve ter sido um porta-voz no Mundo Antes, da forma que subverte minha pergunta simples em um momento de propaganda política. Noto que ele não diz que é livre.

As pilhas de armas, bolsas e outros itens preciosos que foram deixados no píer parecem que foram recolhidos às pressas e estão espalhados perto da doca. As únicas coisas que restaram foram as mais fracas das armas, bolsas fechadas e brinquedos. Vasculho os objetos até encontrar as duas coisas que estou procurando.

O rastreador da minha mãe está ao lado de uma bolsa, parecendo um celular tijolo. E a espada de Raffe está ali perto, bem onde a deixei, meio escondida debaixo de uma mochila revirada, com roupas caindo para fora. O urso de pelúcia que ainda esconde a espada olha para o céu como se estivesse à espera de que Raffe desça voando para resgatá-la.

Um enorme alívio me inunda. Corro para pegar o rastreador e a espada, e abraço o urso como um amigo há muito perdido.

— Você vai ter que deixar isso aqui — diz Madeline. — Não vai poder levar nada para o ninho da águia.

Eu deveria saber. Odeio deixá-los, mas pelo menos posso escondê-los. Os outros guardas me deixam sozinha, provavelmente se dando conta de que Madeline tem planos para mim, e não querem arrumar confusão com ela.

Olho para o rastreador da minha mãe. Na tela, minha seta aponta para os píeres de San Francisco. A seta de Paige aponta para perto da Half Moon Bay, na costa do Pacífico.

— Onde fica o novo ninho da águia? — pergunto a Madeline.

— Na Half Moon Bay — responde ela.

Será que Paige está mesmo procurando por Beliel? Fecho os olhos, sentindo que levei uma punhalada no estômago.

Desligo o rastreador. Quero muito levá-lo, e a espada também, mas não tenho escolha. Por mais que eu deseje escondê-lo, quero que minha mãe fique com ele se eu não puder.

O mundo está repleto de celulares abandonados. A probabilidade de deixarem o rastreador intacto é muito grande. Eu o coloco onde encontrei, forçando-me a me virar.

A espada, por outro lado, precisa ser escondida. Ainda bem que os saqueadores pelo jeito estavam morrendo de pressa; se não fosse por isso, já teriam notado que a saia do ursinho é longa demais. Não resisto: faço uma última carícia nele antes de escondê-lo com a espada, debaixo de uma pilha de madeira e telhas que um dia fizeram parte de uma loja.

Estou prestes a soltar a espada quando minha visão falha e desvanece.

Ela quer me mostrar alguma coisa.

ESTOU NA SUÍTE DO HOTEL de vidro e mármore do antigo ninho da águia, onde Raffe e eu passamos algumas horas juntos, depois de termos visitado a festa ao estilo dos clubes clandestinos de época e antes do transplante de asas.

O chuveiro está ligado no outro extremo da suíte. Seria tranquilo e elegante aqui, não fosse pela vista panorâmica do horizonte chamuscado de San Francisco, que domina a sala de estar.

Raffe sai do banheiro, fantástico de smoking. Com os cabelos escuros, os ombros largos e o porte musculoso, é mais lindo do que qualquer estrela de cinema. Parece um cara que frequentaria uma suíte de hotel de mil dólares a diária. Cada movimento e cada gesto transmitem elegância e poder.

Algo chama sua atenção e ele caminha até a janela. Uma formação de anjos voa diante da lua. Raffe inclina-se para o vidro, quase pressionando o rosto nele, ao observar os anjos. Todas as suas linhas me dizem que Raffe anseia por voar com eles.

Suspeito de que seja mais do que apenas querer as asas de volta. Certa vez, quando Paige e eu tínhamos um peixe exótico em um aquário redondo, nós o decoramos com conchas. Meu pai disse que tínhamos de garantir que sempre houvesse pelo menos dois peixes no aquário, pois algumas espécies precisavam pertencer a um grupo. Se um deles fosse deixado sozinho por tempo demais, morreria de solidão.

Será que os anjos são assim?

Quando os anjos desaparecem no céu noturno além da lua, Raffe se vira de lado e vê seu reflexo na janela. As asas que despontam pelas fendas no casaco do smoking parecem asas como outras que vi nos anjos do clube lá embaixo, mas não são. As asas decepadas estão amarradas debaixo das roupas e arrumadas para parecerem normais.

Ele respira fundo e solta o ar devagar. Depois abre os olhos. Está prestes a se virar da janela quando vê algo na camisa branca.

Ele pega e observa. É um fio de cabelo. Raffe corre os dedos em sua extensão. É escuro, longo, parece o meu.

Seus lábios tremem, como se fosse divertido pensar em como meu cabelo pode ter ido parar em sua camisa. Meu palpite é que deve ter acontecido quando eu o beijei no corredor do térreo, perto da danceteria. Ele acha engraçado.

Se eu tivesse um corpo neste sonho, minhas faces estariam queimando. É constrangedor até mesmo pensar nisso.

Ele caminha até o bar de mármore repleto de garrafas de vinho. Olha debaixo dele e pega um pequeno kit de costura do hotel. Por que motivo alguém que pode pagar por um hotel como esse iria querer um conjunto emergencial de linhas e botões, eu não sei, mas ali está. Ele rasga o pacote e tira a linha. É o mesmo tom branco como a neve de suas asas.

Raffe segura a linha e o cabelo juntos e os gira com o polegar e o indicador, para que os dois se entrelacem.

Depois segura as pontas unidas, dá um passo até a espada que repousa no balcão e passa os fios ao redor do punho dela.

— Pare de reclamar — ele diz para a espada. — É para dar sorte.

Sorte. Sorte. Sorte.

A palavra ecoa na minha cabeça.

* * *

COLOCO A MÃO NO CAIS lascado para me equilibrar. O mundo retoma o foco, e respiro fundo algumas vezes.

Será que Raffe realmente guardou um fio do meu cabelo?

Difícil de acreditar.

Olho com cuidado para o cabo da espada. Por incrível que pareça, está ali, na empunhadura, na base da guarda. Branco como a neve, entrelaçado com preto meia-noite.

Passo os dedos sobre a linha-cabelo e fecho os olhos. Penso em Raffe fazendo a mesma coisa ao sentir a textura alternada de linha e fio de cabelo na ponta do meu dedo.

A espada estava me desejando boa sorte?

Sei que ela sente falta de Raffe. Se eu não voltar, acho que ela não vai ter chance de revê-lo algum dia. Mesmo que estabeleça ligação com alguma outra pessoa, esta não vai ter conexão com Raffe e nenhum conhecimento do que ele é. Então talvez a espada tenha um motivo para me desejar sorte, além de me fazer lembrar de Raffe.

Odeio ter que deixar a espada, mas não tenho escolha. Eu a cubro, com urso e tudo, usando telhas e tábuas lascadas.

Então me levanto e saio andando, sentindo-me nua. Espero que os saqueadores não se deem ao luxo de cavoucar entre pilhas de escombros à procura de tesouros escondidos.

47

QUANDO O CAPITÃO DESEMBARCA, NOSSO grupo é pastoreado para dentro de uma caravana de vans, SUVs e um micro-ônibus escolar. Madeline escolta o capitão para um daqueles odiosos contêineres de carga. Eu me junto a eles como quem não quer nada.

— Há uma fuga planejada para hoje — digo em voz baixa.

Ele me olha, depois para Madeline, depois de novo para mim. É mais jovem do que eu esperava, provavelmente não tem mais que trinta anos, com o rosto barbeado e a cabeça toda careca.

— Boa sorte para vocês. — Sua voz não é hostil, mas também não é convidativa.

Madeline destranca o contêiner de carga e puxa as portas de metal. Há prateleiras repletas de sopa enlatada e legumes, além de fileiras de bebidas alcoólicas e livros. Luzes à bateria estão em um canto e uma cadeira estofada demais está junto de uma pequena mesa lateral. Pelos padrões do Mundo Depois, é muito confortável.

— Eles precisam que você leve o barco de volta e pegue os prisioneiros — digo. A expressão que ele demonstra é cética, então me apresso antes que ele possa dizer não. — Vai ser totalmente seguro. Todos os escorpiões e anjos vão estar fora. Esta noite eles têm uma missão.

Ele dá um passo para dentro do contêiner e acende a luz.

— Nada é totalmente seguro. E aquela balsa me mantém vivo e alimentado. Não posso arriscar. Não vou te dedurar, mas também não vou deixar ninguém tocar naquela balsa.

Lanço um olhar para Madeline em busca de ajuda.

— Você pode falar com ele? Quer dizer, você tem uma pessoa presa na ilha, não tem?

Ela olha para baixo, sem querer me encarar.

— O doutor vai mantê-lo seguro, desde que eu o ajude com os projetos dele. — A mulher dá de ombros. — Precisamos ir andando.

Lanço um olhar de Madeline para o capitão, que agora está se servindo de uma bebida.

— Essa é a nossa chance de fazer a diferença — digo. — Você pode salvar todas essas vidas. Compensar seja lá o que você sentiu que deveria fazer para sobreviver. Você sabe o que é.

Ele bate o copo em cima da mesa.

— Onde você a encontrou, Madeline? Não acha que a gente já está passando por coisas ruins demais sem ter a srta. Pé-No-Saco nos dando sermão?

— É a coisa certa a fazer — digo.

— A coisa certa é um luxo para pessoas ricas e abrigadas. Para o restante de nós, a coisa certa é ficar longe de encrencas e sobreviver do melhor jeito que puder. — Ele se senta na cadeira, abre um livro e não me olha de propósito.

— Eles precisam de você. Você é o único que pode ajudá-los. Minha mãe e minha amiga...

— Sai daqui antes que você me convença a te denunciar. — Ele tem a decência de parecer pouco à vontade ao me dizer isso.

Madeline fecha a porta.

— Vou deixar destrancada.

— Por mim tudo bem — ele diz num tom que deixa claro que a conversa acabou.

Eu subestimei completamente como seria difícil convencer alguém a arriscar a vida pelos outros. Por mais problemas que a resistência tenha, eles teriam se unido por uma causa como essa.

— Alguém mais sabe pilotar o barco? — pergunto a Madeline.

— Não sem afundar ao tentar sair da doca. Não dá para transformar ninguém em herói. Eu deixei a porta aberta para o Jake, caso ele mude de ideia.

— Não é o suficiente. Eu tenho que encontrar alguém para levar o barco de volta esta noite.

Daniel, o assistente de Madeline, coloca o rosto bronzeado para fora da janela do ônibus.

— Vamos!

Ela pega meu braço e me leva para o ônibus.

— Venha, não é mais problema nosso.

Puxo o braço com um tranco.

— Como você pode dizer isso?

Ela tira uma pequena pistola do bolso e aponta para mim.

— Eu disse ao doutor que levaria você para o ninho da águia e é o que vou fazer. Desculpa, mas a vida do meu marido depende disso.

— Muitas vidas podem ser salvas, inclusive a do seu marido, se ao menos a gente pudesse...

Ela sacode a cabeça.

— Não há mais ninguém que saiba pilotar aquela balsa. E, mesmo que a gente encontrasse alguém, essa pessoa não arriscaria a vida mais do que o Jake. Não vou abrir mão da vida do meu marido por causa de um plano irrecusável de fuga. Vamos. Agora. — Ela tem um brilho determinado nos olhos, como se estivesse pronta para atirar no meu braço e me arrastar para dentro do ônibus.

Relutante, sigo para o ônibus com Madeline.

48

PERCORREMOS UM CAMINHO SINUOSO ENTRE os carros abandonados na I-280, rumo ao sul. Quanto mais nos afastamos dos píeres, pior eu me sinto sobre o plano de fuga de Alcatraz. O capitão Jake parecia muito confortável em sua posição de capitão-escravo. Existe alguma chance de ele abrir mão do único recurso que o tem mantido vivo e arriscar a vida para resgatar as mesmas pessoas que ele carregou da balsa para a ruína?

Há uma pequena chance, sim. Afinal ele é humano, e os humanos às vezes fazem coisas desse tipo.

Mas é mais provável que ele beba o dia inteiro até atingir um estado de estupor induzido pela culpa quando os escorpiões partirem para a missão.

Isso tudo é um fardo pesado demais. Minha mãe e Paige... A espada, Clara e todas aquelas pessoas em Alcatraz...

Enfio tudo na caixa-forte da minha cabeça e me esforço mentalmente para fechar a porta. Agora tenho um mundo inteiro ali dentro. Não posso me dar ao luxo de abrir a porta sem correr um sério risco de ser esmagada pelas coisas que vão cair de dentro dela. Alguns dos meus amigos faziam terapia no Mundo Antes. Para desemaranhar o que tenho dentro dessa caixa-forte, precisaria da carreira inteira de um terapeuta.

Sentada no fundo do ônibus, fico olhando pela janela aberta sem realmente ver nada. É tudo um borrão de carros que não funcionam mais, sucata e prédios destruídos e queimados.

Até passarmos cautelosamente por dois SUVs pretos.

Há motoristas dentro deles, mesmo que estejam estacionados. Estão fazendo vigia e parecem prontos para arrancar a qualquer momento. Três homens mexem em alguma coisa no chão, ao lado da estrada. É tão pequena que não consigo ver com clareza.

Quando passamos por eles, percebo quem são os motoristas. Primeiro não os reconheço por causa do novo cabelo loiro, mas não há como confundir as sardas no rosto de Dee e Dum.

Eu me lembro da carta que escrevi para o capitão da balsa, caso não tivesse tempo suficiente de falar com ele. Tiro o papel do bolso e fico olhando fixo para os gêmeos, desejando que me vejam. Eles nos observam com muito cuidado enquanto passamos e seu olhar me encontra.

Mexo o corpo para impedir que os guardas vejam o que estou fazendo. Seguro a carta para garantir que Dee e Dum vejam e depois deslizo pela janela.

O bilhete cai no chão, mas o olhar deles não segue o movimento. Em vez disso, continuam na pose, vigiando o restante do ônibus. Não saem dos carros para pegar o papel, embora eu tenha certeza de que o viram cair.

Casualmente, olho para os guardas para verificar se alguém notou o que fiz. A única a me olhar é a garota parecida comigo, que está sentada ao meu lado e não parece prestes a contar a alguém. Todas as outras pessoas estão observando o grupo da resistência com uma intensidade que beira a paranoia, se é que alguma coisa pode ser chamada de paranoia hoje em dia.

Todos ficamos olhando os rapazes na beira da estrada até que eles ficam pequenininhos como pontos. Meu palpite é que estejam montando câmeras de algum tipo para o sistema de segurança ao redor da Bay Area. Faz sentido que desejem ter algumas câmeras ao longo das rodovias.

Demora um instante para meus batimentos voltarem ao ritmo normal, e na verdade tenho que suprimir um sorriso. Achei que nunca mais fosse pensar coisas boas da resistência, mas, se existe alguém que vai arriscar o pescoço para pôr em prática um grande resgate, são esses dois caras. Não tenho garantias de que vai acontecer, mas com certeza é mais provável do que contar com o "meus interesses em primeiro lugar" do capitão Jake.

49

A HALF MOON BAY É contornada por uma praia em forma de meia-lua, na costa do Pacífico. Os terremotos e as tempestades marítimas reviraram a costa a ponto de ter ficado irreconhecível. A antiga baía da meia-lua agora parece a baía da cratera lunar, com todas as endentações e calombos recentes ao longo da costa.

O novo ninho da águia é um hotel elegante que costumava ficar na falésia, de frente para o mar. Agora está num pedaço de terra que, por um milagre, não foi varrida com o restante do despenhadeiro que o cerca. Uma faixa estreita de terra conecta o que sobrou da baía com a ilha do hotel, fazendo o lugar todo parecer um buraco de fechadura.

A ponte de terra não é a antiga estrada que levava ao hotel. Deve ter feito parte de uma pista de golfe. Seja lá o que for, a viagem é toda irregular e agitada como minhas emoções, conforme vamos nos aproximando do hotel todo espalhado na grande propriedade. Localizado tão perto do mar, é incrível que o hotel esteja intacto.

Passamos pela entrada principal, que fica de frente para uma grande pista circular com uma fonte de cor clara que, estranhamente, ainda funciona. A entrada de carros fica no fim de uma estrada que agora começa no penhasco.

Entramos na propriedade pela lateral, onde o asfalto ainda está sólido e a maior parte da pista de golfe se estende sobre uma vista espetacular do oceano lá embaixo. A grama é verde e aparada como se ainda pertencesse ao Mundo Antes.

A única coisa que macula a ilusão é a piscina vazia, cuja metade pende na beira do penhasco nos limites do terreno. Ao passarmos por ali, uma onda absurda quebra da encosta e espirra numa borrifada espetacular, ao mesmo tempo em que arranca um naco da piscina quando recua.

O edifício principal parece uma propriedade rural de um romance de época. Quando estacionamos, somos levados para uma entrada nos fundos. Subimos alguns degraus e entramos num salão de banquete em tons de creme e dourado que foi transformado no que parece ser os bastidores de uma peça.

Araras de rodinhas com figurinos estão em toda parte. Vestidos de melindrosa, máscaras para a metade do rosto com penas de pavão e avestruz, chapéus dos anos 20 e faixas brilhosas de cabelo, ternos enormes e cheios de pregas dos anos 40, ternos risca de giz e smokings elegantes. Se já não fosse o suficiente, há asas de fadas diáfanas de todas as cores penduradas em araras pelo recinto.

Um exército de gente com uniforme de hotel se movimenta como abelhas ao redor de roupas e mulheres em polvorosa. Moças sentam-se na frente de espelhos, maquiando-se ou se deixando maquiar e pentear. Outras desfilam em vestidos glamorosos dos anos 20 e sapatos de salto, também de época.

Maquiadores correm de um nicho espelhado a outro, com pó e pincel nas mãos. Um deles tem tanto spray e perfume no ar que parece saído de um grande nevoeiro.

Figurinos são levados rapidamente de um lado a outro, e é incrível que os carrinhos não trombem entre si. Penas e lantejoulas zunem pelo salão com uma energia nervosa. Todos ali estão visivelmente com os nervos à flor da pele.

Há mulheres demais ali para servir de troféus gêmeos a Uriel. Embora haja pelo menos umas cem pessoas no lugar, quase ninguém fala. A tensão mais parece à de uma funerária, em vez dos bastidores de uma festa, uma peça teatral ou seja lá o que for.

Fico na entrada, olhando. Não tenho ideia do que devo fazer. Gosto do caos. Pode me dar a chance de sair de fininho e procurar por Paige ou Beliel. Fica ainda melhor quando Madeline parece esquecer de nós e sai para dar ordens a um grupo de cabeleireiros.

Vou andando pelo salão entre fitas e brilhos. As únicas conversas sussurradas que ouço repetem o mesmo mantra:

— Encontre um anjo protetor, senão...

Eu me misturo a um grupo de mulheres que estão sendo preparadas em um canto do salão de baile. A que é parecida comigo já está ali. Todas as outras já estão separadas em pares para parecerem gêmeas idênticas, o que várias delas são.

Então é por isso que as mulheres-troféus de Uriel pareciam tão aterrorizadas quando as vi no último ninho da águia. Haviam sido tiradas de celas de prisão em Alcatraz e provavelmente sabiam os horrores que esperavam por elas se não agradassem a Uriel. Se eu pensava que a cena noturna do ninho da águia era surreal quando estava lá, agora entendo como toda a situação parecia insana para as moças que vinham daquela fábrica de pesadelos.

Bem quando acho que já estou sozinha há tempo suficiente para conseguir fugir, Daniel, o assistente de Madeline, entra correndo para falar com ela. Sua voz se sobrepõe ao silêncio assustador:

— "Morenas. Pequenas, mas com boas proporções", foi o que ele disse. — Daniel mostra um olhar de "eu avisei".

Madeline verifica o grupo de mulheres separadas em pares. Todas ficam paralisadas como coelhos à espera de que um falcão desça voando. Tentam escapar da atenção de Madeline encolhendo-se e olhando para todos os lugares, menos para ela.

Ela olha para mim e para o meu par, Andi. Somos as menores entre as morenas. Seus lábios se estreitam em uma linha teimosa.

— Você não vai arriscar a vida de todos nós, vai? — pergunta Daniel. Pelo tom, ele acha que ela vai. — Temos que entregar o que há de mais próximo do que ele quer. Você sabe disso. — O medo vibra dele pela intensidade de seus olhos e pela tensão de seus ombros.

Madeline fecha os olhos e respira fundo. Seja lá quem o doutor esteja protegendo, deve ser muito especial para ela.

— Tudo bem — ela sussurra. — Preparem-nas.

Daniel olha para nós. Todas seguem seu olhar e nos observam. Não gosto do misto de pena e alívio que vejo nos olhos delas.

Ganhamos atenção especial, embora os trabalhadores pareçam exaustos e aflitos. Após uma maratona de banhos, loções, perfumes, cortes de cabelo, vestidos e enormes transformações, paramos diante de Madeline.

Nossas máscaras são uma maquiagem cintilante em vez de um disfarce de plástico. Faixas alegres de maquiagem azul e prata contrastam em nossas têmporas e se curvam ao redor dos nossos olhos e sobre as bochechas.

Usamos vestidos de seda cor de vinho que se agarram a todas as nossas curvas. Faixas no cabelo com plumas de pavão. Meias finas na altura das coxas com elásticos para mantê-las no lugar. Sapatos altos curvilíneos, brilhantes e lindos, mas desconfortáveis.

As pessoas lutando para sobreviver nas ruas e eu aqui, tentando parecer fina em saltos de dez centímetros que apertam meus dedos.

Madeline dá uma volta lenta ao nosso redor. Tenho que admitir, parecemos gêmeas. Meu cabelo foi cortado na altura dos ombros, assim como o de Andi, e há tanto laquê nele que seria necessário um furacão para tirar um único fio do lugar nos halos cacheados ao redor da nossa cabeça.

— Belo trabalho com os cílios — diz Madeline. Usamos cílios postiços absurdamente longos com pontinhas prateadas. Duvido que Uriel se lembraria de mim daquele encontro fugaz no porão do antigo ninho da águia, mas é reconfortante saber que nem mesmo minha mãe me reconheceria agora.

Madeline assente depois de terminar a inspeção.

— Venham comigo, meninas. Vocês vão pegar o próximo turno com o arcanjo.

50

A SUÍTE DE URIEL É espetacular. A área de estar é enorme, o tipo de coisa que a gente vê em filmes de Hollywood. Duas das paredes são cortadas por grandes janelas, que proporcionam uma vista de cento e oitenta graus do mar. Uma massa de neblina rola no horizonte e se funde com a água. A visão é de tirar o fôlego, e não podemos evitar diminuir o passo para ficar olhando, embasbacadas assim que nossos saltos tocam o tapete aveludado.

— Por aqui, meninas — diz Madeline. Ela caminha até a enorme mesa de trabalho em um canto do cômodo, além dos sofás e poltronas de couro ocre. Então aponta para os dois lados da mesa, ao lado da parede. — Enquanto o arcanjo estiver na suíte, vocês ficam nesses dois pontos. Não se mexam até ele mandar vocês se mexerem. Não como se *fossem* estátuas; vocês *são* estátuas. Têm permissão para respirar e só. Entendido?

Caminhamos até nossos lugares. Há uma sutil marca de fita no chão para indicar onde devemos ficar paradas.

— Vocês são uma peça de arte viva. São os troféus do arcanjo, e vão ficar de cada lado dele enquanto ele estiver sentado.

Assumimos nossas posições. Madeline endireita a postura, estufa o peito, desce um ombro para enfatizar as curvas e nos mostrar como devemos ficar. Nós a imitamos. Ela vem e nos ajusta, coloca uma das mãos na minha coxa, empina minha cabeça, arruma meu cabelo. Já vi donos de loja fazerem isso com os manequins.

— Quando o arcanjo deixar a suíte, vocês o seguem. Façam um movimento fluido ao redor da mesa e de todos os obstáculos, ao mesmo tempo.

Andem dois passos atrás dele, sempre. Se perceberem que estão ficando para trás, não corram. Apressem o passo delicadamente até o alcançarem. Graça em todos os momentos, meninas. A vida de vocês depende disso.

— E se a gente precisar ir ao banheiro? — pergunta Andi.

— Segurem. A cada poucas horas, vão ter uma rápida pausa para comer e ir ao banheiro. Alguém da nossa equipe virá até vocês com comida e kits para retocar o cabelo e a maquiagem. Às vezes, o arcanjo vai se lembrar de dar um descanso a vocês antes de uma longa reunião. Ele sabe ser bom com os bichinhos de estimação, contanto que façam o que têm que fazer. — Sua voz deixa claro que isso é um aviso, não um encorajamento.

Ela caminha até o lado oposto da mesa e nos observa com um olhar crítico enquanto sustentamos nossas poses artificiais. Depois assente e nos diz para irmos ao banheiro. Quando voltamos, assumimos nossas poses sem ajuda. Ela nos olha de novo e faz pequenos ajustes.

— Boa sorte, meninas. — Seu tom é amargo.

Madeline dá meia-volta e deixa a suíte.

FICAMOS ALI POR QUASE UMA hora antes de a porta se abrir. Tempo suficiente para eu me preocupar com todas as razões possíveis pelas quais Uriel nos quer aqui. Estou no meio de outro esquema mental mal planejado e insensato que arrisca não apenas minha vida, mas a de todos ao meu redor. Como posso sair e encontrar Paige enquanto me finjo de estátua para Uriel?

Vamos murchando com o passar do tempo, pelos minutos que se arrastam. Mas assim que ouço vozes do lado de fora, percebo com o canto do olho que Andi se anima tanto quanto eu. Meu coração martela tão rápido que chego até a ver meu peito vibrar.

A porta se abre e Uriel entra. Seu sorriso amigável parece genuíno, alcança os olhos. No brilho do mar, que atravessa as janelas, suas asas parecem quase brancas novamente. O que pareceu um toque de escuridão no cais de Alcatraz agora parece um sopro de calor nessa luz rosada. Acho que o sol de fim de tarde refletido na água pode fazer até mesmo um assassino como ele parecer bonzinho. Não me admira que todo mundo queira viver na Califórnia.

— ... devo ter os relatórios dos laboratórios secundários amanhã. — Uma mulher entra andando atrás de mim. Cabelos com toque dourado caem em cascata por seus ombros. Feições perfeitas. Grandes olhos azuis. A voz de... bem, um anjo. Laylah.

Todos os meus músculos ficam tensos e tenho receio de cair dos saltos. Laylah. A médica-chefe que operou Raffe. A que deveria ter costurado de volta as asas de penas, mas, em vez disso, costurou asas de demônio nas costas dele. Pondero se a satisfação de um soco enorme em seu queixo perfeito valeria a pena, em troca de uma morte horrível.

— Por que está demorando tanto? — pergunta Uriel, ao fechar a porta. Laylah mostra um olhar arregalado, parecendo ofendida e irritada.

— É um milagre que tenhamos chegado tão longe. Você sabe, não sabe? Em apenas dez meses, conseguimos colocar em funcionamento uma máquina apocalíptica inteira.

Dez meses?

— A maioria dos projetos mal teria começado a essa altura. Uma equipe normal estaria experimentando com a primeira leva e precisaria de anos, talvez décadas, até conseguir a horda de gafanhotos maduros que estamos prontos para lançar no mundo. Minha equipe está quase morta de exaustão. Uriel, não posso acreditar...

— Relaxa — responde Uriel. Sua voz é calma, sua expressão gentil.

A invasão dos anjos aconteceu há menos de dois meses. Será que eles já tinham montado laboratórios meses antes da invasão propriamente dita?

Uriel a guia até o sofá de couro e a põe sentada. Ele se estende na poltrona ao lado do sofá e coloca os pés na mesa de centro feita de mármore.

As solas negras parecem sujas ao lado da garrafa de vinho e das flores organizadas na mesa. Deixando isso de lado, eles formam uma bela imagem. Dois anjos sofisticados, sentados num cômodo de móveis caros.

Uriel respira fundo.

— Respire. Desfrute as maravilhas da Terra de Deus. — Com orgulho, ele acena para as janelas que dão para a incrível linha de arrebentação, como se tivesse alguma coisa a ver com a paisagem. E respira fundo mais uma vez, como se para mostrar como se faz.

Laylah segue a dica e respira fundo algumas vezes. Até o momento, nenhum dos anjos olhou para nós mais do que para a mesa de jantar. Para eles, somos apenas parte da decoração.

Mantenho os olhos fixos em um ponto na estante de livros, como seria adequado a uma estátua. A última coisa de que preciso é que notem que os estou observando. De acordo com meu *sensei*, a melhor coisa é observar o inimigo pela visão periférica.

— Se eu não achasse que você poderia tocar esse projeto, não teria lhe pedido para tomar a frente. — Uriel pega a garrafa de vinho e remove o alumínio do gargalo. — Não existe melhor quimerologista do que você, Laylah. Sabemos disso. Bom, todo mundo, menos Gabriel. — Sua voz traz uma nota de sarcasmo quando ele menciona o Mensageiro. — Ele nunca deveria ter indicado aquele idiota babão, o Péon, como médico-chefe. Deveria ter sido você. E vai ser, assim que eu for eleito o Mensageiro. Talvez a gente até mude o nome para criadora-chefe.

Os lábios perfeitos de Laylah se abrem, com um tipo de prazer surpreso. Ah, ela gostou disso.

— Se Péon estivesse na liderança desse projeto — diz Uriel, ao girar o saca-rolhas cada vez mais fundo —, teria começado com criaturas celulares e teríamos esperado anos antes que alguma coisa acontecesse.

— Séculos — diz Laylah. — Ele acha que tudo tem que começar com culturas celulares só porque é a especialidade dele.

— Os métodos que ele usa estão ultrapassados há eras. Você, por outro lado... Eu sabia que daria um jeito nisso. Você é um gênio. Por que se incomodar com criar espécies do zero quando podemos misturar o que já está por aí? Não que já não seja enormemente complicado. — Ele tira a rolha. — Seu trabalho é de um brilhantismo absoluto. Sei que esse projeto está progredindo a uma velocidade inacreditável.

Ele assente e prende Laylah com o olhar.

— Mas eu preciso que seja mais rápido. — Suas feições amigáveis endurecem em algo implacável. Uriel serve uma taça de vinho tinto. Parece um riacho de sangue acumulando-se no fundo do copo. — E você sabe que pode fazer isso, Laylah. — Sua voz é macia, encorajadora, mas com um tom subjacente de comando. — Eu não teria lhe dado a tarefa se não achasse que você não pode colocá-la em prática. Triplique seu pessoal, apare arestas, faça os gafanhotos nascerem prematuros se for preciso. — Ele passa a taça para Laylah e serve outra para si.

— Triplicar meu pessoal com quem? Com mais humanos? Pelo nível de conhecimento que os humanos têm de criação das espécies, daria no mesmo se eu treinasse cães para trabalhar conosco.

— Esta área do globo é a melhor que os humanos têm a oferecer. Foi o que você disse. É por isso que estamos aqui neste lugar sem alma, em vez de em Meca, Jerusalém ou na Cidade do Vaticano, onde a população local caiu de joelhos e nos tratou com o devido respeito do velho mundo. Em vez disso, nós optamos por equipamentos, laboratórios, biólogos altamente treinados. Esqueceu? — Ele toma um gole. — Foi você quem quis vir para cá, então faça funcionar, Laylah.

— Estou fazendo o meu melhor. — Ela beberica o vinho e mancha os lábios de vermelho profundo. — A última leva de gafanhotos tem os dentes de leão e os cabelos de mulher como você exigiu, mas eles não conseguem trabalhar direito com a boca. Se você os quer mais próximos da descrição bíblica, precisamos de mais tempo.

Uriel pega um charuto de uma caixa sobre a mesa de centro e lhe oferece.

— Charuto?

— Não, obrigada. — Laylah cruza as pernas de modelo, o que enfatiza suas curvas e linhas graciosas ao se reclinar no sofá. Parece uma representação artística da silhueta feminina perfeita, mais uma deusa do que um anjo.

— Prove um. Você vai gostar.

Presumo que ela vá dizer "não". Até eu percebo que um charuto gordo com ponta de cinzas não seria um bom acessório para Laylah. Mas ela hesita.

— Quem diria que o néctar dos deuses era para ser fumado e não bebido? Não me admira que tantos do nosso alto escalão tenham adotado o hábito.

Ela se inclina para frente e faz menção de pegar o charuto. Suas costas ficam rígidas. Suas pernas parecem desconfortáveis na nova posição. Seus dedos parecem incertos e desajeitados ao acender a ponta marrom.

— Os gafanhotos não precisam ser perfeitos — continua Uriel. — Só precisam fazer um bom espetáculo. Nem precisam sobreviver muito... apenas o suficiente para causar um pandemônio, torturar os humanos no bom e velho estilo bíblico e escurecer os céus com seus números.

Laylah dá uma baforada. Espero que comece a tossir como uma amadora, mas não é o que acontece. No entanto, chega perto de enrugar o nariz.

— Vou tentar acelerar as coisas.

— Tentar não é se comprometer. — A voz de Uriel é macia, mas firme. Ela respira fundo.

— Não vou decepcioná-lo, arcanjo.

— Que bom. Nunca duvidei disso. — Ele sopra a fumaça. Deve ser um bom charuto. Uriel parece satisfeito. Ele se levanta e Laylah o segue.

— Preciso circular um pouco na festa. As coisas devem estar começando a ficar um pouco erráticas lá embaixo. Quando você se juntará às festividades?

Laylah parece ainda mais desconfortável, se é que isso é possível.

— Preciso voltar ao trabalho. Minha equipe precisa de mim.

— Claro que precisam de você. Mas eles vão ter que se virar uma noite sem a sua presença. Parte do trabalho de ser a médica-chefe é comparecer às cerimônias mais importantes. E, acredite em mim, esta vai entrar para a história. Você não vai querer perder. — Uriel a incita a atravessar a porta.

— A macaca chamada Madeline vai cuidar da sua aparência.

— Sim, Alteza. — Laylah quase sai correndo.

51

PELAS HORAS SEGUINTES, URIEL SE veste para a festa. Parece que é mais uma festa à fantasia de época, só que, desta vez, o objetivo é usar um disfarce.

— Deixe as máscaras e as coberturas para asas disponíveis em todos os lugares — ele diz ao seu anjo assistente, enquanto Madeline e duas outras pessoas cobrem suas asas levemente cinzentas com um tecido branco diáfano. Embora sejam Madeline e sua equipe quem vão espalhar as fantasias para os anjos, Uriel só se dirige a seu assistente angelical. — Quero que todos os anjos se sintam anônimos. E as filhas dos homens... certifique-se de que estejam usando asas.

— Asas? — pergunta o assistente. Suas asas são azul-celeste, e eu entendo por que os anjos precisariam cobrir as asas se quiserem mesmo ficar disfarçados. — Alteza, se me permite, com todo o vinho e as fantasias, as filhas dos homens podem ser confundidas com anjos por algum soldado bêbado.

— Não seria uma pena? — O tom de Uriel implica que não seria pena nenhuma.

— Mas se alguns dos soldados fizessem confusão... — Ele para de falar delicadamente.

— Então é melhor rezarem para eu me tornar o Mensageiro, e não Miguel. Ao contrário de Miguel, que está fora em uma de suas infindáveis campanhas militares pelo mundo, eu vou comparecer à festa. Vou estar bem aqui para entender como um erro terrível desses pode ser cometido. E quanto a Rafael, mesmo que eles não aceitem que ele agora é um caído, certamente vão se lembrar do sermão dele sobre não confraternizar com as filhas dos homens, depois que seus vigias caíram fazendo exatamente isso.

Madeline e seus assistentes colocam uma camada de penas pretas nas asas de Uriel, para que o branco desponte sobre os vãos das penas.

— O que você está fazendo? — pergunta Uriel, irritado.

Madeline encara o assistente de Uriel com olhos arregalados, parecendo apavorada que o arcanjo tenha se dirigido a ela. Então faz uma reverência e tenta se encolher em si mesma.

— Eu... hum... pensei que Vossa Alteza gostaria de usar uma fantasia.

— Estou começando a suspeitar de que apenas o Mensageiro é chamado de "Vossa Alteza", e que os subalternos chamam Uriel assim para bajular.

— Vou usar a máscara e a cobertura de asas, mas preciso ser reconhecível mesmo de longe. É a massa que precisa ficar anônima. Por acaso eu pareço a massa para você?

— De forma alguma, Alteza. — Madeline parece sem fôlego de terror. Ela e seus homens tiram as penas pretas e o tecido diáfano com mãos trêmulas. — Voltaremos já com um traje mais apropriado. — Eles saem correndo, deixando um rastro de penas.

— Minhas desculpas, Alteza. — O assistente faz uma reverência.

— Imagino que inteligência seja coisa demais para exigir deles.

Eles entram em uma discussão sobre vinhos e licores. Pelo som dos objetos, devem ter limpado cada bar na Bay Area para proporcionar muitas rodadas de bebidas para os anjos esta noite. Mais uma vez, penso que estamos em guerra, mas eles, não. Para eles, nós, humanos, somos apenas incidentais.

Apesar do nosso ataque ao último ninho da águia, eles estão mais preocupados com bebidas e fantasias do que com defesa contra humanos. Claro, o fato de que praticamente todos os anjos foram apenas feridos e vão se recuperar por completo, se é que já não se recuperaram, provavelmente só vai aumentar sua autoconfiança escandalosa.

Discretamente, passo os dedos sobre o tecido no quadril, onde deveria ficar a espada com o urso. O tecido parece fino e vulnerável.

Não demora muito tempo, Madeline entra às pressas na suíte de Uriel com uma equipe, empurrando araras cheias de roupas dos anos 20 com penas cintilantes. Eles começam a trabalhar em Uriel.

Ele acaba em um terno branco com asas de um dourado cintilante e máscara combinando, que é mais uma coroa que uma cobertura facial. Sobe acima da testa, dando a ilusão de altura adicional, e se curva ao redor dos olhos, sem esconder suas feições.

Quando se olha no espelho de corpo inteiro, Uriel dá uma ordem para que Andi e eu fiquemos atrás dele. Nossa maquiagem já foi retocada e agora usamos asas vaporosas e reluzentes, mais no estilo de fadas que de anjos. Somos os acessórios perfeitos para a fantasia de Uriel.

Agora eu entendo por que ele queria morenas mignons. Nosso corpo pequeno o faz parecer grande. Suas asas parecem gigantescas, e sua altura, infinita. Somos o pano de fundo escuro e aveludado para sua majestade preciosamente dourada.

CHEGAMOS COM A FESTA COMEÇANDO. Homens alados e mulheres glamorosas se misturam em um terraço de vários níveis e sobre a pista de golfe abaixo. Archotes e piras de fogo ardem contra o brilho dourado do céu antes do ocaso e ilumina o terreno.

Lanternas coloridas estão penduradas e sopram ao vento como balões amarrados. Altas mesas bistrô estão espalhadas pela festa com fitas espiraladas em dourado e prata e com confetes brilhantes, o que acentua todo o cenário com uma atmosfera festiva.

A água do mar empoça nos penhascos na beira do campo de golfe e as ondas quebram de leve na praia do outro lado. O ritmo da água se mistura com elegância à música do quarteto de cordas.

Lanço um olhar para o oceano e fico me perguntando como os planos de fuga estão se saindo em Alcatraz. A resistência está a caminho de lá? Será que o capitão Jake se levantou da espreguiçadeira e foi fazer a coisa certa? Então percorro com o olhar a multidão glamorosa e cheia de brilho e me pergunto como é que vou encontrar minha irmã aqui.

Uriel reluz ao cumprimentar as pessoas, claramente em seu ambiente natural. De início, Andi e eu andamos exatamente dois passos atrás dele, mas depois de algum tempo a multidão fica mais densa e só temos espaço para seguirmos a um passo. Fica um pouco mais difícil quando ele anda pelo campo de golfe. Nada como saltos altos sobre a grama para fazer uma garota se sentir desajeitada.

Fragmentos de conversa se derramam conforme passamos. As duas palavras que ouço repetidas vezes são "apocalipse" e "Mensageiro". "Apocalipse" é dito em voz alta e com satisfação, enquanto "Mensageiro" é dito com um tom de cautela.

As mulheres estão vestidas com o mesmo estilo caprichado e colorido com que nos vestimos. Asas delicadas, cabelos enrolados, máscara cintilante e colorida no rosto. Algumas usam longo acetinado; outras, vestido de melindrosa com franjas.

Os anjos têm cabelos emplastrados e vestem smoking ou terno antiquado. Usam máscara e disfarce para as asas, diferentes nas cores e no padrão das penas. Alguns, como nós, têm maquiagem ou tatuagens ao redor dos olhos, em vez de máscaras. Outros usam terno de gângster, com enormes correntes e chapéu.

As mulheres se dependuram nos anjos, rindo e flertando. Os olhos, no entanto, estão longe de relaxados. Muitas parecem severamente determinadas a arranjar um anjo, enquanto outras parecem até mesmo assustadas. Obviamente estão levando a sério as instruções de encontrar um anjo protetor.

Nessa festa, as duas garotas de Uriel não são as únicas que berram de terror por dentro.

Há muitas mulheres, mas muito mais anjos do que havia na última celebração, no antigo ninho da águia. E, ao contrário de antes, aqui está lotado de guerreiros de músculos rijos e olhos duros.

Acontece que a maior parte das mulheres está com asas que são mais de fadas que de anjos. Mesmo as asas com penas têm mais um estilo de querubim, não exatamente do tipo angelical. Não tem como alguém confundir essas mulheres com anjos.

Se um anjo cedesse à tentação esta noite, haveria culpa pela manhã. E a consciência de que ele não poderia convencer os outros de que foi apenas um erro.

E Uriel seria a única chance de obter a salvação.

Acho que eu já sabia que Uriel era um maldito manipulador. Suspeito de que ele tenha arquitetado esse plano ao longo de semanas de festas, lentamente apresentando as filhas dos homens aos anjos, à abundância de bebidas, às fantasias. E agora as máscaras e os disfarces de asas que permitem o anonimato, para que os anjos possam ceder a seja lá qual for a tentação sem sentir que alguém os vigia. Seria muito estranho se Uriel tivesse sugerido algo desse tipo assim que eles chegaram à terra.

A palavra "premeditado" me vem à mente.

E o fato de eu ter permissão para ouvir o suficiente a ponto de começar a juntar as peças me deixa preocupada.

Muito preocupada.

52

DO QUE PERCEBO PELOS FRAGMENTOS de conversa entre a equipe do hotel, não é apenas uma festa, é um banquete. Na programação estão bebidas, filhas dos homens sumariamente vestidas e mais bebidas. Depois jantar com mais bebidas. Depois dança com as filhas dos homens e mais bebidas.

Basicamente, há uma completa bebedeira planejada para esta noite. Suponho que, se os anjos não quebrarem as próprias regras hoje, o plano reserva de Uriel deve ser garantir que eles não se lembrem disso.

Uriel desliza de um grupo a outro, trocando apertos de mãos e se certificando de que todos estejam se divertindo. Oferece Andi e a mim para os que estão sem mulheres a tiracolo, mas todos, com muita educação, declinam da oferta sem sequer olhar para nós.

Tenho uma noção melhor da tarefa monumental de Uriel. Não é fácil manipular essa multidão. Muitos dos soldados já recusam mais bebidas e a atenção das mulheres.

Alguns grupos o recebem calorosamente e com um leve bater de asas. Parece o equivalente a um cumprimento — não muito para ocupar espaço demais, mas o suficiente para mostrar respeito. Eles não faziam isso no antigo ninho da águia. Ele deve ter feito progresso nesta campanha. Também não era chamado de "Vossa Alteza" naquele episódio.

Fico feliz de ver que outros grupos o cumprimentam apenas com simples acenos de cabeça e sorrisos educados. Chamam-no de Uriel, arcanjo e ocasionalmente de Uri, em vez de Alteza.

— Você acha mesmo que estamos nos aproximando do dia do Juízo Final, Uri? — pergunta um guerreiro. Ele não o saudou com as asas e não se dirige a ele com muito respeito, mas há um interesse genuíno e... esperança?... no rosto.

— Tenho certeza — diz Uriel. Sua voz tem uma convicção real. — O arcanjo Gabriel nos trouxe aqui por um motivo. Trazer dois outros arcanjos para a terra com uma legião de guerreiros não é nada menos que apocalíptico.

E não é verdade?

Eu gostaria de saber o que Raffe acharia desta festa.

Antes que Uriel possa prosseguir com a conversa, outros intervêm, e ele segue fazendo acenos e cumprimentos, distendendo os lábios em um sorriso brilhante demais.

Meus pés já estão doendo e a festa acabou de começar. Meus dedos parecem apertados por uma morsa que se fecha mais a cada minuto, e meus calcanhares, atravessados por furadeiras.

Fantasio adentrar a multidão e me perder nela. Será que eu poderia sair pelas laterais e desaparecer?

Bem quando estou pensando nisso, uma mulher grita da praia, seguida por um grunhido assustador. O som penetrante é engolido rapidamente pelo rugido das ondas, pela conversa e pela música.

Andi e eu trocamos um rápido olhar antes de voltarmos a nossa pose espelhada. Moldamos o rosto em expressões de manequim: plásticas e indiferentes. Mas tenho certeza de que, se alguém realmente olhasse, perceberia o medo alerta em nossos olhos.

Uriel anda até um palco improvisado, numa das extremidades da festa. No caminho em meandros, olha para alguém por um segundo mais que o usual. Eu não havia percebido a atenção com que o vinha observando, até notar uma mudança de atitude nele. Seus ombros e sua expressão congelam no piloto automático, e sua mente se alterna para outra coisa.

A mudança é tão sutil que tenho certeza de que ninguém notou, exceto talvez Andi, que o observa com a mesma atenção que eu.

Uriel olha para um anjo de porte avantajado que está à beira da multidão. Tem asas brancas como a neve, salpicadas de penas douradas, e uma máscara dourada sobre os olhos para combinar. A aparência é angélica em todos os sentidos, a não ser pelo sorriso de escárnio nos lábios.

Suas asas branquíssimas se abrem ligeiramente, como se ele não estivesse seguro de pertencer a este lugar. Uma delas tem um picote de tesoura que agora está gravado na minha memória para sempre.

Beliel.

Também reconheço dois anjos ao lado dele, que vi no vídeo que o doutor me mostrou. As asas são bronze e cobre resplandecentes, mas aposto minha próxima refeição que um deles tem asas laranja-queimado debaixo da fantasia. É o Anjo Queimado, o Sequestrador de Garotinhas.

Cerro os punhos automaticamente e preciso fazer força para relaxar.

Beliel e Uriel trocam um olhar. Beliel assente muito de leve para Uriel. O arcanjo desvia os olhos sem responder, mas dá um sorriso radiante para a próxima pessoa que encontra e parece mais relaxado.

Faço uma varredura pelas pessoas em volta de Beliel. Claro, Paige não está em parte alguma no mar de anjos, assim como Raffe. Não tenho certeza se acredito no que o doutor disse sobre Paige se sentir atraída por Beliel, mas, pelo visto, meu coração acredita.

Uriel se mistura a outro grupo de guerreiros. Este faz parte do pessoal "Vossa Alteza". Sorrisos e bater de asas são comuns. Quando Uriel segue caminho entre vários anjos mascarados e disfarçados, um deles chama minha atenção.

É um guerreiro com os exigidos ombros largos e o corpo de Adônis. Usa uma cobertura de penas brancas salpicadas de prateado, que cintila à meia-luz. E uma máscara para combinar, com curvas e arabescos, que cobre tudo de forma ornamentada, exceto os olhos e a boca. Até a testa está parcialmente coberta pelos cabelos escuros bagunçados.

Existe algo a seu respeito que me faz esquecer os sapatos que me apertam os pés, aquela multidão fechada demais e até mesmo aquele político monstruoso. Há algo nele que me parece familiar, embora eu não consiga dizer exatamente o quê. Talvez seja a forma orgulhosa como sustenta a cabeça ou como desliza por entre as pessoas com absoluta confiança, como se presumisse que todos vão lhe dar passagem.

Embora não observe Beliel mais do que qualquer outra pessoa, ele caminha quando Beliel caminha, para quando Beliel para.

Toda a minha atenção é atraída para aquele guerreiro enquanto procuro pela mais ínfima prova de que se trata de Raffe. Se ele estivesse em uma multidão de humanos, seria fácil distingui-lo como um deus. Para a minha sorte, estamos cercados de montanhas de músculos ambulantes e de corpos robustos pelos quais mulheres do mundo inteiro morreriam. E é uma pena que exista um grande risco de, de fato, se morrer ao redor deles.

O modo como o observo tão atentamente deve acionar seus sentidos, pois ele olha para mim.

E sei que, como um soldado que é, ele provavelmente já analisou todos os outros ao seu redor, as armas que carregam, a melhor rota de fuga. Mas, como anjo, eu duvido de que ele se incomodaria em também passar os humanos em revista.

Quando ele me olha, é o olhar de alguém que nota outra pessoa pela primeira vez, provando que a arrogância dos anjos não conhece fronteiras. Aliás, agora que penso a respeito, isso aumenta a probabilidade de ser Raffe.

Ele me avalia dos pés à cabeça, absorvendo o corte e os cabelos encaracolados, acentuados pelas penas de pavão, a maquiagem azul e prateada ao redor dos olhos e das maçãs do rosto, o vestido de seda agarrado a cada curva do meu corpo.

E, quando seus olhos encontram os meus, o lampejo de reconhecimento dispara entre nós.

Não tenho dúvida de que é Raffe.

Mas ele luta contra o reconhecimento de mim.

Por um segundo, suas defesas caem e vejo o torvelinho no fundo de seus olhos.

Ele me viu morrer. Isso só pode ser um erro.

Essa garota cheia de brilhos não se parece em nada com a criança de rua que viajou com ele.

Ainda assim...

Seu passo falha e ele para, olhando fixo para mim.

53

O MAR DE GENTE O rodeia como se ele fosse uma rocha no meio de um canal. Ele me encara, parecendo alheio à circulação de tantas roupas cintilantes, plumagens de todas as cores, rostos mascarados e taças de champanhe.

O tempo pode ter parado para ele, mas não parou para o resto do mundo. Beliel continua se misturando à multidão, enquanto Uriel se aproxima mais de Raffe. Se Raffe não sair logo dali, vai ser forçado a cumprimentar o arcanjo.

Os anjos ao redor de Raffe sacodem as asas quando Uriel se aproxima. Se Raffe não fizer o mesmo, Uriel vai notá-lo. Talvez pare e fale com ele. Será que vai reconhecer a voz de Raffe? Entrar numa festa de anjos com asas de demônio é como entrar na linha de tiro disfarçado de alvo.

Tento alertar Raffe com os olhos à medida que nos aproximamos, mas ele parece me observar como se estivesse em transe.

Somente quando é quase tarde demais, ele cai na real e finalmente olha para Uriel. Abaixa a cabeça e se vira, mas é pego tentando ir na direção errada quando os anjos ao redor dele avançam para cumprimentar Uriel.

Não consigo pensar em nenhuma forma de ajudar Raffe que não envolva ter minha cabeça cortada ou algo igualmente horrendo.

No entanto, se eu fizer alguma coisa para distrair Uriel, é provável que ele espere até estarmos sozinhos para me retalhar e me dar de comida para seus cães com cauda de escorpião.

Pelo menos é o que imagino.

Dou dois passos pequenos fora de sincronia com minha gêmea. Tropeço.

Tombo em direção a Uriel e esbarro nele com mais força do que pretendia.

Uriel esbarra em um de seus sicofantas e cai champanhe em sua mão. Ele gira para me encarar com um olhar fulminante e uma promessa de tortura eterna nos olhos.

Quase espero que monstros-escorpiões me agarrem aqui mesmo e me arrastem para as profundezas de algum calabouço, onde seus serviçais vão sair em disparada para me esquartejar na escuridão solitária. Não preciso fingir terror quando Uriel me olha.

Mas, como eu suspeitava, ele vai esperar para lidar comigo depois que terminar de trocar afagos de penas, ou seja lá como chame isso que anjos políticos fazem. Tenho até lá para descobrir como sair dessa encrenca.

Depois que ele controla a violência crua no rosto e a transforma em algo mais adequado para um político, voltando-se para os admiradores, Raffe já desapareceu de vista.

Leva alguns minutos para que meu coração volte a bater em um ritmo normal. Sigo olhando para a frente e me comporto como um acessório-modelo, envergonhada de olhar para Andi e encontrar o medo em seu rosto. Ela não vai ser muito útil para Uriel sem mim, vai?

Espero que Raffe tenha conseguido chegar a um canto sombrio em algum lugar. Espero que Paige esteja bem e eu a encontre logo. Espero que minha mãe e Clara estejam se saindo bem em sua fuga. E agora tenho Andi, que preciso levar comigo quando for embora, pois será sua sentença de morte se seu par fugir ou acabar morrendo. E então há todas aquelas pessoas em Alcatraz...

É gente demais.

Ser responsável por minha mãe e por Paige já está quase acabando comigo. Extraio conforto quando lembro que sou apenas uma menina, não uma heroína. Heróis têm tendência a morrer de formas horríveis. Não sei como, mas vou passar por isso e depois levar a vida mais discreta que alguém pode levar no Mundo Depois.

Seguimos Uriel, que continua passando pela multidão rumo ao palco improvisado, no lado do gramado mais perto do oceano. O palco tem uma longa mesa com uma toalha branca por cima. O tecido tremula na brisa do mar, preso no lugar pelos pratos e talheres. Anjos estão sentados dos dois lados de uma cadeira central vazia, como os discípulos na Santa Ceia.

Uriel anda até a frente da mesa e para no centro, olhando para a festa abaixo de si. Agora não sei se devemos encontrar lugares, mas Andi e eu hesitamos por tempo suficiente para simplesmente assumirmos nossa pose de troféus de cada lado dele.

Como se seguisse a deixa, o burburinho da festa silencia e todos os olhares se voltam para nós. Para Uriel, claro, mas estou perto dele, então parece que todo mundo está me observando — mesmo que ninguém esteja.

Quando dou por mim, estou vasculhando a multidão em busca de certo anjo sarcástico.

Respiro fundo. Estou mesmo desejando que Raffe esteja aqui? Ele quase já foi pego. Vai ser suicídio para ele se não sair daqui logo.

Mas não posso deixar de me perguntar se ele está me vendo.

Eu deveria estar fitando um ponto fixo acima da multidão, como exige minha pose, mas meus olhos não param de se mover, analisando os rostos abaixo de nós.

— Bem-vindos, irmãos e irmãs — diz Uriel, quando todos fazem silêncio. — Estamos aqui esta noite para nos unir em uma só causa e para celebrar. Tenho notícias ao mesmo tempo assustadoras e incríveis. Primeiro as assustadoras. — O público ouve com atenção silenciosa. — Até que os humanos atacassem nosso ninho, considerávamos que eles estavam se comportando tão bem quanto se poderia esperar. Mas agora chegou à minha atenção que eles andam tramando coisa sinistras, que não podemos tolerar.

Uriel faz sinal para alguém chegar mais perto. Um anjo arrasta um homem encolhido para o palco. Está vestindo jeans desbotado, uma camiseta dos Rolling Stones e óculos. Está tremendo e suando, claramente aterrorizado. O anjo passa um pano enrolado para Uriel.

Ele o desenrola, permitindo que o conteúdo caia no palco.

— Diga-nos, homem — pede Uriel. — Diga a todo mundo o que você tem escondido nesse pano.

O homem se desespera, respira com dificuldade, e seu olhar oscila pela multidão em movimentos descontrolados. Quando não responde nada, seu guarda o agarra pelos cabelos e lhe puxa a cabeça para trás.

— Penas — responde o prisioneiro, com a voz falha. — Um... punhado de penas.

— E...? — pergunta Uriel.

— C... cabelo. Uma mecha de cabelos loiros.

— E o que mais, homem? — insiste Uriel, numa voz congelante.

Os olhos do sujeito disparam de um lado para o outro. Ele parece encurralado e desesperado. O guarda lhe puxa a cabeça de novo e seu pescoço parece prestes a se quebrar.

— Dedos. — O homem soluça. Lágrimas escorrem pelo seu rosto, e eu me pergunto que profissão ele tinha antes que o mundo civilizado chegasse ao fim. Médico? Professor? Caixa de supermercado?

— Dois... dedos... cortados — ele diz com dificuldade. Os guardas o soltam. Ele se encolhe no palco, trêmulo.

— Qual é a origem dessas penas, cabelos e dedos?

O guarda ergue a mão e o homem se encolhe mais, protegendo o rosto.

— Consegui com outra pessoa — diz o homem. — Não machuquei ninguém. Eu juro. Eu nunca machuquei ninguém.

— De onde isso veio? — pergunta Uriel.

— Não sei — grita o homem.

O guarda o agarra pelos braços, e quase consigo ouvir seus ossos se quebrando.

O homem grita de dor.

— Anjo. — Ele cai de joelhos, chorando. Aterrorizados, seus olhos disparam para a multidão hostil. — São pedaços de anjo — ele quase sussurra, mas o público está em silêncio e tenho certeza de que consegue ouvi-lo.

54

— PEDAÇOS DE ANJO — diz Uriel, em sua voz ribombante. — Os macacos estão retalhando nossos irmãos feridos antes que possam se recuperar. Estão negociando nossas penas, dedos e outras partes como moeda. E vocês sabem quanto tempo demora e como é difícil recriar os dedos, para não falar de partes que não podemos fazer crescer.

Anjos rugem, inquietos, com violência.

Uriel deixa que a raiva pela justiça fermente entre as massas.

— Por muito tempo nós esperamos. Por muito tempo deixamos os macacos infestarem esta bela terra, os deixamos acreditar que *eles* eram a espécie mais favorecida no universo de Deus. Eles ainda não entendem por que tiveram um reinado livre sobre a Terra por tanto tempo, algo sem precedentes. São tão arrogantes e idiotas que nem se dão conta de que nenhuma outra espécie é burra o bastante para fazer de um lendário campo de batalha o seu lar.

A multidão ri e berra.

Uriel sorri para eles.

— Mas eu tenho notícias incríveis, irmãos e irmãs. Novidades que vão colocar humanos como este no lugar que eles merecem. Novidades que vão nos permitir puni-los com a bênção de Deus.

A multidão cai em silêncio.

— Vocês ouviram os rumores — diz Uriel. — Ouviram as especulações. Estou aqui para lhes dizer que é tudo verdade. Os sinais estão aqui.

Temos a *prova* definitiva da razão pela qual Gabriel, o Mensageiro, nos trouxe para a terra.

O público murmura, cheio de excitação.

— Não temos que nos perguntar mais, irmãos e irmãs. Não temos que discutir e debater se isso é um treino, uma rusga com os caídos ou apenas outro alerta para os humanos enquanto eles nos atacam com cascalhos e pedras. — Ele faz uma pausa para efeito dramático.

A multidão silencia.

Uriel a percorre com o olhar.

— Os gafanhotos bíblicos estão aqui.

Um murmúrio baixo se transforma rapidamente num rugido excitado.

Ele deixa o barulho tomar corpo antes de erguer a mão para pedir silêncio.

— Como muitos de vocês sabem, parte da minha tarefa é visitar o abismo. Ontem eu abri o abismo sem fim, e uma fumaça preta se elevou e escureceu o sol e o ar. Da fumaça os gafanhotos desceram sobre a terra. Assim como foi contado, eles têm rosto de homens e cauda de poderosos escorpiões. Milhares de milhares. Infestando o céu.

Como se aguardando a deixa, todos os anjos na multidão se viram na mesma direção e olham para o céu. Vejo a nuvem escura no horizonte antes de ouvir o que eles ouvem.

A nuvem explode e espalha uma escuridão cada vez maior. Um zumbido baixo rapidamente se torna um rugido tonitruante.

Já ouvi isso antes.

O som de um enxame de escorpiões.

Todos ficam em silêncio e imóveis, observando a nuvem turbulenta se aproximar de nós.

Uriel ergue os braços como se estivesse pronto para abraçar a multidão.

— Temos nossa confirmação, irmãos e irmãs. O que estávamos esperando. O motivo pelo qual *nascemos*. O que *vivemos*, *respiramos* e *sonhamos* finalmente está aqui!

A voz de Uriel parece um comando estrondoso na minha cabeça.

— Nós seremos como...

Deuses.

— ...os heróis do passado!

Ele respira fundo.

— Finalmente. — Outra inspiração, e seu peito se enche, satisfeito. — Chegou o dia do Juízo Final. O lendário apocalipse está AQUI!

55

ENQUANTO TODOS LEVAM UM INSTANTE para absorver o que ele está dizendo, a horda de gafanhotos-escorpiões se aproxima de nós.

Quero gritar que ele está mentindo. Que os escorpiões são criaturas dele, não são os gafanhotos bíblicos. Mas perco a chance: a multidão fica em polvorosa.

Guerreiros erguem as espadas e miram o céu. Ecoam gritos de guerra que estilhaçam a penumbra.

As asas se abrem e se libertam das coberturas que as disfarçam.

As penas cuidadosamente colocadas por Madeline voam para toda parte. Brilhos e plumas flutuam no ar e pairam como uma chuva de serpentina dos desfiles de rua à moda antiga.

Eu me encolho, desejando poder desaparecer. Ironicamente, Andi faz o mesmo, então continuamos parecendo um par.

A sede de sangue pulsa no ar como sprays de feromônio. O ar está pesado com essa atmosfera e cada vez mais espesso.

Então, a coisa terrível acontece.

Ao lado de nós, no palco, um guerreiro pega o traficante de pedaços de anjo e o levanta acima da cabeça. O sujeito se encolhe como uma criança e seus óculos caem. O anjo o arremessa na multidão.

Centenas de braços agarram o pobre homem e o puxam para o centro, que o engole no meio das massas angelicais. O homem grita, desesperado.

A multidão se empurra na tentativa de alcançar o sujeito. Pedaços de tecido ensanguentado e nacos úmidos maiores, nos quais não quero pensar, voam do lugar onde ele aterrissou.

Os anjos guerreiros se encolerizam, gritam no empurra-empurra e incitam os que estão dilacerando o homem, que se afoga na violência da multidão.

O público está salpicado de humanos.

Daqui, eles parecem pequenos e apavorados quando se dão conta do que está acontecendo. A maioria é mulher, e parece especialmente vulnerável nos vestidos mínimos e saltos altos.

Os escorpiões trovejam no céu e o escurecem com seu voo. Os ventos ganham força de incontáveis asas e se misturam aos gritos da multidão. A energia frenética incita a sede de vingança entre os guerreiros ébrios.

Pessoas entram em pânico e saem correndo.

E, como gatos cujos instintos foram disparados por um rato em fuga, os guerreiros partem para cima.

É um massacre.

Os que ficaram aprisionados em meio à turba não têm para onde fugir, embora tentem. Está cheio demais para os anjos usarem as espadas. Eles pegam os humanos com as mãos nuas.

Gritos enchem a noite e a multidão se engalfinha no centro do salão, enquanto o entorno se afrouxa com as pessoas em fuga. Os anjos parecem gostar da perseguição, pois deixam os humanos correrem antes de capturá-los.

Um guerreiro dá um soco no estômago de um garçom e puxa uma massa sangrenta formada por algo comprido que só pode ser os intestinos. Depois os envolve em uma mulher histérica, como se fosse uma linda joia. Os anjos em volta dele rugem em aprovação e dão socos no ar, num frenesi desvairado.

Do palco, vejo a cor do sangue se espalhar pela multidão, em respingos que não cessam.

Andi solta um guinchado de pânico. Ela corre desesperadamente, salta do palco e entra na escuridão da noite.

Meus instintos gritam para eu fazer o mesmo, mas o palco é o lugar mais vazio e seguro que consigo ver. No entanto, estar no palco durante uma briga é como estar debaixo de um holofote de dez mil watts quando cada célula do meu corpo precisa ficar escondida.

Nem Uriel parece saber o que fazer. Os movimentos espasmódicos de sua cabeça e a expressão tensa no rosto quando ele se vira para falar com os ajudantes me dizem que isso não era parte do plano.

Esta noite, ele pretendia deixar todos bêbados, excitados e acesos o suficiente para quebrar tabus. Mas é evidente que não esperava por isso. Talvez, se fosse um guerreiro em vez de um político, poderia ter previsto as reações, sabendo que o verniz de comportamento civilizado estava só à espera de uma desculpa para se quebrar.

Em grupos, anjos que antes se empurravam na disputa para pegar um humano agora começam a trocar socos.

Está se tornando uma luta generalizada de todos contra todos, não apenas um massacre. Alguns anjos levantam voo para ter mais espaço, e o caos começa a se alastrar céu afora.

56

MINHA VISÃO PERIFÉRICA ESTAVA MONITORANDO um movimento que só agora chama total atenção. Alguém correndo em meio à turba, em direção ao palco.

Tento não deixar a imaginação saltar para onde ela deseja ir, porém é mais forte do que eu. Normalmente não sou a garota que deseja um resgate de donzela em perigo, mas não importa quais sejam as probabilidades contrárias, seria um momento fantástico para Raffe vir e me levar para o céu.

Mas não é ele.

É Beliel. Seus ombros gigantes singram o caos à medida que ele prossegue. Meus olhos procuram por Raffe, na confusão atrás dele, mas não vejo nem sinal.

A decepção me atinge com tamanha força, que tenho vontade de chorar.

Preciso encontrar um jeito de sair dessa.

Sozinha.

Muitas distrações: isso é bom. Anjos assassinos em toda parte: isso é ruim.

É o máximo de raciocínio que meu cérebro congelado consegue processar.

Beliel sobe no palco e sai empurrando os anjos que cercam Uriel.

Os gritos, os berros, o cheiro de sangue — tudo me atinge. Meu cérebro e meus músculos querem agarrar a oportunidade e usar todas as minhas capacidades para me impedir de mergulhar no mar letal de gente, como

Andi fez. Minhas escolhas são ficar aqui até os anjos me verem ou correr para a carnificina e torcer para conseguir fugir daqui.

Nunca tive um ataque de pânico e espero não ter um agora. No entanto, estou plenamente consciente da criatura frágil e insignificante que eu sou, comparada a esses semideuses. Por acaso eu pensei, por um segundo que fosse, que poderia levar em conta meus próprios interesses entre eles? Que derrotaria qualquer um deles? Sou uma ninguém, um nada. Por todas as leis da natureza, eu deveria estar me arrastando para debaixo de uma mesa e chorando pela minha mãe.

Só que chorar pela mãe é o que todo mundo faz.

E isso não me conforta. Sempre me cuidei e consegui me virar bem até agora, não consegui?

Em minha cabeça, percorro uma lista de partes do corpo vulneráveis para as quais tamanho e força são irrelevantes. Olhos, garganta, virilha, joelhos... até os homens mais fortes têm pontos vulneráveis, que precisam de pouca força para machucar. O pensamento me acalma o suficiente para eu poder ao menos procurar uma saída.

Um pouco mais tranquila agora, faço uma varredura da cena e encontro alguém novo nas escadas do palco.

Raffe está parado nos degraus, imóvel como uma estátua, me observando.

Na luz obscura, a cobertura branca de suas asas reluz como estrelas no céu de verão. Eu nunca imaginaria que debaixo dessa cobertura há um par de asas de demônio com garras afiadas.

Será que ele já me reconheceu?

O grupo de Uriel começa a saltar do palco e tomar o ar como um gigante repleto de asas. Beliel é o último a partir. Ele abre as asas roubadas em toda sua glória e as sacode no ar.

Raffe salta e investe contra ele.

Ambos caem com uma pancada no palco, mas ninguém nota um par a mais de anjos em guerra.

Somos os únicos que restam no palco. Abaixo de nós: a carnificina estridente. Acima: a massa aparentemente infindável de escorpiões trovejando pelo caminho. No meio, um confuso salve-se quem puder angelical e algumas colisões aéreas.

Um anjo ensanguentado despenca do alto e cai no palco.

Tanto sangue escorre dele que meu vestido fica todo respingado. Seu ombro tem um ferimento grave, como se tivesse sido rasgado pela superfície pontiaguda de um poste de luz. Mas ele não parece notar, pois salta, instantaneamente pronto para outra.

Então percebo que sou a única humana por aqui.

57

O QUE EU NÃO DARIA pela espada de Raffe num momento como este.

O anjo sangrento avança um passo em minha direção.

Apanho uma elegante faca de carne em cima da mesa e chuto o sapato dos pés.

Ou tento.

Um deles se recusa a sair sem a ajuda das mãos. Ou meu pé inchou, ou esse sapato é apertado demais para mim.

Não conheço uma única arte marcial que não requeira um bom trabalho de pernas, e tenho certeza de que um pé descalço e outro com salto alto não é uma técnica recomendada.

Meu vestido também é um problema. Longo e colado. É lindo, mas não me dá liberdade para chutar. As pernas são a parte mais forte do meu corpo, e não pretendo amarelar numa luta em nome do pudor. Passo a faca pela costura e rasgo a saia até a coxa.

Faço um ângulo com a faca para perfurar entre as costelas quando eu for apunhalar.

A garganta é um alvo melhor, mas sou baixa demais para tentar fazer isso com esse monstro. Pelo menos não no primeiro ataque. O segundo, depois que ele for atingido, é outra história.

Ele quase sorri ao ver minha faca, como se ela tornasse tudo mais divertido. O anjo arqueia uma sobrancelha quando percebe que empunho a faca como quem sabe usá-la. Mas sua espada permanece intocada dentro da bainha, como se essa luta generalizada e esse massacre não merecessem o esforço da espada.

Seus olhos se focam na minha faca e no meu rosto. Isso é fácil, já que minhas mãos estão perto do rosto, em posição de lutadora.

Mas meu sapato de salto ainda está preso no pé que mantenho atrás, o que o deixa vários centímetros mais alto que o pé que mantenho à frente. Não há como usar bem os pés mancando desse jeito. Então, faço a única coisa que consigo.

Dou um chute direto na cara dele com o salto.

O anjo não esperava por essa.

Ele sai voando de costas do palco.

— É mesmo você — diz Raffe.

Ele me encara, atônito. Seu punho está no ar, parado no meio de mais um soco poderoso contra Beliel, que está zonzo e ensanguentado.

Raffe esboça um sorriso lento que derrete meus ossos.

Beliel interrompe o momento com uma cabeçada.

Raffe cambaleia para trás.

Beliel me dá uma bela olhada e sorri como se soubesse de um segredo. Seus dentes estão cobertos de sangue que pinga das gengivas.

Ele salta do palco e bate as asas.

Raffe salta e agarra a perna de Beliel. Ele a puxa com um tranco e impede que o inimigo levante voo. Está prestes a conseguir as asas de volta.

Arranco do pé o sapato restante, pronta para mergulhar e ajudá-lo.

No entanto, antes que eu possa me mover, o anjo ensanguentado que eu chutei se arrasta em meio à massa de corpos ardentes.

Cara, ele parece zangado...

O salto o acertou no nariz, que parece ter explodido no rosto. A máscara, um dia festiva, agora parece ter saído de um filme de terror.

Eu me afasto e lanço um olhar rápido para Raffe. Ele puxa Beliel com todas as forças para impedi-lo de levantar voo. É a oportunidade perfeita para conseguir as asas de volta. Quem questionaria mais um ato de brutalidade entre tantos outros? Pode ser que ele nunca mais tenha uma chance tão boa novamente.

Raffe me olha e nossos olhos se encontram.

O vento sopra meu cabelo sobre o rosto e afasta o vestido rasgado das minhas pernas.

Não sei o que é mais constrangedor: estar com a meia fina aparecendo até a coxa ou minhas asas de fada farfalharem ao vento logo antes de uma luta.

Meu oponente recua o punho, pronto para um soco que pode me matar na hora, se me acertar.

Eu me preparo para esquivar e apunhalar. Digo a mim mesma que consigo encará-lo, mas não posso fugir do fato de que só estaria postergando o inevitável. Sei quando estou em desvantagem.

Seu punho voa em minha direção.

Antes que eu possa reagir, o golpe é desviado por um braço tão grande quanto o dele. Raffe lhe acerta um soco tão forte que o anjo cai estatelado de costas e ali fica.

Posicionado na beira do palco, Beliel nos observa com o sorriso sangrento, como se gostasse do que vê.

Ele salta no ar.

Em suas costas, as belas asas brancas como a neve de Raffe batem sem parar. Uma, duas vezes. Acenando um gracioso adeus.

O demônio gigante desaparece na multidão, em meio a socos e saltos no ar.

58

RAFFE ARRANCA O CASACO DO smoking do meu zonzo agressor e me envolve com ele. Cobre todo o meu tronco, incluindo minha cabeça. Posso espiar pela fenda do colarinho, mas fico escondida na grande peça de roupa.

Um braço cálido me protege como um escudo ao redor do ombro e me leva para a lateral do palco.

— Fica comigo — diz um sussurro masculino familiar acima da minha cabeça. Mesmo acima dos gritos do mar de gente e do rugido das ondas, algo desabrocha dentro do meu peito com o som dessa voz.

Ergo os olhos para dizer alguma coisa, mas ele põe o dedo nos meus lábios e sussurra:

— Não fala nada. Você só vai arruinar minha fantasia de resgatar uma donzela inocente em perigo, assim que abrir a boca.

A verdade é que estou tão aliviada que, se abrir a boca, posso dar uma gargalhada histérica.

Conduzida no calor desse casulo, minha visão se restringe a uma fresta entre o colarinho do casaco. Ele me segura firme contra si, me guia e me protege com seu corpo. Eu me mexo ao lado dele, tentando me tornar invisível.

Descemos os quatro degraus e entramos na massa fervilhante de violência.

Assim que chegamos ao chão, somos empurrados. Agarro minha faca com ainda mais força, tentando estar pronta para o que vier a seguir. Raffe distribui empurrões livremente, de um jeito bem dominante. Ele me segura atrás de si ao abrir espaço entre a multidão.

Estamos perto de sair daquela confusão generalizada, mas ainda temos que percorrer certo trecho antes de alcançarmos o espaço aberto. Passamos sobre corpos, e tento não olhar para baixo.

A maior parte da multidão está ocupada demais com as próprias lutas para se importar conosco. Agora é basicamente anjo contra anjo, mas ainda há alguns humanos no chão com os braços erguidos de forma protetora contra os socos e chutes atrozes. Alguns guerreiros sacodem a cabeça com repulsa diante da visão, mas não é um grande consolo. Uma parte de mim quer acabar com os anjos agressores, enquanto outra deseja fugir e se esconder.

Raffe me leva rápido demais para eu me sentir confortável. Não consigo ver muita coisa na destruição de corpos, e trombo nele quando de repente paramos.

Nós nos afastamos da turba, e agora a maior parte das lutas acontece atrás de nós. À frente, está a falésia que mergulha até a praia escura. A única coisa que nos separa da liberdade é uma briga.

Dois anjos se enfrentam e mais dois se rodeiam. Nenhum deles está com a espada em punho. Essas lutas não pretendem causar um real estrago, pelo menos não uns aos outros. Parecem guerreiros vikings embriagados, com um cruel traço infernal que Uriel pensou que poderia controlar.

Um dos anjos é jogado em nossa direção. Seu braço roça em mim no caminho. Faço um meio giro, cambaleio, e minha cabeça escapa acidentalmente do casaco muito grande.

— O que você tem aí? — pergunta o que está em pé. — Ainda sobrou uma? — Ele vem andando até nós e tenta me agarrar.

De repente Raffe acerta um soco no rosto dele, seguido por dois chutes tão velozes que parecem um borrão.

Eu me encolho para sair do caminho e dou um passo atrás de sua sombra. Quando o outro anjo recua, Raffe não segue. Ele fica perto de mim.

Agora estou inteiramente em campo aberto. Largo o smoking, assumo uma posição defensiva e levanto a faca na minha frente.

Como o outro anjo, esse sorri quando vê minha lâmina. Está disposto a um desafio maior do que esmagar uma formiga. Pelo menos essa formiga tem uma faca afiada e uma postura desafiadora.

Sinto as costas expostas, mas considero que os anjos vão jogar limpo e não vão atacar por trás quando estou lutando, já que, afinal, isso não é nada mais que um esporte para eles.

A meu lado, Raffe troca socos com um anjo e atinge o oponente com a força de uma colisão frontal.

Meu oponente dá o primeiro passo. Seu sorriso é tão largo que se poderia pensar que estou lhe cozinhando uma iguaria.

Homens... eles só treinam uns com os outros. Esperam golpes em certas partes do corpo, vindos de alguém acostumado a se valer de uma força que vem da cintura para cima. E todos, sempre, sempre, subestimam as mulheres.

Quanto a mim, não tenho muita força nos braços, nada comparado à maioria dos homens, muito menos a esses aí. Como muitas lutadoras, meu poder vem dos quadris e das pernas.

Ele mergulha em minha direção, com as mãos estendidas para apanhar minha faca, esperando que eu parta para um ataque direto.

Eu me abaixo com os joelhos flexionados e quase deixo que ele passe por cima.

Dou um salto no último segundo e golpeio a faca em sua virilha com toda a força que o impulso das minhas pernas permite.

Por que se incomodar em enfrentar os pontos fortes, quando a gente pode ir direto para os pontos fracos?

Ele gira na areia, igualzinho a qualquer outro cara que leve um chute no saco. E vai se recuperar. Mas não vai quebrar nenhum tabu num futuro próximo.

Um anjo é jogado por cima de mim num mergulho de cabeça. Giro para ver Raffe dar uma pancada no último. Há mais anjos vindo em nossa direção, atraídos por uma boa briga.

Raffe lança um olhar para a faca ensanguentada na minha mão.

— Se eu ainda tivesse alguma dúvida de que era você, essa seria a prova dos nove. — Ele faz um gesto para o meu oponente, que rola no chão com as mãos em cima do volume entre as penas.

— Ele deveria ter sido educado e nos deixado passar — digo.

— Belo jeito de ensiná-lo a ter respeito. Eu sempre quis conhecer uma garota que lutasse sujo — diz Raffe.

— Em defesa pessoal, não existe esse negócio de lutar sujo.

Ele ri.

— Não sei se tiro sarro dele ou se tenho mais respeito por você.

— Fala sério, essa é fácil.

Ele sorri para mim. Existe algo em seus olhos que faz minhas entranhas se derreterem, como se algo lá no fundo de nós dois estivesse se comunicando sem que eu me desse conta totalmente do que é.

Sou a primeira a desviar o olhar.

Deslizo a faca dentro do elástico da meia fina, na altura das coxas. Se é apertado o bastante para manter a meia no lugar durante a briga, deve fazer um trabalho decente ao segurar a faca. Que bom que essas coisas servem para alguma coisa.

Levanto os olhos e vejo Raffe me observar. Sinto uma onda de constrangimento.

Raffe me pega pela cintura e me levanta nos braços como num filme dos velhos tempos. Seus braços envolvem minhas costas e meus joelhos.

Por reflexo, enlaço os braços em seu pescoço. Durante um momento, eu me sinto confusa e o mais bobo pensamento inunda minha mente.

— Não me solte — diz ele.

Raffe corre comigo, rumo ao precipício. Dois passos além da borda, suas asas irrompem de sob o disfarce. As penas brancas cintilantes de Madeline explodem atrás dele quando as asas gigantes de morcego são desfraldadas.

A liberdade na forma de asas de demônio. Quero rir e chorar ao mesmo tempo.

Estou nos braços de Raffe, voando.

59

ESTAMOS NO AR.

Eu me seguro firme, e ele me posiciona de forma que eu o agarre como uma criancinha, com as pernas ao redor de sua cintura. Raffe é quentinho mesmo com as lufadas de vento do mar contra as minhas costas. Atingimos uma altitude assustadora, mas seus braços ao meu redor são firmes, e não posso evitar me sentir segura.

No entanto, a sensação não dura muito. Entre as asas de Raffe, vislumbro o que vem atrás de nós.

Embriagados ou não, os anjos não têm dificuldade para levantar voo. A visão das asas demoníacas deve tê-los incitado, pois há mais anjos nos perseguindo do que os que vimos na praia. Eles voam por entre nesgas de neblina iluminadas por pontos cor de fogo ao pairarmos acima das ondas negras.

Anjos costumam ser criaturas lindas de luz, mas os que nos perseguem parecem mais uma nuvem de demônios cuspidos pela bruma. Raffe deve estar pensando algo semelhante, pois suas mãos ficam mais firmes ao redor da minha cintura, como se para dizer: "Essa não".

Ele faz uma curva e se afasta cada vez mais da orla para onde as brumas se transformam num manto. Desce mais em direção à água, onde a neblina é mais grossa, e as ondas, mais ruidosas.

Estamos tão baixo que o mar borrifa em mim quando forma ondas. A água fica esbranquiçada e rola abaixo de nós. Parecemos percorrer quilômetros e mais quilômetros de mar negro e agitado.

Raffe dá uma guinada para um lado e depois para o outro. As mudanças de direção são inesperadas depois do caminho reto que viemos seguindo. Manobras de fuga.

A cerração é tão espessa que há uma chance de os anjos estarem perseguindo apenas sombras. O rugido das ondas e do vento significa que os anjos não conseguem ouvir o bater poderoso das asas de Raffe através do ar.

Estou trêmula junto de seu corpo. O respingar gélido e o vento oceânico me congelam a ponto de eu não conseguir sentir os braços ao redor de seu pescoço, ou as pernas ao redor de seu tronco.

Pairamos em silêncio, rasgando a noite. Não faço ideia se os anjos estão perto ou se ainda estão em nosso encalço. Não ouço e não vejo nada no brilho da neblina. Damos outra guinada em direção ao oceano.

Um rosto surge na bruma.

Atrás dele, asas gigantes com penas da cor da névoa.

Está perto demais.

Tromba conosco.

Giramos sem controle, asas de morcego contra asas de penas.

Raffe abre as asas com as garras a postos e ataca as asas de plumas. As lâminas rasgam as camadas de pena até atingirem os ossos alares do anjo.

Somos uma massa despencando no ar.

Raffe nos estabiliza com grandes movimentos de asas, mas não consegue lutar com as asas e voar ao mesmo tempo. Ele se desvencilha, e o anjo faz menção de sacar a espada.

Raffe não tem espada.

E tem a mim: quarenta e cinco quilos de peso morto que só serve para prejudicar seu equilíbrio e sua técnica de batalha. Seus braços me seguram em vez de ter liberdade de movimentos. As asas precisam fazer um esforço muito maior para nos manter no ar.

Meu único pensamento é que, desta vez, vou acabar morrendo de verdade nos braços de Raffe. Não vou ser mais um ferimento em sua alma.

O anjo saca a espada.

Tendo sido treinada com a equipe, sei que existem armas que precisam de distância para um uso eficaz. A espada é uma delas.

Nesse momento, o anjo tem espaço suficiente para recuar e estocar, ou erguer a espada e cortar de cima para baixo. Mas, se estivesse abraçado a nós, um corte superficial seria o máximo que ele poderia fazer.

Lá embaixo há apenas água. Vai estar um frio infernal, mas não vou morrer se cair.

Não agora, pelo menos.

É incrível o número de vezes que temos de ir contra nossos instintos para sobreviver. Aperto as pernas com ainda mais força ao redor da cintura de Raffe e afasto o tronco.

Seus braços cedem com a surpresa antes que me apertem novamente. É tempo suficiente para eu me inclinar, pegar a espada do anjo com uma das mãos e agarrar a camisa de colarinho alto com a outra.

Travo o cotovelo e seguro o braço com que ele sustenta a espada para impedir que faça o movimento de brandir contra nós. Com certeza espero que ele não seja forte o bastante para esmigalhar minha omoplata. Com a outra mão, eu o puxo para a frente.

Tudo acontece numa fração de segundo. Se o anjo estivesse esperando esse movimento, seria impossível fazer isso. Mas que agressor espera que a vítima vá puxá-lo?

Como ele não está em pleno controle das asas para se equilibrar, consigo arrastar o anjo excepcionalmente leve em nossa direção.

De perto, sua espada não é grande ameaça para apunhalar, mas Raffe é forçado a voar de um jeito esquisito para evitar rasgar a asa na lâmina. Vacilamos no ar, não muito longe das ondas negras.

Raffe me segura apertado com um braço enquanto usa o outro para rechaçar o anjo, que tenta socá-lo.

Inclinada para a frente, pego o punho da espada. Não tenho chance de me afastar dele, mas posso conseguir distraí-lo da luta contra Raffe. E, se eu tiver muita sorte, posso até convencer a espada de que um usuário não autorizado está tentando empunhá-la.

Engalfinhados no ar, mergulhamos sem jeito, depois recuperamos um pouco de altitude, oscilando e girando em movimentos de sobe e desce acima da água. Consigo agarrar o punho da espada e, embora não consiga tirá-la das mãos do anjo, consigo virá-la.

Assim que faço isso, a espada se torna pesada de repente, tão pesada que os braços do anjo sofrem o impacto.

— Não! — grita ele, com verdadeiro horror na voz, quando a espada ameaça despencar de suas mãos.

Raffe o atinge com o punho livre. O anjo oscila para trás.

Deixa cair a espada, que desaparece na água.

— Não! — ele grita de novo, a descrença horrorizada nos olhos ao encarar as águas escuras onde a espada mergulhou. Imagino que eles não tenham anjos mergulhadores para recuperar espadas e outros objetos de valor do fundo do oceano.

O anjo emite um grito de guerra e há sede de vingança em seu rosto contorcido. Então ele avança.

Dois outros anjos surgem da neblina fechada.

Com todo o barulho que o primeiro anjo faz, já era de esperar que isso acontecesse, mas meu coração pula mesmo assim quando os vejo.

Os três investem contra nós. Raffe gira e voa rumo a mar aberto.

Não há como ele vencer a disputa de velocidade comigo no colo.

— Me solta — digo em seu ouvido.

Raffe me aperta mais, como se não houvesse espaço para discussão.

— Nós dois vamos estar mais seguros se eu estiver na água do que criando peso para você durante uma luta. — Mesmo assim ele me segura. — Eu sei nadar, Raffe. Não tem problema.

Alguma coisa grande nos atinge pelas costas.

E os braços ferrenhos de Raffe se afrouxam. Eu me forço para trás.

O primeiro instante da queda parece acontecer em câmera lenta, pois todas as sensações se amplificam. Uma reação instintiva de sobrevivência me faz me debater e agarrar a primeira coisa que puder.

Uma das mãos agarra o ar. A outra, a ponta da asa de penas.

Com todo o meu peso em uma só asa, o anjo gira num movimento descontrolado. Canalizo todo o meu pânico nesse agarramento.

Mergulhamos juntos no oceano.

60

TODAS AS CÉLULAS DO MEU corpo paralisam e depois explodem em estilhaços de gelo. As agulhas geladas me perfuram. Pelo menos é assim que sinto.

A sensação é mais intensa quando a água engole minha cabeça, como se a coroa fosse o último bastião de calor no meu corpo. Preciso me encolher por causa do choque, mas meus pulmões estão tão congelados e contraídos que isso está além das minhas forças.

Uma turbulência escura rodopia ao meu redor à medida que despenco para o fundo da água. Perco todo o sentido de corpo e direção.

Chega um momento em que paro de afundar, mas, assim que paro, não tenho certeza de qual é o lado de cima. Meu corpo tenta se contorcer e espernear quando o cronômetro do ar em meus pulmões começa a tiquetaquear.

Nunca pensei que poderia não saber qual lado é o de cima e qual é o de baixo, mas, sem gravidade e sem luz, realmente não sei. Estou apavorada demais para escolher uma direção.

Bolhas roçam o meu corpo e penso nas coisas horríveis que podem me acontecer nas profundezas aquosas do inferno. Todas essas noites confusas com minha mãe cantarolando na escuridão, pintando imagens de demônios que me arrastavam para o inferno, voltam para inundar minha mente no esquife gigantesco que é o mar. Todas essas formas escuras estão se movendo na água ou...?

Pare com isso.

Ar. Nadar. Pensar.

Não tenho tempo para ser sugada num redemoinho de disparates sem sentido que não vão ajudar em nada.

Bolhas.

Algo em relação a bolhas.

As bolhas não flutuam para cima?

Coloco a mão na boca para sentir as bolhas e deixo escapar um pouquinho de ar precioso dos pulmões em chamas. Elas fazem cócegas quando flutuam pelo meu rosto e pela minha orelha.

Eu as sigo de lado, ou o que parece ser de lado. Correntes de água podem levar bolhas para qualquer parte, mas chega uma hora em que elas sobem, não sobem? Realmente espero que sim.

Solto mais algumas porções de ar, tentando não abrir mão de mais do que o necessário, até que as bolhas consistentemente tocam meu nariz no caminho até o alto. Bato as pernas com o máximo de força possível, seguindo as bolhas na maior velocidade que meus pulmões em chamas podem me levar.

Começo a me desesperar com a possibilidade de estar indo na direção errada, mas aí noto que a água está ficando mais iridescente, mais clara. Nado com mais afinco.

Por fim, minha cabeça desponta na superfície e dou uma grande puxada de ar. Água salgada entra na minha boca conforme sou estapeada no rosto pelo mar agitado. Meus pulmões se contraem e tento desesperadamente controlar a tosse para não respirar mais água.

O mar entra em erupção ao meu lado e algo explode para o alto.

Cabeça, braços, asas. O anjo que eu trouxe comigo também encontrou o caminho para fora da água.

Ele esperneia, lutando pelo ar com desespero e espirrando água por toda parte. Suas penas estão encharcadas, e parece que ele não consegue nadar muito bem. Seus braços chafurdam e suas asas batem, atingindo a água, sem objetivo.

Ele consegue flutuar em toda a sua agitação, mas é uma forma muito exaustiva de nadar. Se fosse humano, já teria gastado toda a sua energia e se afogado.

Viro as costas para ele e bato os pés na água. Estou com tanto frio que mal consigo erguer os braços.

A asa do anjo faz um movimento para a frente e bloqueia meu caminho. Fico presa entre ele e a asa e todo o espernear.

Tento pegar minha faca. Espero que ainda esteja presa no elástico da meia. Minha mão está tão gelada que mal consigo senti-la, mas está ali. É apenas uma faca comum, não uma lâmina angelical, mas ainda pode ferir. Ele ainda sente dor e sangra. Bem, talvez nesse frio ele não sinta muita coisa, mas preciso tentar.

O anjo faz menção de me agarrar, mas golpeio sua mão.

Ele recua, depois tenta com a outra mão e agarra meu cabelo. Dou uma punhalada em seu antebraço. Ele solta, mas me alcança com a mão ferida e se debate.

Sou puxada para junto dele. Seus braços tentam me afundar na água, naquele clássico desespero de afogamento a respeito do qual os salva-vidas nos alertam.

Respiro fundo. Ele afunda minha cabeça na água gélida e sou engolida mais uma vez.

Não sei se ele está tentando me afogar em um derradeiro gesto de "vou te levar comigo", ou se está apenas se debatendo por instinto. De uma forma ou de outra, vou acabar morrendo se ele conseguir o que deseja.

Eu o apunhalo desesperadamente e corto fundo seu tronco e seus braços. Repetidas vezes.

O sangue aquece a água.

Sua pegada afrouxa e consigo colocar a cabeça para fora e respirar uma lufada de ar. Ele não está mais me empurrando para baixo, mas ainda se segura em mim.

— Você não é o único monstro nesse mundo — digo, ofegante. Existem tubarões-brancos enormes no norte da Califórnia. Nossos surfistas e os tubarões parecem ter chegado a uma trégua, pois os ataques são raros. Mas ninguém entraria nestas águas sangrando.

Apunhalo forte seu peito. Ondas de sangue fluem ao redor dele.

Meus olhos encontram os seus. Ele pensa que estou falando de mim, que eu sou o monstro. Talvez esteja certo.

Não sou nenhum gigante branco, mas todas essas perfurações e cortes de faca estão me lembrando da minha mãe e de suas vítimas. Pela primeira vez, não me importo com as semelhanças. Pela primeira vez, eu me apego à loucura dela para conseguir forças. Às vezes, eu só preciso libertar a mãe louca que também mora em mim.

Ataco repetidamente, feito uma desvairada.

Enfim ele me solta.

Bato as pernas o máximo que posso. Eu não estava blefando sobre os tubarões.

A faca torna mais difícil nadar, mas eu a mantenho na mão até sair do alcance do anjo que sangra. Então a coloco no elástico da meia.

Estou tão acelerada que levo algumas braçadas para perceber que estou congelando de novo. Minha respiração cria uma névoa na frente do rosto e meus dentes tiritam, mas me forço a continuar nadando.

61

UMA QUEDA ENORME CRIA ONDAS na água.

Um emaranhado de asas, braços e pernas dispara pela superfície e abre um canal pelo mar.

São Raffe e outros dois anjos, atracados numa disputa. Eles giram e lutam, abrindo caminho entre as ondas.

Logo se separam e acabam gastando energia jogando água e boiando como se estivessem prestes a se afogar. Os dois anjos inimigos estão com a espada em riste, o que torna a natação ainda mais difícil. Eles se agarram a elas, enfrentando a água com as asas encharcadas e inúteis.

Raffe não está em grande vantagem. Suas asas de couro permitem que o líquido escorra melhor que as dos anjos, feitas de penas, mas são grandes e desajeitadas, e ele obviamente não tem ideia de como nadar com elas. Talvez não haja oceano no paraíso.

Nado em direção a ele.

Um dos anjos larga a espada, gritando de dor e frustração. Provavelmente ele a segurou o máximo que pôde, mas é difícil continuar boiando enquanto coloca a espada na bainha, e mais difícil ainda nadar com a espada em punho.

O outro anjo boia com dificuldade enquanto segura a espada com uma das mãos. Na terceira vez em que ele afunda, a ponta da espada emborca, como se fosse muito pesada para ele. Sua cabeça emerge de novo e ele luta por ar, ofegante e claramente angustiado.

A ponta da lâmina mergulha e desaparece. A espada angelical tomou a decisão por ele.

Fora os companheiros de armas, não me surpreenderia se a espada fosse aquilo a que os guerreiros mais se apegam. Voltam-me à memória as imagens de Raffe chocado, perplexo e ofendido quando sua espada o rejeitou.

Nado mais depressa. Ou tento. O frio me deixou tão amortecida e trêmula que é difícil sentir que estou no controle do meu corpo.

Todos estão conseguindo não se afogar, mas por um triz. Eu me pergunto até quando vão aguentar.

Um pouco além da envergadura das asas de Raffe, eu grito:

— Raffe, pare de se debater. — Ele se vira para mim. — Fica calmo. Eu vou até você.

Já ouvi que a maioria das vítimas de afogamento não consegue se acalmar. Elas precisam impor a força de vontade sobre o instinto de sobrevivência para parar de espernear e de sentir como se estivessem prestes a se afogar. É preciso uma confiança infinita para contar com outra pessoa para nos salvar.

Raffe deve ter uma enorme força de vontade, pois imediatamente para de se agitar na água. Ele move os braços e pernas de leve, mas não é suficiente para fazê-lo flutuar.

Então ele começa a afundar.

Nado com cada partícula de energia que me resta.

Sua cabeça está debaixo da água antes que eu possa chegar até ele. Tento puxá-lo, mas suas asas gigantes são um enorme arrasto. Acabo sendo puxada para o fundo.

Nós dois afundamos.

Mesmo submergindo, ele não esperneia. Fico admirada com sua força de vontade ferrenha, que supera até suas necessidades instintivas. E com sua confiança.

Sob a água, não posso lhe dizer para fechar as asas a fim de reduzir o arrasto. Desesperada, tento me aproximar das asas para empurrá-las.

Ele entende e fecha as falanges enormes com firmeza ao longo do corpo. Parecem leves e finas como o ar. Tenho certeza de que, se ele soubesse como usá-las na água, poderia nadar como uma arraia.

Chutando e puxando o mais forte que consigo, eu nos levo para a superfície. Não sou uma nadadora superforte, mas, como a maioria das crianças da Califórnia, já passei tempo suficiente no mar para me sentir confortável nele. Com os ossos ocos de Raffe, ou seja lá o que o deixa leve, ele não é tão difícil assim de levar.

O alívio me inunda quando ele põe a cabeça para fora e consegue respirar. Nado com um braço dobrado por cima do ombro e do peito dele, para manter a cabeça no alto.

— Bata as pernas em movimento de tesoura, Raffe. E continue batendo. — Suas pernas são um motor poderoso. Assim que começamos, entramos num ritmo constante e fazemos um bom progresso para longe dos anjos que se debatem e espirram água.

O que eu esfaqueei ainda está boiando fracamente na água sangrenta, não muito distante dos demais. Não sei o que aconteceria em uma luta entre uma gangue de anjos e um cardume de tubarões-brancos, mas fico feliz por não estar perto para ver.

Já que os anjos estão claramente no território dos tubarões, minha aposta é nesses últimos. Quem disse que anjos não podem ser mortos?

Rapidamente eles desaparecem na bruma, e eu me firmo na capacidade de orientação incrível de Raffe para nos levar até a costa.

Sempre ouvi dizer que a água do sul da Califórnia é morna, mas ninguém nunca disse isso do mar ao norte do estado. Não chega a ser o Alasca, mas é fria o bastante para causar hipotermia, ou pelo menos algo parecido. Nunca vi um surfista aqui entrar no mar sem roupa de mergulho. Mas o corpo do Raffe é quente mesmo na água congelante, e suspeito de que seu calor é o que me mantém viva.

Quando ficamos cansados, descansamos com as asas dele abertas. As asas boiam e nos mantêm estáveis, sem que haja necessidade de fazer nenhum esforço.

Chegando perto da costa, as ondas começam a quebrar, esbranquiçadas, e somos jogados aleatoriamente. Marcamos o tempo para mergulhar quando uma onda grande quebra e emergimos quando ela se acalma.

Conseguimos ser jogados na areia. Nós nos arrastamos apenas o suficiente para ficar além das ondas, e desabamos num emaranhado de cabelos e roupas encharcados.

Olho para ver se ele está bem.

Ele está ofegando para recuperar o ar e olhando fixo para mim, com um olhar tão intenso que me causa um arrepio.

Eu me esforço para dizer alguma coisa. Não chegamos a conversar de verdade desde que ele saiu do nosso quarto de hotel para a cirurgia, no antigo ninho da águia. Muita coisa aconteceu desde então. Até algumas horas atrás, ele pensou que eu estava morta.

Abro a boca para dizer algo significativo, memorável.

— Eu...

Não sai nada.

Estico o braço, pensando que talvez a gente possa tocar as mãos, desejando essa conexão. Mas há algas marinhas enroscadas nos meus dedos, e sacudo a mão por reflexo. As folhas compridas e encharcadas caem na cara dele com um ruído úmido e pegajoso antes de deslizarem para o chão.

Esparramado na areia, Raffe ri baixinho.

Seu riso é fraco, em busca de ar, mas talvez seja o som mais incrível que eu já ouvi. É cheio de calor e alegria genuínos, como o de uma... bem... *pessoa* viva, em carne e osso.

Ele estende a mão, pega meu braço e me puxa sobre a areia. Meu vestido se enrola, mais areia que tecido, mas não me importo.

Ele me envolve em seus braços e me aperta firme.

É um bolsão de calor num mar de gelo. Estar em seus braços é como o lar que eu nunca tive. Raffe ainda está ofegante na risada que faz seu peito vibrar. Meu peito balança com o seu. Abro um sorriso.

Contudo, em algum ponto nesse meio-tempo, o humor se altera. Ele continua, seu peito ainda convulsionando em espasmos que parecem muito com uma risada fraca, mas não são. Ele me abraça tão forte que, se um exército de escorpiões viesse e tentasse me arrancar de seus braços, não conseguiria.

Acaricio seus cabelos e repito as palavras de conforto, como da última vez em que estivemos juntos.

— *Shh* — digo. — Estou aqui. Estou bem aqui.

Raffe é quente como o sol da tarde num dia de verão.

Ficamos abraçados em nosso pequeno bolsão de calor, escondidos dos monstros da noite, sob a bruma que rola ao nosso redor e à beira das ondas sangrentas que quebram a nossos pés.

62

AOS TRANCOS E BARRANCOS, CONSEGUIMOS chegar até uma casa de praia entre uma fileira de casas encobertas pela névoa. No Mundo Antes, essas casas ficavam a uma distância da praia que poderia ser percorrida a pé, mas não necessariamente de frente para o mar. No Mundo Depois, estão em um mar de escombros e são as mais próximas da água. Muitas delas ainda parecem não ter sido perturbadas, com suas bandeiras de cavalos-marinhos e espreguiçadeiras de madeira na varanda, como se à espera de que os residentes voltem para casa.

Com passos arrastados, entro em uma sala de estar atrás de Raffe; estou exausta a ponto de mal assimilar o entorno. Aqui dentro estamos protegidos do vento, e, embora a casa não tenha calefação, é como se tivesse, se compararmos ao lugar onde estávamos até agora. Estou molhada e cheia de areia em meus trajes sumários colados ao corpo, feito um guardanapo molhado.

Ao contrário de mim, Raffe está completamente alerta. Ele verifica cada canto da casa antes de relaxar a guarda.

Não há eletricidade, portanto os cômodos estão escuros, a não ser pelo luar enevoado que entra pelas janelas panorâmicas. Mas temos sorte. Há uma lareira com uma caixa de lenha ao lado, além de fósforos e velas decorativas sobre a cornija.

Tento acender uma vela. Minha mão treme tanto que quebro três fósforos antes de finalmente conseguir acender um. Raffe acende a lareira. Assim que a pequena chama se ilumina, relaxo um pouco, como se minhas funções básicas dependessem do fogo para entrar em ação.

Embora trêmulo, Raffe se levanta e puxa as persianas verticais para fechar a janela. Não sei como ele consegue. Preciso de todas as minhas forças só para me impedir de me arrastar para dentro da lareira e ficar mais perto do calor.

Ele pega cobertores e toalhas de algum lugar nos recessos escuros da casa e enrola um cobertor ao meu redor. Minha pele está tão congelada que mal consigo sentir o calor suave de sua mão roçando meu pescoço.

— Como você se sente? — ele pergunta.

Respondo, entre os dentes tiritantes:

— Tão bem quanto possível depois de nadar em águas infestadas de anjos.

Raffe coloca a mão na minha testa.

— Vocês, humanos, são muito frágeis. Se o tempo não mata vocês, são os germes, os tubarões, a hipotermia.

— Ou anjos sedentos de sangue.

Ele sacode a cabeça.

— Num minuto vocês estão bem, no seguinte se foram para sempre. — Contemplativo, ele observa o crepitar do fogo.

Meu cabelo ainda está pingando água gélida no pescoço e nas costas, e meu vestido gruda no corpo como se fosse feito de areia molhada. Como se pensasse a mesma coisa, ele enrola uma toalha na cintura e prende a ponta ao redor do abdome tanquinho, para deixá-la no lugar.

Depois tira as botas. E descola a calça molhada das pernas.

— O que você está fazendo? — Minha voz transparece nervosismo.

Ele não para de tirar a roupa debaixo da toalha.

— Tentando me esquentar. Você devia fazer o mesmo se não quiser seu precioso calor sugado pelas roupas molhadas. — As calças caem sobre o tapete com um *plop*.

Hesito enquanto ele se senta perto de mim na frente da lareira. Abre as asas de demônio. Imagino que ele as abra para secá-las, mas tem o efeito adicional de conter o calor. Os músculos ao longo das minhas costas e ombros relaxam assim que sinto o calor soprar redemoinhos atrás de mim.

Estremeço, tentando me livrar do frio. Ele estreita o círculo das asas, fazendo o calor da lareira crescer entre nós.

— Você fez um bom trabalho lá — ele diz, olhando-me com uma aprovação discreta.

Pisco, surpresa. Não que seja a primeira vez que ouço algo assim. Acontece que, de alguma forma, desta vez é diferente. Inesperado.

— Você também. — Quero dizer mais. Abro um pouquinho a caixa-forte na minha cabeça para ver se consigo espiar lá dentro e talvez enxergar algo que valha a pena ser dito, mas tudo o que está guardado força a porta e quer se derramar. Fecho-a com um baque, forçando-a para impedir que abra de uma só vez. Ainda assim, minha língua fica emaranhada em todas as coisas que eu quero dizer. — É, você também.

Ele assente como se entendesse, como se eu tivesse *de fato* dito todas aquelas coisas que querem escapar da caixa-forte e as aceitasse.

Ouvimos o fogo crepitar por algum tempo.

Já me aqueci o bastante para querer me libertar do vestido molhado e áspero, que suga o calor da minha pele. Eu me enrolo no cobertor e mordo a borda para mantê-lo no lugar, como um escudo.

Ele sorri quando me vê contorcer debaixo do pano, lutando com o vestido.

— Tenho certeza que um homem moderno respeitável viraria de costas para não ver nada se acontecer algum descuido.

Faço que sim e mantenho os dentes firmes no cobertor.

— Mas a gente perderia nosso abrigo. — Ele ergue as asas alguns centímetros para demonstrar. O ar frio imediatamente toca minhas pernas. Raffe baixa as asas novamente e dá de ombros. — Acho que você vai ter que tomar cuidado.

Continuo a me contorcer para me livrar da manga esquerda.

— Não ria nem nada do tipo — diz ele. — Pode ser desastroso.

Aperto os olhos para Raffe e lanço um olhar fulminante que lhe diz para não me fazer rir.

— Você já ouviu a piada do...

Rasgo o vestido fininho debaixo do cobertor. Já estava destruído, fazer o quê? Puxo e jogo por baixo do cobertor.

Ele pousa no chão em cima das calças, no tapete.

Raffe tem uma explosão de riso. É uma coisa linda: expressiva e despreocupada. Acaba me fazendo rir junto.

— Você é incrível em encontrar soluções criativas — diz ele, ainda rindo. — Elas costumam envolver arrancar, rasgar, chutar ou apunhalar, mas são criativas.

Solto o cobertor que estava entre os dentes, agora que posso segurá-lo ao meu redor com firmeza usando as mãos.

— Só cansei da umidade grudada em mim. Achei que estava bem segura quanto ao risco da sua piada de repente ser engraçada.

— Seu comentário me fere — ele diz com um sorriso.

A palavra "fere" ecoa na minha cabeça, e vejo que faz o mesmo na dele, pois o sorriso desaparece.

— O que aconteceu no antigo ninho da águia? Eu vi quando você foi ferroada pelo escorpião. Eu te vi morrer. Como foi que você sobreviveu?

Explico que o ferrão do escorpião paralisa e desacelera o coração e a respiração, de modo que a vítima parece morta.

— Eu tinha certeza que havia perdido você.

Me perdido?

Meu olhar se fixa no fogo, sem realmente vê-lo.

— Eu também achei que tinha te perdido. — As palavras mal saem.

O fogo crepita e estala, consumindo a lenha. Isso me lembra do incêndio no ninho da águia, quando Raffe me carregou para a segurança, mesmo quando pensou que eu estava morta.

— Obrigada por me devolver à minha família. Aquilo foi uma coisa louca e perigosa de fazer.

— Eu estava me sentindo meio louco e perigoso na ocasião.

— É, eu vi. — Nunca vou esquecer a imagem dele esmagando os tubos gigantes de escorpião com sua fúria e matando todos os monstros depois de me ver morrer.

Seus lábios estremecem, como se ele risse de si mesmo.

— Deve ter sido divertido de ver.

— Não, não mesmo. Foi meio... — *... de partir o coração.* — De partir o coração. — Pisco quando me dou conta do que acabou saindo da minha boca. — Quer dizer... — Nada me vem à mente para substituir o que acabei de falar.

— De partir. — Ele olha fixamente para as chamas. — O coração. — O som flui entre seus lábios como se fosse novo para ele, como se nunca tivesse dito aquilo antes. Ele assente. — É, acredito que seja uma forma de expressar.

As chamas estalam. É surpreendente como o fogo pode nos aquecer depressa.

— Eu não quis dizer que você estava de coração partido. — Pareço estar falando uma nova língua, do jeito que arrasto as palavras. — Só quis dizer que foi difícil para mim... observar.

Ele nem confirma nem nega que pode ter ficado um tiquinho de coração partido.

— Quer dizer, talvez você parecesse sim um *pouco* de coração partido. — Que constrangedor. Agora é tudo mera especulação minha. Uma parte de mim me repreende por ser tão tonta. O resto está atento, à espera de uma reação.

As chamas alaranjadas e vermelhas ficam cada vez maiores e mais quentes. O crepitar e o estalar são rítmicos e hipnóticos. O calor é inebriante.

— Você está tremendo — diz ele. Seu tom é relutante. Talvez até triste. — Tome um banho. Quem sabe a gente tenha a sorte de ter água quente.

Ele hesita e eu prendo a respiração.

Então ele se vira para o outro lado.

Levanta e segue para a escuridão da casa.

Assim que retira o abrigo das asas, o frio se infiltra de novo. Observo Raffe sumir nas sombras. As asas escuras e a cabeça curvada desaparecem primeiro, depois os ombros largos e os braços.

Depois nada.

63

FICO SENTADA OBSERVANDO RAFFE SE afastar, querendo dizer algo, mas sem saber o quê.

Relutante, eu me levanto e me afasto da lareira. A casa parece mais fria agora, quando subo para encontrar um banheiro.

Há toalhas aveludadas ali, dobradas, o que sugere que não são usadas desde que foram lavadas. Isso provavelmente foi há meses.

Tomo banho à luz de velas. A água nem chega a ser morna, mas, comparada ao oceano, causa uma sensação boa na minha pele ainda congelada. No entanto, não me demoro. Só o suficiente para tirar toda a areia, me ensaboar e passar xampu no cabelo o mais depressa que consigo. Ainda estou tremendo do frio que me atravessou até os ossos, e mal posso esperar para estar seca e quentinha outra vez.

Há um roupão grosso pendurado na porta do banheiro. Quero me aconchegar nele, mas esse tipo de luxo é para as pessoas no Mundo Antes, não para gente que pode acabar correndo daqui a qualquer momento para fugir de monstros e saqueadores.

Faço uma varredura rápida nos armários e gavetas em busca de roupas. O melhor que consigo encontrar é um vestido-suéter — que provavelmente é apenas um suéter. O restante das roupas é uns quatro números maior do que eu uso. Acinturo o suéter com um lenço e visto uma legging que chega até os tornozelos, embora seja provavelmente uma calça capri.

Tenho certeza de que poderia ter encontrado algo melhor, mas não quero me demorar com a luz da vela iluminando as janelas do andar de cima.

A neblina deve impedir que a luzinha fraca viaje para muito longe, mas para que atrair problemas?

No andar de baixo, a sala de estar se ilumina calorosamente com o brilho da lareira. Raffe está sobre uma cadeira, pendurando cobertores nas janelas panorâmicas com fita adesiva. Ele deve ter tido o mesmo pensamento que eu sobre a luz da vela ser visível.

Há algo que me acalma na visão dele em cima de uma cadeira para alcançar o topo das janelas. É uma coisa tão normal de se fazer.

Bom, normal se você ignorar as asas escuras deslizando de leve para a frente e para trás em suas costas. Imagino que ele as esteja secando. As garras estão à mostra e reluzem no brilho da vela. Nenhuma pena para alisar. Será que ele costuma polir as garras?

— Você não é um caído, é? — A pergunta dispara da minha boca antes que a cabeça possa censurá-la.

— Pelo que eu ouvi, isso só me deixaria mais sexy aos olhos de vocês, filhas dos homens. — Ele termina de colocar o último pedaço de fita no cobertor. — O que é que vocês veem nos bad boys?

— Eu é que estou fazendo as perguntas aqui, Raffe. Isso é sério.

— Por acaso é uma chance de você me dar a redenção? — Ele pula da cadeira e finalmente se vira para me encarar.

Quando me vê, seus ombros sacodem numa risada silenciosa que rapidamente se transforma em gargalhada. A risada de Raffe é algo que, em situações normais, eu gostaria; a diferença é que agora ele está claramente rindo de mim.

Olho para meu visual. Admito que posso ter me apressado um pouco demais enquanto me vestia no andar de cima.

O que parecia um suéter discreto à luz de uma vela acabou se revelando uma estampa de oncinha à luz de várias velas. E, por ser tão grande para mim, está embolado e frouxo em todos os lugares. O que achei que fosse um lenço escuro ao redor da minha cintura na verdade é uma gravata vermelha, e minhas meias marrons são um par descombinado de rosa e roxo.

— Por que todo mundo pode parecer que saiu de um bando de caçadores de zumbis, mas eu tenho que me preocupar com moda?

Ele não para de rir.

— Você parece um shar-pei com pelagem de oncinha.

Acho que ele está falando daqueles cachorrinhos que parecem pugs, só que com uma quantidade absurda de pele.

— Você está me ofendendo, sabia? Para uma menina de dezessete anos como eu, ser chamada de cãozinho enrugado pode traumatizar pelo resto da vida.

— Sim, uma menina sensível. Isso é o que define você, Penryn. — A luz da lareira atenua suas feições e aquece sua pele. — Mas, se quiser uma massagem no ego para o seu lado sensível, eu admito que você ficou ótima de asas.

De repente, fico sem jeito.

— Obrigada... eu acho.

— Você não queria ficar ótima de asas?

— Só fiquei com medo de me tornar motivo de algum tipo de piada, tipo, hum, que eu pareço um cachorro enrugado com asas, mas tenho uma personalidade legal ou algo assim. — Olho para o teto enquanto penso. — Tá, isso não soou nem um pouco engraçado; teria sido uma piada bem ruim.

— Ah, não se preocupe. Você está segura — ele diz, numa voz encorajadora. — Eu nunca diria que você tem uma personalidade legal.

Lanço um olhar feio, e Raffe dá risada do próprio comentário provocador.

E, simples assim, ele volta a ser o Raffe que eu conheci na estrada.

AQUECEMOS ÁGUA NO FOGÃO A gás, que ainda funciona, contanto que a gente acenda com um fósforo. Depois nos sentamos ao pé da lareira, bebendo água quente em canecas, enquanto eu lhe conto o que andei fazendo desde que nos vimos pela última vez. O calor é tão gostoso que quero me enrolar e adormecer.

— Onde está a minha espada?

Respiro fundo. Não mencionei os sonhos da espada. Seria como admitir que eu bisbilhotei a vida dele.

— Tive que deixá-la em uma pilha de coisas no Píer 39, em San Francisco, quando fui pega.

— Você a deixou?

Confirmo.

— Não tive escolha.

— Ela não foi feita para ficar sozinha.

— Acho que nenhum de nós foi.

Nossos olhos se encontram, e um arrepio elétrico me percorre.

— Ela sentiu sua falta — digo num sussurro.

— Sentiu? — Sua voz é uma carícia suave. Seu olhar nos meus olhos é tão intenso que juro que ele enxerga o fundo da minha alma.

— Sim. — Um calor inunda minhas faces. Eu... — Ela pensou em você o tempo todo.

A luz das velas projeta um brilho suave na linha de seu maxilar e de seus lábios.

— Odiei tê-la perdido. — Sua voz é um rosnado baixo. — Não tinha me dado conta de como fiquei apegado. — Ele estende a mão e afasta uma mecha de cabelo molhado do meu rosto. — Como ela poderia se tornar perigosamente viciante.

Seu olhar me paralisa, não consigo me mexer nem respirar.

— Talvez ela precise ouvir essas coisas. Talvez ela também queira estar com você. — As palavras saem num sussurro quase inaudível.

Ele fecha os olhos e respira fundo. Depois sacode a cabeça.

— Não pode ser.

— Por quê?

— Regras. Costume. Perigo. É perigoso estar comigo.

— É perigoso estar sem você. — Eu me aconchego mais perto do fogo. Ele estende a mão e ajusta o cobertor ao redor dos meus ombros.

— Mas isso não muda as regras.

Fecho os olhos e sinto o calor de seus dedos roçando meu pescoço.

— Quem se importa com regras? É o fim do mundo, esqueceu?

— As regras são importantes para nós. Os anjos são uma raça guerreira.

— Eu percebi. Mas o que uma coisa tem a ver com a outra?

— A única forma de manter uma sociedade de assassinos unida por eras é ter uma cadeia de comando estrita e tolerância zero à quebra de regras. Se não fosse assim, todos teríamos nos massacrado há muito tempo.

— Mesmo se as regras não fizerem sentido?

— Às vezes elas fazem. — Ele sorri. — Mas o ponto não é esse. O ponto é que os guerreiros sigam as ordens, não que as julguem.

— E se isso afastar você de coisas e pessoas queridas?

— Especialmente nesse caso. Costuma ser a punição mais eficiente. A morte não é uma grande ameaça para um verdadeiro guerreiro. Mas tire sua filha do homem, seus descendentes, seus amigos, sua espada... Essa é a verdadeira punição.

Não consigo evitar. Eu me aproximo dele de forma que meu rosto fique apenas a um beijo de distância.

— Somos assim tão assustadoras?

Ele olha para os meus lábios quase involuntariamente. Mas não se afasta nem se aproxima um milímetro. Arqueia uma sobrancelha para mim.

— As filhas dos homens são perigosas de verdade. Para não dizer *irritantes* de verdade. — Dá de ombros. — Mais ou menos como um cachorrinho que às vezes é fofo.

Eu me inclino para trás.

— Estou começando a entender por que a sua espada te deixou. — Ai. Isso saiu errado. — Desculpa, eu não quis...

— Ela fez isso porque tinha ordens explícitas de me deixar se em algum momento sentisse a escuridão.

— Por quê?

Seus olhos observam o interior da caneca.

— Porque um caído com uma espada angelical é muito perigoso. As asas podem mudar ao longo do tempo e criar suas próprias armas se sobreviverem a batalhas suficientes. Ter, ao mesmo tempo, asas de caído e uma espada angelical é uma combinação perigosa demais para ser permitida.

— Mas você não é um caído, é? Por que sua espada te deixaria?

— Foram as asas que a confundiram. — Raffe toma um gole parecendo desejar que fosse mais forte do que água. — Ela é sensitiva em parte, mas não significa que tem cérebro. — E abre um meio sorriso.

Suspiro e baixo a caneca.

— Seu mundo é muito diferente do meu. Vocês têm alguma coisa em comum com os humanos?

Ele me olha com aqueles olhos matadores no rosto perfeito, em cima do corpo de Adônis.

— Nada que a gente admita.

— Não temos saída, temos? — pergunto. — Somos inimigos mortais, e eu devia tentar matar você e todo mundo como você.

Raffe se inclina, toca o topo da testa na minha e fecha os olhos.
— Sim. — Seu hálito suave acaricia meus lábios quando ele diz a palavra.
Fecho os olhos também e tento me concentrar no calor de sua testa encostada na minha.

64

RAFFE VOLTA DA BUSCA POR comida com uma caixa de cereal e um vidro de creme de amendoim. Eu queria seguir viagem, mas ele insistiu que soldados precisam de comida para lutar direito. Além do mais, disse que precisava de tempo para pensar sobre o próximo passo. Então partiu noite adentro com sua visão noturna muito útil, enquanto fiquei sentada na casa, junto das minhas velas.

O cereal tem passas, e passas têm o gosto do paraíso — quer dizer, do nirvana —, ou seja lá qual lugar maravilhoso não me lembre de anjos mortíferos.

Para variar um pouco, nossas mãos estão limpas, então comemos punhados de cereal e lambemos o creme de amendoim diretamente dos dedos. Imagino que esta casa deva ter utensílios na cozinha, mas por que se importar? Existe algo divertido em pegar coisas gostosas gosmentas com os dedos e lamber como se fossem sorvete.

Cereal com passas e creme de amendoim. Quem imaginou que teriam um gosto tão bom? Se pudéssemos ao menos acrescentar um pouquinho de chocolate, provavelmente daria uma barra de chocolate crocante incrível para vender numa feira da escola. Tudo bem, talvez não tenha o gosto tão bom se comparado às comidas no Mundo Antes, mas no momento é maravilhoso.

— Preciso voltar ao ninho da águia — diz Raffe, ao enfiar os dedos no vidro.

Meu punhado de cereal para a meio caminho da boca.

— Sério? Aquele lugar infestado de neandertais enlouquecidos e sanguinários de onde quase não escapamos vivos?

Ele arqueia uma sobrancelha para mim e suga o creme de amendoim dos dedos.

Coloco o cereal na boca e começo a mastigar.

— Só porque o seu povo é bonito, não significa que por dentro não sejam neandertais.

— Pelo que você me contou, suponho que a revolta não era o que Uri tinha em mente. Qualquer soldado poderia ter dito a ele que isso ia acontecer. Basta chacoalhar o apocalipse na frente de um guerreiro frustrado que não tenha clareza quanto à sua missão e a pessoa vai ter uma pequena contenda nas mãos.

— Uma pequena contenda?

— Muito antiquado? — Ele pega mais creme de amendoim. Parece preferir não misturá-lo com o cereal.

— Pessoas foram retalhadas. Literalmente. Em pedacinhos sangrentos e horríveis. Isso não é exatamente uma contenda.

— E eu lamento, mas não havia nada que eu pudesse fazer para acabar com aquilo. — Ele parece não lamentar nada. Seu tom é frio, calculista e pragmático.

— E que história foi aquela de festejar o apocalipse, hein? Ah, viva, vamos poder matar pobres humanos indefesos. — Do jeito que falo, pareço ranzinza. Mergulho meu punhado de cereal no creme de amendoim, fazendo questão de deixar um pouco dos flocos lá dentro. Para garantir, coloco algumas passas também.

— O entusiasmo pelo apocalipse não tem nada a ver com humanos.

— Quase me enganou.

Ele espia o vidro de creme de amendoim contaminado. Em seguida me lança um olhar maléfico e coloca o pote de volta entre nós, sem pôr a mão dentro.

— Os humanos são incidentais.

— Matar e destruir uma espécie inteira é incidental? — Não consigo disfarçar um tom acusatório, embora saiba que ele não fazia parte do plano de nos erradicar.

Ou pelo menos acho que Raffe não estava pessoalmente envolvido, mas não posso ter certeza, posso?

— Seu povo anda fazendo isso com todos os tipos de espécies. — Ele pega a caixa de cereal.

— Não é a mesma coisa. — Pego o vidro de creme de amendoim.

— Por que não?

— Podemos simplesmente voltar a como o seu povo está fazendo uma matança contra o meu povo, por favor? — Pesco mais creme.

Ele me observa lamber a pasta dos dedos.

— Eles estão celebrando a possibilidade de libertar os amigos.

— Anjos têm amigos? — Aperto os lábios ao redor do dedo e sugo cada restinho de creme delicioso.

Ele se mexe desconfortavelmente no lugar e me fulmina com o olhar.

— Quando lutamos lado a lado com outros guerreiros, eles se tornam nossos irmãos. Cada um de nós tem um irmão que caiu. A única coisa que oferece algum tipo de esperança para eles é o dia do Juízo Final. Nesse dia, eles finalmente vão receber o julgamento.

— Uma eternidade de punição vem antes do julgamento? — Estou prestes a mergulhar os dedos no pote novamente quando Raffe derruba cereal dentro dele. Vou ter que comer o cereal antes de poder lamber mais um pouco de creme de amendoim.

— O sistema é severo de propósito, para manter todo mundo na linha. É o que mantém a nossa sociedade guerreira.

Enfio o dedo na mistura de cereal e amendoim, pensando comigo mesma se ele está zangado.

— E se eles forem julgados culpados? — Meu dedo sai com uma ninharia de pasta na ponta. Com uma lambida, saboreio o restinho do gosto doce.

Ele se levanta num movimento abrupto e começa a andar de um lado para o outro na sala.

— Então a eternidade fica mais longa.

Eu sei a resposta para minha próxima pergunta, mas preciso perguntar mesmo assim.

— E quando é o dia do Juízo Final?

— No fim do apocalipse.

Assinto.

— Certo. Esse que todo mundo está tão ansioso para que aconteça. — Hoje em dia, estar certa nunca parece me fazer sentir melhor.

Ele respira fundo e solta, como se precisasse exalar fumaça.

— Vamos encontrar a minha espada.

Detesto ter que perder tempo voando para o Píer 39, mas tanto a espada quanto o rastreador da minha mãe estão lá. O aparelho ainda é minha melhor aposta para encontrar Paige. Além do mais, posso ter uma chance de ver se minha mãe, Clara e os outros conseguiram sair da ilha. Se não conseguiram, talvez haja algo que eu possa fazer para ajudá-los.

O doutor disse que os escorpiões estariam fora esta noite e agora eu sei que Beliel deve ter orquestrado o voo dos gafanhotos sobre a reunião de morte dos anjos. A fuga de Alcatraz, a essa altura, ou teve sucesso ou foi um fracasso. Não consigo suportar o pensamento do que pode estar acontecendo agora se a fuga falhou.

Rapidamente encontro um casaco grande demais e um par de tênis que serve surpreendentemente bem. Nesse meio-tempo, Raffe pega uma faca de cozinha irada e enfia no cós da calça, com bainha e tudo.

Lá fora, a neblina se dissipou e agora vejo uma noite firme, com a lua minguante e as estrelas refletidas no oceano. Entre nós e o mar está a praia, coberta de pedaços de madeira e de vidro provenientes das casas pulverizadas.

O vidro quebrado reflete a luz do céu como um tapete de pirilampos bruxuleante que se estende até onde a vista alcança. É tão inesperadamente lindo que paro para observar. Como algo tão inacreditável pode sair de tamanha devastação?

Lanço um olhar para Raffe para ver se ele está apreciando a mesma coisa. Em vez disso, ele está me observando.

Sentindo-me um tanto tímida, caminho até ele. Voar em seus braços antes foi uma questão de guerra, e não tínhamos muito tempo para pensar em nada que não fosse escapar.

Desta vez é uma escolha, e não posso evitar pensar em seus braços fortes me envolvendo e em sua pele cálida roçando a minha.

Levanto os braços como uma criança que deseja colo.

Ele hesita por um segundo e me observa. Será que está se lembrando de me segurar nos braços no antigo ninho da águia, quando pensou que eu estava morta? Como deve ser para ele abraçar alguém tantas vezes antes de ser isolado por tanto tempo?

Raffe me ergue nos braços e me embala quando enlaço seu pescoço. Minha bochecha roça a sua. Flui calor do toque e resisto ao impulso de me aconchegar.

Ele corre dois passos e estamos no ar, seguindo para Alcatraz.

Se eu já não tivesse voado com ele, ficaria com medo. Estou acima da água, e a única coisa que me separa de um mergulho gelado são seus braços. Mas eles me envolvem com firmeza e seu peito é quentinho. Deito a cabeça em seu ombro musculoso e fecho os olhos.

Ele passa a bochecha em meu cabelo.

Sei que logo vou ter que pensar em Paige, na minha mãe e em Clara. Minhas prioridades serão sobreviver, reunir minha família e mantê-la a salvo de pessoas e de monstros.

Mas agora, apenas por este momento, eu me deixo ser a menina de dezessete anos nos braços de um cara forte. Deixo até alguns "e se" permearem meus pensamentos, o tipo de possibilidades que poderia ter florescido entre nós no Mundo Antes.

Só um pouquinho.

Antes que eu recolha meus pensamentos e os guarde no íntimo de minha mente.

65

EM VEZ DE VOARMOS SUBINDO a península, nós a cruzamos até alcançar a baía de San Francisco. De lá, o plano é seguir pela baía, mais ou menos acompanhando a costa da península. É uma rota maior para Alcatraz, mas a cerração continua espessa sobre a água, como suspeitamos. Com todos os anjos e escorpiões no ar esta noite, Raffe imaginou que estaríamos mais seguros voando sobre a água, e ele estava certo.

O ar está úmido; o vento é cortante. Apesar do meu casaco, Raffe é minha única e verdadeira fonte de calor, e não posso evitar a entrega que faço à sensação de seu corpo enquanto voamos zunindo pela bruma.

Raffe inclina a cabeça, como se ouvisse alguma coisa.

Dá uma guinada para investigar. Não tenho ideia nem de como ele sabe que estamos indo para a direção certa no meio dessa nuvem, muito menos como distingue algum ruído que eu nem consigo ouvir, só ele.

Deslizamos para baixo do nevoeiro mais pesado e roçamos de leve as franjas da neblina que pairam sobre a baía. O luar fumacento brilha tênue contra a escuridão oleosa abaixo.

Ouço o som abafado dos motores jogando água, antes de ver os barcos.

Abaixo de nós, meia dúzia de barcos se encaminham para a baía. Não vejo a balsa do capitão Jake. Claro, não há razão para que estivesse aqui, mas não consigo evitar o desejo de que sejam os fugitivos de Alcatraz. Esses barcos são menores e mais esguios, mas ainda grandes o bastante para transportar dezenas de pessoas.

Será que Dee e Dum conseguiram trazer também uma equipe de resgate?

Se conseguiram, vou ficar impressionada. Isso pode significar que conseguiram reunir barcos suficientes para, quem sabe, resgatar todo mundo numa viagem só. E parece que eles foram sensatos ao decidir tirar vantagem da escuridão e da neblina para viajar por água em vez de por terra.

Raffe desce planando, circulando em silêncio pelos navios, tão curioso quanto eu sobre o que está acontecendo.

Os conveses estão cheios de pessoas agarradas umas às outras para se aquecer. Alguém deve ter vislumbrado nossa silhueta mais escura contra o céu, pois os motores param e os barcos flutuam em silêncio pela noite. Há homens com rifles apontados para o céu, mas a maioria deles não está apontada para nós, então não devemos estar visíveis. E a melhor notícia é que nenhuma das armas dispara.

Suponho que eles têm ordens para disparar apenas como último recurso, já que o barulho de um único tiro poderia atrair uma horda de monstros. Os barcos parecem prosseguir bem, deslizando silenciosamente através do nevoeiro. Se esta é a fuga de Alcatraz, provavelmente eles estão na água há horas, o que significa que deixaram os motores desligados pela maior parte do tempo.

Não há luz, movimento ou som em nenhum lugar, exceto no teto do maior barco que lidera a flotilha. O reflexo nas cristas da água e o brilho enluarado são suficientes para ver que há algo amarrado à cobertura do barco.

É um escorpião se debatendo.

Alguém está debruçado sobre o monstro estrebuchante. Conforme passamos em silêncio, tenho uma visão melhor.

O corpo e a cauda do monstro estão firmemente presos. A boca está amordaçada e emite um silvo abafado, na tentativa frenética de ferroar a mulher curvada em cima dele.

Ela está absorta e não nos percebe. Está desenhando algo no peito dele. Não vejo seu rosto, mas só pode ser uma pessoa.

Minha mãe está viva e, aparentemente, sem ferimentos.

Dois homens que empunham rifles a ladeiam. Pelos braços estufados de um e o colarinho da camisa do outro, suponho que se trata de Tatuagem e Alfa. Se forem, minha mãe deve tê-los impressionado para diabo durante a fuga, ou não a protegeriam enquanto ela desenha no escorpião.

Planamos sobre o barco, mas está escuro demais para eu ver o que ela está fazendo.

— Ela desenhou um coração no peito dele com batom e está escrevendo "Penryn e Paige" dentro do traçado — sussurra Raffe no meu ouvido. Fazemos uma curva até o píer. — Agora ela está desenhando flores na barriga dele.

Só me resta rir e sacudir a cabeça.

Eu me sinto mais leve.

E, por um momento, seguro Raffe mais firme, no que algumas pessoas poderiam confundir com um abraço.

66

DE MODO GERAL, O PÍER 39 está como eu me lembro. Tábuas quebradas despontando em toda parte, prédios demolidos, um barco virado de lado.

A balsa do capitão Jake parece ter sido levada até o píer, e as tábuas na água parecem uma coroa de estilhaços pontiagudos. A embarcação está mais baixa do que deveria, afundando lentamente. Um holofote do convés continua aceso e lança um raio de luz fantasmagórica pelo píer.

Então nem todo mundo escolheu percorrer a baía até a península. Alguns provavelmente quiseram pegar a travessia mais curta para o continente e depois se espalhar. Deve fazer sentido se a gente pensar que as chances eram melhores na terra do que na água, ou se tivesse entes queridos na cidade. Agora, seja lá quem pilotou o navio, provavelmente não foi o capitão Jake. A menos que estivesse muito bêbado, o que é uma possibilidade real.

Fazemos um voo curvo sobre o píer para assimilar a situação. Saqueadores se espalham quando vislumbram nossa sombra na lua. Alguns deles são apenas crianças. Os rumores sobre os objetos valiosos deixados no píer devem estar se espalhando. Será que eles têm alguma ideia de como é perigoso ficar aqui?

Assim que todos desaparecem, pousamos em silêncio nas sombras.

Raffe me segura um segundo a mais do que o necessário antes de me colocar no chão. E então levo um segundo a mais do que o necessário para soltar os braços de seu pescoço e me afastar de seu calor. Qualquer um que nos observe pode imaginar que somos um casal se beijando no escuro.

As luzes iluminam as vigas e pranchas de madeira que despontam no cais. O ar úmido da nossa respiração se condensa numa névoa e se une, rodopiando, enquanto observamos e ouvimos para ter certeza de que não há ninguém por perto.

Alguém está chorando.

Há uma figura solitária sentada nos escombros de uma loja de doces meio desmoronada. Ela tenta fazer silêncio, mas os soluços baixinhos não a deixam passar despercebida.

Há algo na voz e na figura murcha que me parece familiar. Faço um gesto para Raffe esperar enquanto vou falar com ela. Rodeio um facho de luz para alcançá-la.

É Clara. Está abraçada ao corpo encolhido e parece ainda menor que de costume. As faces de carne seca reluzem com as lágrimas de seu choro solitário.

— Oi, Clara. Sou eu, a Penryn — chamo baixinho a alguns passos de distância, para não matá-la de susto. Ela engasga, e é evidente que quase lhe provoquei um ataque cardíaco mesmo assim.

Ela sorri e choraminga ao mesmo tempo quando percebe que sou eu. Eu me aproximo até estar a seu lado. As tábuas quebradas são duras e úmidas. Não acredito que ela esteja sentada aqui há horas.

— Por que você ainda está aqui? Você deveria estar fugindo para o mais longe possível.

— Agora este lugar é o mais próximo que consigo estar da minha família. — Sua voz falha. — Passamos domingos felizes aqui. — Ela sacode a cabeça devagar. — Além disso, eu não tenho mais para onde ir.

Estou prestes a lhe dizer para ir ao acampamento da resistência quando me lembro de como eles a trataram e às demais vítimas de escorpiões. Pessoas que prefeririam enterrar os entes queridos vivos para não arriscar tê-los transformados provavelmente nunca aceitariam alguém como Clara. Não admira que ela não tenha ido para a baía com a resistência.

Passo o braço pelo ombro dela e dou um aperto de leve. É tudo o que posso pensar em fazer.

Ela mostra um sorriso pálido, mas lágrimas escorrem por suas bochechas novamente e seu rosto se contorce.

Algo cai e rola por perto.

Nós duas ficamos tensas, o que prova que Clara ainda não está pronta para se entregar.

Uma garotinha desmazelada com uma massa de cabelos finos emaranhados corre alguns passos, saindo de trás de um carro. Um braço adulto é estendido e tenta agarrá-la.

— Não, é ela — diz a menina. — Eu ouvi. Ela está aqui.

Alguém detrás do carro sussurra com urgência.

A menina sacode a cabeça. Depois se vira e corre em nossa direção.

— Volta aqui! — sussurra a voz urgente atrás do carro. Um homem surge de repente, correndo agachado. Apanha a coisinha nos braços e corre de volta. A menina esperneia como um saco de filhotinhos. Chuta, se contorce e tenta gritar, mas ele cobre sua boca com a mão.

Os gritos abafados soam muito como "mamãe!".

Ao meu lado, Clara fica completamente imóvel.

Um segundo rosto de menina desponta atrás do carro. É um pouco maior, mas tão desmazelada quanto a primeira e com o cabelo também emaranhado. Ela nos observa com olhos arregalados.

— Ella? — Clara sussurra tão baixo que até eu tenho dificuldade para ouvir. Ela se levanta, quase ofegante. — Ella? — Com um solavanco, Clara sai correndo em direção às meninas.

Oh-oh. Isso pode ser muito maravilhoso ou muito horrível.

Está escuro e estamos longe o bastante para eu poder afirmar que eles ainda não conseguem ver detalhes de como Clara está. Eu me levanto e a sigo discretamente, para o caso de ela precisar de reforços. Não que eu possa realmente ajudá-la se sua família a rejeitar, mas pelo menos ela vai saber que tem alguém do seu lado.

O homem paralisa a caminho do carro. Dá meia-volta com a menina nos braços. A garotinha fica descontrolada com os gritos abafados de "mamãe!".

A segunda menina dá um passo incerto e sai de trás do carro.

— Mãe? — Soa totalmente perdida e incerta.

— Chloe — Clara diz o nome com um soluço enquanto corre para eles.

A menina mais velha se aproxima. Estou prestes a abrir um largo sorriso quando a menina para de repente e encara a mãe com olhos arregalados. Agora está perto o suficiente e nos vê melhor. Enxergo Clara novamente do jeito que minha mãe a enxerga, como os outros a veem. Ela parece mesmo ter saído de uma sepultura, depois de permanecer morta por algum tempo.

Por favor, não grite, Chloe. Seria o fim de Clara.

Ela teve força o bastante para sobreviver a um ataque de escorpião, força para se arrastar para fora do lugar onde seria enterrada viva e para fugir de monstros em Alcatraz. Mas ter sua menininha gritando ao vê-la poderia fazer Clara desmoronar em mil pedaços, e nada seria capaz de remendá-la.

O passo de Clara falha e ela também para. Seu rosto muda da alegria maravilhada para a terrível incerteza.

A menina mais nova consegue sair dos braços do homem e vem correndo em nossa direção. Diferentemente da irmã, ela não hesita em pular nos braços de Clara.

— Eu sabia que era você! — A menina parece prestes a derreter de felicidade ao abraçar a mãe. — O papai fez a gente esperar até ter certeza. A gente ficou olhando um montão. Você só chorava e chorava e não dava para saber. Então você começou a falar e eu tive certeza! Eu ouvi sua voz e tive certeza. Tá vendo, papai? Eu falei.

Mas o pai continua paralisado a alguns passos dali, encarando Clara.

A mulher acaricia os cabelos de Ella com a mão trêmula.

— Sim, meu benzinho, você estava certa. Senti tanto a sua falta, tanto. — Ela olha temerosa para Chloe, junto do pai, e seus olhos imploram.

Chloe dá um passo hesitante.

— Mãe? É mesmo você? O que aconteceu?

— Sou, querida. Sou eu. Estou bem — diz Clara. — Estou bem agora. — Ela estende o braço com um convite, e Chloe dá um passo cauteloso para dentro dele.

O pai puxa a filha de repente.

— É contagioso?

— O quê? — Clara parece confusa.

— Você é contagiosa? — O pai enuncia cada palavra como se ela não entendesse mais a língua dele.

— Não — Clara sussurra. Sua voz falha, e sei que ela mal está se aguentando. — Eu juro.

Chloe sai do domínio do pai. Ela para e fica olhando para a mãe. Depois se deixa envolver, hesitante, nos braços de Clara. Uma vez ali, no entanto, a menina mais velha se agarra à mãe tão firme quanto a mais nova.

O marido de Clara fica olhando, parecendo dividido entre se unir à família e simplesmente fugir. Permanece no lugar, observando as filhas conversarem com a mãe sobre como eles tinham ido até ali para vasculhar entre os objetos, como tinham ficado sabendo que coisas valiosas haviam sido deixadas ali no cais. Como imploraram ao pai que voltassem àquele lugar uma última vez. Como fingiram que estavam indo para o almoço de domingo, como costumavam fazer.

Ouvir Clara conversar baixinho com as meninas me traz uma imagem da mãe que toda criança merecia ter. As meninas parecem aconchegadas e felizes no abrigo de sua mãe. Imagino que seja incrível.

Algum tempo depois, o pai se aproxima de Clara como um homem num sonho. Sem uma palavra, ele as envolve num abraço e começa a chorar.

Quase consigo enxergar esse píer do jeito que era quando Clara e o marido traziam as crianças para o almoço. O som das gaivotas, o cheiro salgado do oceano na brisa, o calor do sol da Califórnia. Vejo um casal de mãos dadas e as meninas correndo na frente. Clara como era antigamente, sempre bela e sorridente, segurando um buquê das floriculturas de rua, rindo com o marido em uma tarde preguiçosa de domingo.

Desapareço de volta nas sombras.

67

EU ME PREPARO PARA O sarcasmo de Raffe quanto à pequena reunião de Clara. Ele está apoiado na parede de uma loja, de modo geral intacta: uma figura sombria e ameaçadora recortada na noite. Se eu não o conhecesse, teria dado uma volta enorme para evitá-lo.

Quando chego perto o bastante para ver seu rosto, não há sarcasmo. Ele observa o encontro de Clara com a família com mais empatia do que eu poderia prever para um anjo, mesmo para Raffe.

Só que aí me lembro do comentário de Beliel sobre como os anjos não foram feitos para viver sozinhos. Então talvez ele entenda melhor do que eu imaginaria possível.

— Estou revogando seu status de guerreira — diz ele, ao observar Clara e a família.

— Eu tinha um status de guerreira?

— Por uns trinta segundos.

— Que crime hediondo eu cometi para perder meu elevado status?

— Uma guerreira de verdade teria recuperado a espada antes de cuidar de assuntos pessoais.

— Tudo o que eu faço são assuntos pessoais. Cada batalha que eu travo é pessoal. — Levo Raffe até a pilha de madeira quebrada e telhas onde escondi a espada.

— Hum. Boa resposta. Talvez você acabe recuperando seu status.

— Vou esperar sentada. — Afasto os pedaços de madeira do caminho até ver a cara suja do urso de pelúcia. — Aí está ela. — Com cuidado, puxo o urso e a espada. Com orgulho, levanto a saia de véu de noiva para mostrar a bainha.

Raffe fixa por um segundo os olhos na espada disfarçada antes de comentar:

— Você sabe quantas mortes essa espada já cometeu?

— É o disfarce perfeito, Raffe.

— Essa não é só uma espada de anjo. É uma espada de *arcanjo*. *Melhor* que uma espada de anjo, caso não esteja claro. Ela *intimida* as espadas dos outros anjos.

— O quê? As outras espadas tremem na bainha quando veem essa aqui? — Ando até a pilha de tralhas espalhadas, perto do barco do capitão Jake.

— Tremem, se você quer saber — diz ele, me seguindo. — Ela foi feita para ser tratada com absoluto respeito. Como pode ficar disfarçada de ursinho de pelúcia com vestido de noiva?

— Não é um vestido de noiva, é uma saia para a bainha. E é bonitinha.

— Ela detesta coisas bonitinhas. Ela quer ferir e mutilar coisas bonitinhas.

— Ninguém detesta coisas bonitinhas.

— As espadas angelicais detestam. — Ele arqueia a sobrancelha e me olha fixo.

Acho que não vou contar para ele quantas miniaturas e imagens bonitinhas de anjos a gente costumava ter no Mundo Antes.

O rastreador da minha mãe devia estar aqui, mas não o vejo entre os escombros espalhados. O que vejo, no entanto, é uma alça destacável de bolsa, com chaves presas a ela. Eu estava mesmo a fim de prender o urso na bainha e parece perfeito. Prendo a ponta da fita costurada ao pescoço do urso, e a outra na alça da bainha.

— Você deu um nome para ela? — Raffe pergunta. — Ela gosta de nomes poderosos, então talvez você pudesse apaziguá-la e dar um nome bom.

Mordo o lábio ao me lembrar de quando disse a Dee-Dum o nome da espada.

— Hum... eu posso dar outro nome para ela, se ela quiser. — Mostro um sorriso forçado.

Raffe parece estar se preparando para o pior.

— Ela só recebe um nome de cada pessoa que a usa. Se você já deu um nome, ela vai ficar com ele pelo tempo em que estiver com você.

Droga.

Ele me olha torto, como se já odiasse o nome.

— Qual é?

Considero mentir, mas qual o sentido?

Pigarreio e anuncio:

— Ursinho Pooky.

Ele fica em silêncio por tanto tempo que começo a pensar que não ouviu. Por fim, diz:

— Ursinho. Pooky.

— Foi só uma brincadeira. Eu não sabia.

— Eu já mencionei que nomes têm poder, não mencionei? Você se dá conta de que, quando ela lutar batalhas, vai ter que se anunciar para a espada oponente? Ela vai ser forçada a dizer alguma coisa ridícula como "Sou Ursinho Pooky, de uma antiga linhagem de espadas de arcanjos". Ou: "Curve-se a mim, Ursinho Pooky. Só existem duas iguais a mim em todos os mundos". — Ele sacode a cabeça. — Como ela vai conseguir respeito?

— Ah, fala sério! Ninguém ia respeitar nenhum tipo de anúncio pomposo, qualquer que fosse. O nome é o de menos. — Penduro a alça da espada ao redor do ombro, e a espada-urso se apoia em meu quadril, onde é seu lugar.

Avisto o rastreador da minha mãe em cima de uma bolsa. Corro até ele e o aciono.

— Você ficaria surpresa de saber quantos aspirantes a oponentes eu despachei só de anunciar que sou Rafael, o Grande Arcanjo, a Ira de Deus. — E me lança um olhar intimidante.

De repente me ocorre que, por causa das asas demoníacas, ele também perdeu o poder de usar o nome e o título. Pela tristeza em seus olhos, vejo que ele está pensando a mesma coisa.

No rastreador, uma seta amarela surge na Half Moon Bay, perto do ninho da águia. Dou um suspiro profundo. Será que nem uma única vez eu poderia encontrar minha irmã em algum lugar fácil e seguro?

— A Paige está no ninho da águia.

Raffe mostra um olhar de "não se atreva".

— Você quer dizer o lugar de onde eu mal consegui tirar você viva, porque eles estavam matando todos os humanos em que conseguissem colocar as mãos?

— Obrigada, diga-se de passagem.

Ele passa os dedos pelos cabelos, parecendo agitado.

— Olha, tenho certeza que poderia encontrar para você um bom abrigo antibomba em algum lugar, com suprimentos suficientes para dois anos.

— Imagino que todos já foram ocupados.

— E eu imagino que alguém abriria mão de um abrigo para você de bom grado, especialmente se eu pedisse com jeitinho. — Ele mostra um sorriso irônico. — Você poderia ter umas férias de tudo isso aqui até as coisas se acalmarem. Se esconder, esperar, ficar em segurança.

— É melhor você ter cuidado. Talvez acabe sendo confundido com alguém preocupado comigo.

Ele sacode a cabeça.

— Só estou preocupado que alguém possa reconhecer minha espada nas suas mãos. Se eu esconder você por alguns anos, talvez consiga me poupar do constrangimento.

Mordo o lábio para não perguntar, mas sai mesmo assim:

— E o que você faria enquanto eu estivesse escondida?

— Conseguiria minhas asas de volta. Descobriria o que está acontecendo com o meu povo e colocaria as coisas em ordem. — Ele respira fundo. — E, quando eu resolvesse meus assuntos, voltaria para casa com eles.

Balanço a cabeça para mostrar que entendo, mas minhas unhas se cravam na palma das mãos para me ajudar a conseguir foco.

— Não posso dizer que não me sinto tentada, Raffe. Ter segurança parece maravilhoso. — Mostro um sorriso triste. — Talvez eu possa aceitar sua oferta assim que reunir minha família. Quer dizer, se você ainda estiver por perto e disposto a ajudar.

Ele suspira.

— Sinto falta dos dias em que se podia dar ordens para as mulheres e elas não tinham escolha.

— Com certeza isso era só um mito, não era? Tenho certeza que ninguém nunca conseguiu dar ordens para a minha mãe… nunca.

— Vai ver você está certa. A indisciplina das mulheres na sua família deve se estender por gerações. Vocês são como praga sobre a terra.

— Contanto que a gente também seja praga sobre os anjos, acho que todo mundo vai nos perdoar.

— Ah, você definitivamente é uma praga sobre pelo menos um anjo. Tem alguma coisa que eu possa dizer para te impedir de ir ao ninho da águia?

Paro para pensar a respeito.

— Eu queria que tivesse. Minha vida seria muito mais fácil.

— E se eu me recusar a te ajudar a chegar lá?

— Então eu vou andando, ou de carro.

— E se eu te arrastar para uma prisão e te trancar lá?

— Eu uso a minha espada estilosa e corto tudo até sair.

— E se eu deixar a espada do lado de fora da prisão?

— Você não vai fazer isso. Se não pode ficar com ela, vai querer que eu fique, não vai? Somos melhores juntos que separados.

Nossos olhos se encontram.

— Além do mais, quem me libertaria se acontecesse alguma coisa com você?

Ele me olha de soslaio, como se o pensamento de acontecer algo com ele fosse ridículo.

— Beliel provavelmente ainda está no ninho da águia — digo.

— E por que você acha isso?

— O médico que operou a Paige acha que ela se sente atraída por Beliel. Quem sabe que tipo de instinto animal esquisito eles colocaram nela? Pode ser que ela sinta onde ele está. — Levanto o rastreador da minha mãe. — Estou rastreando a Paige. Ela está rastreando Beliel. Você não pode me impedir de seguir minha irmã, então por que não tirar vantagem da situação e simplesmente me levar até lá voando?

Ele me olha feio.

— Já tive que ver você morrer uma vez. Não é suficiente?

— E tudo o que você tem que fazer é garantir que não aconteça de novo. — Mostro um sorriso radiante. — Simples.

— A única coisa simples é você. Menina teimosa... — Seus resmungos baixam a um volume que não consigo ouvir, mas suspeito de que não são elogios.

Algum tempo depois, ele estende os braços.

É enervante ficar tão perto dele a ponto de sentir seu coração bater nos meus seios. Eu me seguro firme em seu corpo quando ele abre as asas, e decolamos noite afora.

68

SEGUIMOS TÃO PERTO DA ÁGUA que poderíamos nadar. Não paro de achar que vamos acabar atravessando uma grande onda durante o voo. Do jeito que está, os respingos parecem uma chuveirada gélida. Enterro o rosto no pescoço de Raffe, em busca de seu calor inesgotável.

Está tão frio que meus braços querem rachar e despencar em protesto. Não é nenhum consolo que seja a única forma de chegarmos ao ninho da águia sem sermos vistos.

Raffe é muito estoico e calmo, voando tão perto da água, apesar de ter provavelmente nadado apenas uma vez em toda a sua existência. Já eu estou um pouco menos calma. Não posso evitar os pensamentos de que pode ser a última coisa que eu faça. Não consigo me livrar da imagem dos guerreiros enlouquecidos e cobertos de sangue.

Raffe me segura mais firme.

— Já era hora de você mostrar um pouco de juízo. Você deveria estar com medo.

— Estou tremendo porque estou morrendo de frio.

— Você fica bonitinha quando tem medo.

Olho torto para ele.

— É, você também fica bonitinho quando tem medo.

Por incrível que pareça, ele dá uma gargalhada.

— Você quer dizer devastadoramente lindo quando *não* estou com medo. Afinal, você nunca me viu com medo.

— Eu disse que você era bonitinho, não "devastadoramente lindo".

Nós nos aproximamos da orla. Até agora, o som das ondas quebrando na areia e nas pedras deve ter disfarçado nosso papo furado. Mas estamos tão perto que nos calamos por instinto.

É claro que não temos nenhum plano. Temos que ver o que está acontecendo para partirmos disso. Fazemos um pequeno desvio lateral a caminho do novo ninho da águia para podermos aterrissar sem ser notados. Pousamos na praia abaixo da falésia, nos limites do terreno do hotel.

Escondidos atrás de rochas, cercas e arbustos, nos aproximamos de fininho o máximo que ousamos do círculo de luz na beirada do gramado do hotel. Novos archotes foram pendurados para substituir os que foram derrubados durante a briga. Mas foram colocados aleatoriamente e de qualquer jeito, como se a pessoa que os prendeu não desse a mínima para eles.

Tento equiparar a coordenação motora firme e suave de Raffe, mas meus braços e pernas congelados estão desajeitados, e tenho de segurar nele várias vezes para evitar a queda. Ele me lança um olhar com uma mensagem clara de que devo cuidar dos meus próprios problemas.

Disparamos por uma fileira de arbustos baixos e os seguimos mais perto do gramado. Os limites do terreno estão abarrotados dos restos da festa, como destroços jogados pelo mar na costa. Mesas de festa caídas, espreguiçadeiras de cabeça para baixo, fantasias rasgadas e outras coisas quebradas.

O terreno também tem um tapete multicolorido de disfarces de asas pisoteados, máscaras e objetos quebrados que agora são difíceis de identificar. Há porções escuras na grama que provavelmente são vermelhas à luz do dia. Se sobrou alguém da criadagem, não estão inclinados a vir limpar nada.

Os anjos espalhados no terreno parecem sofrer de uma ressaca grande demais para notar muita coisa. Um grupo está cantando no meio da grama, ainda de máscara. As vozes se fundem belamente, mas com todo o andar trôpego e os chutes nos destroços, parecem mais um grupo de piratas depois de um ataque.

Outro grupo está montando alguma coisa perto do hotel-mansão. É uma mesa com caixas de madeira. Ao lado dela estão postes de diferentes alturas.

Um anjo paira no topo dos postes, amarrando bandeirolas triangulares que ondeiam coloridas na brisa do oceano, como bandeiras de um castelo. Dois anjos voam para o alto com uma faixa nas mãos. Amarram-na no topo dos postes mais altos. Há vários símbolos que correm pela faixa, como um texto.

Os olhos de Raffe se tornam frios e hostis quando olha para a faixa. Mostro um olhar questionador, perguntando o que está escrito.

Ele se inclina, e suas palavras mal alcançam meu ouvido:

— Vote em Uriel hoje, comece o apocalipse amanhã.

Não entendo todas as implicações das políticas dos anjos, mas sei que não é coisa boa. Eles estão montando eleições para Mensageiro.

Outra faixa sobe; esta, num ângulo que pode ser vista de cima. Um dos anjos que desenrola a faixa é gigante e tem asas brancas como a neve. Beliel.

Raffe e eu trocamos um olhar, e ele segue caminho.

Conforme nos aproximamos, Raffe encontra coberturas de asa penduradas em um arbusto. Uma camada rasgada de lantejoulas está enroscada sobre as penas escuras, mas ele as descarta com facilidade e deixa apenas a cobertura de penas. Raffe a coloca sobre as asas, e eu ajudo a alisar as penas.

Ele também pega uma das máscaras descartadas que rodopiavam pelo gramado na brisa do mar. Eu a amarro para ele. A máscara é de um vermelho profundo, atravessado de prateado ao redor dos olhos e das bochechas. Cobre seu rosto inteiro, exceto a boca.

Ele se levanta e, sem uma palavra, me puxa ao seu lado, posicionando-se entre mim e o gramado do hotel. Tenho que espiar ao lado dele para ver os anjos, o que significa que eles também não podem me ver. Raffe é grande o suficiente para me esconder. De longe, devemos parecer guerreiros andando para o outro lado do que um dia foi uma festa.

Fico preocupada que os anjos possam voar acima de nós e me ver. Por sorte, devem estar de ressaca ou alguma coisa, pois nenhum deles tem energia o bastante para voar além do necessário. Caminhamos depressa perto dos limites do terreno, aproximando-nos cada vez mais de Beliel. Acompanho Raffe, o que não é muito difícil, já que ele está caminhando num passo casual.

Beliel está atrás de Uriel, nos limites do séquito do arcanjo, que distribui ordens.

Raffe olha para o céu e eu me pergunto se está ouvindo alguma coisa. Beliel olha para o mesmo lugar. Ele se aproxima de Uriel e eles se comunicam rapidamente.

Um por um, os anjos param a atividade e olham para o alto. O rugido abafado que se fundia tão bem com o quebrar das ondas torna-se ribombante e difícil de ignorar.

Uma nuvem mais escura que o céu noturno voa em nossa direção. Ela se contorce, se expande e depois se contrai, oscilando para cá e para lá.

O som raivoso de milhares de asas de escorpiões voando sobre nossa cabeça é inconfundível.

69

SOMBRAS DESCEM ALÉM DO ALCANCE dos archotes que margeiam o espaço do hotel. Raffe observa uma cena escura demais para eu enxergar. No entanto, capto um vislumbre de sombras subindo de novo no ar, o que me dá uma impressão de asas iridescentes de inseto.

Da escuridão sai a pequena Paige.

Ela se movimenta, rígida e cuidadosamente, como se fosse metade máquina, metade menina. Na luz dos archotes, a costura que percorre seu rosto é de um vermelho quase preto, e os dentes de navalha refletem as chamas quando ela passa diante das tochas.

Agora que sei o que procurar, ela realmente se mexe como alguém que sente dor, mas sua expressão não demonstra. Ela está suportando, talvez porque seja doloroso demais fazer uma careta ou qualquer tipo de expressão. Nunca imaginei que ela fosse tão forte.

Beliel inclina a cabeça, observando-a caminhar em direção a ele.

— Vermezinho — diz o demônio. — É você? — Sua boca se distende num sorriso ao mesmo tempo surpreso e orgulhoso. — Você não está mais se arrastando na sujeira.

Ele estende a mão.

— Está cada vez mais independente, não é?

Ver minha irmãzinha colocar a mão pequena na dele me mata.

O doutor estava certo. Uma parte de mim se agarrava à esperança de que ele estivesse sendo tolo, mas vê-la se voltar para um demônio como

Beliel só me faz lembrar como deve ter sido horrível para ela estar com o restante de nós.

Paige olha para Beliel. Seu pescoço se estica quando encontra os olhos dele. De mãos dadas desse jeito, quase poderiam ser pai e filha.

Beliel abre parcialmente as asas roubadas e segura a mão de Paige ao se virar e sorrir para Uriel. O sorriso diz: "Está vendo? Olha só meus troféus".

Paige dá um puxão no braço dele, de forma que Beliel acaba se inclinando para ela. Por um segundo, acho que ela vai lhe dar um beijo. O pensamento faz meu estômago revirar.

Em vez disso, ela salta e morde o pescoço dele.

Paige sacode a cabeça como um cão raivoso quando um naco do pescoço vem parar em sua boca.

Beliel solta um gemido.

Sangue flui por toda parte.

Uriel e seu séquito saltam para longe do ataque. Todos param no meio de seja lá o que estão fazendo e encaram.

O zunido se torna mais frenético quando o enxame de escorpiões gira ao longe e segue para outro rasante. Os escorpiões não estavam seguindo as ordens de Beliel por todo esse tempo? Será que vão estar raivosos?

Paige cospe o pedaço de carne e agarra a cabeça de Beliel antes que ele possa sair de seu domínio. Ela lhe rasga o rosto.

Três escorpiões mergulham do céu na direção deles.

Eu ofego, pensando que vão atacar Paige.

Mas, em vez disso, eles agarram Beliel.

Os ferrões entram e saem, bombeando veneno paralisante.

Em vez de dar o golpe de misericórdia, Paige começa a chutá-lo. Grita para ele. Arranca chumaços de seu cabelo e nacos de sua pele. Rasga sua carne e cospe os pedaços no rosto dele.

E, durante todo o tempo, está chorando.

Fico hipnotizada pela visão de minha irmãzinha tendo um ataque de raiva contra Beliel. Ele não é um oponente fraco, mas ela o pegou absolutamente de surpresa.

Nunca vi uma menina de sete anos com tanta fúria. E com certeza nunca vi Paige tendo nada parecido com toda essa raiva. Ela o soca com os punhos minúsculos, de um jeito que entendo ser mais para lidar com seus demônios internos do que com o demônio que é Beliel.

Observar os resíduos da minha irmã... é como se meu coração se consumisse em chamas e se transformasse em cinzas. Uma umidade salgada toca meus lábios antes que eu perceba que estou chorando.

O vento do oceano sopra em mim e me faz tremer como pétala frágil em meio a uma tempestade.

70

RAFFE CORRE MARGEANDO O DESPENHADEIRO em direção a Beliel e mergulha sobre um escorpião. Ele o agarra assim que a criatura finca os dedos em forma de garras nas costas de Beliel.

De início, fico confusa. Por que Raffe está protegendo o demônio?

No entanto, quando o sangue escorre do pescoço de Beliel e toca as asas branquíssimas, eu entendo. Raffe impede que as mãos de Paige arranquem um punhado de penas.

Em vez disso, ela pega os cabelos de Beliel e os arranca. Penas brancas flutuam durante a luta.

Enquanto Raffe, Beliel, Paige e três escorpiões se enfrentam, os anjos no gramado observam, curiosos. Eles não parecem inclinados a saltar para salvar Beliel. Meu palpite é que aqueles que o conhecem não gostam dele e aqueles que não o conhecem sentem que o lugar de Beliel não é com eles.

A máscara de Raffe ainda está no rosto, mas ele não é o único que ainda veste algum disfarce. Ninguém presta atenção em mim, como se os humanos em quem estavam tão focados há algumas horas não importassem agora.

Olho em volta para ver se há alguma coisa atrás de onde eu possa me esconder discretamente. Não há nada, a menos que eu esteja disposta a me esconder atrás de um arbusto longe demais para que possa enxergar alguma coisa. Por perto só há mar, penhasco, grama e archotes.

O punhado de anjos rapidamente se transforma numa inundação. A estranheza deve estar atiçando a curiosidade deles. Todos se reúnem e acabam me empurrando. Anjos retardatários precisam levantar voo para assistir à ação.

Acima de nós, uma nuvem de escorpiões dá rasantes e mergulha, aproxima-se, depois recua, como um enxame de abelhas agitadas ao redor da colmeia.

Acabo ficando na parte de dentro de uma parede de corpos. Isso foi o que ganhamos por tentar não chamar atenção. Acaricio o pelo macio da espada-ursinho, tentando ficar calma.

Os gritos torturados de Beliel preenchem a noite.

Todos o observam ser dilacerado e ferroado, sem piedade. Exceto Raffe, que só está protegendo as asas, nenhuma criatura vem em seu auxílio. Ninguém nem se encolhe em solidariedade a ele.

Beliel estava certo. Ninguém o ama, ninguém o quer.

Paige, que estava ofegando e chorando sobre Beliel, finalmente levanta os olhos e parece notar os anjos pela primeira vez. Mesmo nessa luz, vejo o medo e a incerteza se instalando em seu rosto conforme seus olhos passam de guerreiro a guerreiro insensível.

Os anjos estão parcialmente iluminados por archotes e parecem selvagens com as sombras avermelhadas tremeluzindo no rosto.

Os olhos de Paige param quando me veem. Ela pisca várias vezes, como se não tivesse certeza de que sou eu. Seu rosto se contorce, provocando a ilusão sinistra de que o monstro suturado derrete de seu rosto e deixa em seu rastro uma Paige terrivelmente transtornada.

Ela tem a mesma aparência que tinha no vídeo da cela de Beliel: minúscula, sozinha, perdida. Uma criancinha tentando se apegar à crença de que sua irmã mais velha virá salvá-la.

Estendo os braços para ela, percebendo quanto tempo faz que eu a toquei pela última vez. Ela não é a mesma Paige que eu conheci, mas também não posso rechaçá-la, como faria com um monstro. Se vamos todos ser destruídos, pelo menos posso confortar minha irmãzinha nos poucos e últimos instantes da nossa vida.

Paige baixa o olhar e parece incerta de si. Lágrimas deixam marcas no sangue de seu rosto.

Entro no meio do círculo e caminho até ela. Seu choro se intensifica à medida que me aproximo. Quando a alcanço, ela envolve os braços na minha cintura com toda a força.

Minha irmãzinha levanta os olhos para mim.

Nossa mãe estava certa. Seus olhos são os mesmos de sempre. Castanhos, emoldurados por longos cílios e embebidos com a memória de doçura e luz, riso e alegria, aprisionados em um rosto agora dilacerado e cadavérico.

— Está tudo bem, meu amor — sussurro em seus cabelos, ao abraçá-la. — Estou aqui. Vim te buscar.

Seu rosto se enruga e seus olhos brilham.

— Você veio me buscar.

Acaricio seus cabelos. São sedosos como sempre.

71

AOS PÉS DE RAFFE, BELIEL está deitado no chão. Sangra por causa dos cortes, mordidas e mutilações. Os três escorpiões têm a boca grudada nos ferimentos abertos e começam a sugá-lo como sanguessugas enormes com ferrões.

Beliel grita, tentando afastar sem jeito as criaturas, com o que lhe resta de energia.

Sua pele se torna ressequida e começa a rachar. Em breve sei que ele vai se encolher e sua pele vai parecer carne-seca.

Raffe lança olhares para os anjos que os observam, depois de novo para o corpo de Beliel, cada vez mais seco. Mesmo com a máscara, percebo que ele não quer fazer nada drástico na frente dos anjos. No entanto, ele não pode permitir que suas asas sejam sugadas até murchar. E, mesmo se conseguir tirar esses escorpiões de Beliel, viriam outros do céu.

Ele abre uma das asas roubadas de Beliel e segura firme com uma das mãos. Da cintura, tira a faca de cozinha que pegou na casa da praia. A lâmina reflete as chamas dos archotes quando Raffe a empunha, um instante antes de brandi-la.

Ainda não inteiramente paralisado, Beliel solta um grito estridente quando Raffe corta a articulação.

A asa despenca.

Os anjos observam, atônitos.

Raffe ergue a faca de novo.

Alguns guerreiros saltam sobre Raffe com as asas abertas e os punhos em riste. Acham que ele está cortando as asas de um anjo e estão defendendo um dos seus. Pelo visto, uma coisa é deixar um anjo se virar sozinho diante de uma garotinha e seus bichinhos de estimação, mas deixar outro anjo lhe amputar as asas é uma história diferente.

Só que eles não conseguem alcançá-lo rápido o bastante, e Raffe corta a segunda asa de Beliel.

A asa branca como a neve cai no chão, ainda gloriosa e cheia de vida.

Raffe chuta o primeiro anjo a alcançá-lo.

Ele luta de mãos nuas contra os dois primeiros que vêm até ele. Grita para eles, provavelmente tentando explicar o que realmente está acontecendo, mas suas palavras se perdem entre o rugido de escorpiões no alto, o clamor colérico dos anjos e o ruído das ondas do mar.

Raffe consegue segurar as pontas com os dois primeiros, mas um terceiro saca a espada.

A única arma eficiente que Raffe tem são as asas de demônio, ainda escondidas debaixo do disfarce de penas. Ele recua, hesita em mostrá-las para tantos anjos, mesmo sendo improvável que alguém o reconheça com a máscara. No entanto, o oponente não deixa escolha quando se prepara para brandir a espada.

As asas demoníacas de Raffe se abrem de repente.

A multidão silencia. O zunido dos escorpiões se desvanece quando eles terminam o rasante. E os ganchos das asas de Raffe despontam com um ruído seco.

As garras provocam tinidos ao se defenderem da espada do inimigo. A lâmina sai voando no ar e pousa no gramado.

Raffe abaixa o queixo e fulmina os anjos com um olhar ameaçador. Com as asas gigantes de morcego atrás das costas e das garras reluzindo vermelhas sob a luz do fogo, ele é a perfeita imagem do diabo.

As duas asas decepadas estão no chão, de cada lado de Beliel. As penas brancas que sopram na brisa parecem fora de lugar, surreais, sobre o chão empapado de sangue. A máscara festiva de Raffe simplesmente intensifica o horror quando ele se posiciona acima de Beliel.

Diante dos olhares fixos, o único som é dos gafanhotos indo embora no céu e das ondas quebrando contra o despenhadeiro lá embaixo.

E então o brandir de centenas de espadas angelicais sendo sacadas das bainhas preenche a noite.

72

MINHA RESPIRAÇÃO SAI TRÊMULA, E acho que não consigo sentir os dedos nem enxergar uma saída.

Raffe está sobre Beliel, observando os guerreiros que o circundam. Seus olhos são ferozes, mas é óbvio que nossa situação parece bem ruim. Mesmo se Raffe estivesse em sua melhor forma, não poderia enfrentar uma legião inteira de seu próprio povo, ainda que quisesse.

Paige e eu estamos tão cercadas quanto Raffe. Minha irmã parece ter alguns truques novos na manga, mas as probabilidades não estão exatamente a nosso favor. Olho em volta para ver se há uma brecha na parede de anjos que eu possa atravessar com Paige para ficarmos seguras, mas não há.

Estamos encurraladas.

Eles se espalharam ao nosso redor. Fecharam todas as direções, por terra, água e ar. Acho que não é a primeira vez que aprisionaram um inimigo. Sabem como partir para um ataque mortífero, tenho que admitir.

Vários anjos dão um passo para perto de Raffe com as espadas. Ele os avalia, depois lança um olhar para as asas no chão, como se para memorizar a localização. Passa por cima da cabeça de Beliel para ficar na frente das asas e se posicionar para a briga.

Os escorpiões observam Raffe com um olhar cauteloso, mas continuam a sugar Beliel, que murcha cada vez mais. Quando as espadas angelicais batem contra as garras das asas de Raffe, os escorpiões se assustam e saem voando.

Os olhos de Beliel encaram o vazio enquanto seu corpo sangra por causa dos cortes, mordidas e mutilações. Se eu não soubesse das coisas, acharia que ele está morto.

Raffe tenta impedir que os anjos pisem em suas asas, mas há pouco a fazer durante uma luta pela vida.

Eu me abaixo e apanho uma asa branca antes que alguém a esmague. Rapidamente a fecho e passo para Paige.

— Segure isso. Não deixe nada acontecer com ela.

Eu me abaixo do outro lado de Raffe e me arrasto pelo chão para pegar a outra asa, bem quando um anjo está prestes a pisoteá-la. Acima de mim, Raffe brande a faca e bloqueia, num frenesi de movimento com as asas de demônio.

Agachada, eu me afasto de costas com a asa para sair do caminho. Então a fecho e entrego para Paige. As asas são leves, mas, nos braços dela, praticamente cobrem todo o corpo.

Guio Paige para nos afastarmos da briga, porém nosso caminho é bloqueado por um guerreiro que nos olha feio.

À luz das tochas, suas asas parecem chamas, mas sei que seriam laranja-queimado sob um poste de luz. É o Anjo Queimado, o que sequestrou Paige por pura maldade.

Ele parece o mesmo do vídeo do sistema de vigilância do doutor: amargo e mau. Dá um passo em nossa direção.

— Aí está você — diz o Anjo Queimado, visando Paige. — Você finalmente foi útil para alguma coisa, não foi? Já era hora de alguém derrubar esse lixo.

Empurro Paige atrás de mim e arranco o urso da espada. Quase tenho orgulho pela chance de poder lutar contra ele. Tenho um ódio especial por Queimado, o Sequestrador de Garotinhas Indefesas.

73

O ANJO QUEIMADO ME OLHA como se eu fosse um mosquito.

— O que você vai fazer? Me bater com seu ursinho?

Tiro a espada e me coloco em posição de combate.

Ele dá uma gargalhada.

— Vai lutar comigo usando sua espada de lata, garotinha?

Quase sinto a ira pulsando de Raffe, que está enfrentando vários guerreiros.

Numa atitude casual, o Anjo Queimado brande a espada contra mim. Automaticamente, encontro seu golpe ferrenho com o meu. O treinamento do sonho deve ter funcionado, pelo menos em algum nível.

Queimado parece surpreso, mas isso não o impede de imediatamente se preparar para o golpe seguinte. Percebo que ele leva esse aqui mais a sério.

Sua espada desce como uma marreta.

Golpeio com a espada para encontrar a sua.

O impacto faz meus ossos vibrarem até os tornozelos. Meus dentes se chocam com tanta força que fico surpresa por não caírem.

Por incrível que pareça, ainda estou de pé.

Mas só por pouco.

É claro que não aguento muitos golpes diretos. Agora eu sei por que nada do meu treinamento de sonho envolvia um oponente com espada.

O Anjo Queimado esperava que eu fosse ser abatida com um só golpe. Ele ergue a espada de novo, parecendo irritado.

Eu me abaixo e passo debaixo do braço dele que segura a espada. Provavelmente não é um movimento recomendado, mas há uma razão pela qual é preciso tomar impulso para um golpe. De perto, ele pode cortar, mas não consegue causar muito dano de impacto.

Tento chutar seu joelho, mas ele está preparado e se esquiva com um giro. Ao contrário de outros oponentes com quem lutei ultimamente, o Anjo Queimado não está bêbado nem é amador.

Ele arma outro golpe.

Eu me abaixo. Sinto o vento da lâmina passar sobre o topo da minha cabeça.

Perdi o equilíbrio, mas não tenho tempo suficiente para me preparar em uma boa postura defensiva.

Só tenho tempo para erguer minha lâmina e o bloquear.

Ele me atinge de novo com uma força de esmigalhar os ossos.

Quando sinto o impacto, meu crânio vibra tanto que parece que vai se desprender do resto do corpo. Quase perco a espada, mas, por um milagre, continuo a segurá-la.

Perco o equilíbrio e caio de joelhos.

Vagamente registro Paige gritando atrás de mim. Ela pode ter uma mordida matadora, mas não é páreo para um anjo guerreiro com uma espada, e fico feliz por ela saber disso.

Entrevejo Raffe se esquivando de lâminas e golpes, tentando chegar até mim, mas há oponentes demais ao seu redor.

Ondas de fúria me inundam. O que pensei que fosse raiva pulsando de Raffe está, na verdade, vindo de mim.

Não, não de mim.

Da espada.

O Anjo Queimado era parte da gangue que decepou as asas de Raffe. Por causa disso, a espada teve que abandoná-lo. Agora ela está presa comigo, uma humana pequena e fraca. Ela sofreu inúmeros insultos desde então. Foi inclusive motivo de riso. E, agora, a humilhação final: Queimado está prestes a nos derrotar com não mais que dois ou três golpes.

Cara, como a espada está zangada.

Muito bem. Eu também estou. Esse maldito levou minha irmã e olha o que aconteceu.

Podemos muito bem virar chamas juntos. Pelo menos podemos dissipar um pouco da nossa raiva em um impulso final. Espero que eu possa atingi-lo em algum lugar onde realmente seja doloroso.

Queimado tem o atrevimento de fazer um gesto impaciente para eu me levantar. Provavelmente ele nunca superaria o vexame de dar o golpe de misericórdia em uma garota franzina enquanto ela está caída no chão.

Reúno toda a raiva quando assumo minha posição e me preparo.

O Anjo Queimado e eu sacamos nossa espada.

Com todas as minhas forças, grito e golpeio. Ele faz a mesma coisa.

Paige grita meu nome. Raffe urra ao jogar guerreiros de lado, na tentativa de chegar até mim.

Quando as duas espadas colidem, o impacto não sacode meus ossos nem me deixa com gosto de sangue na boca. É como se toda a força tivesse sido contida na lâmina antes de vibrar em mim. Como se todo aquele tremendo poder mortífero fosse redirecionado.

A espada de Queimado se estilhaça.

O som é simultaneamente de vidro se quebrando e de alguém gritando. Um estilhaço atinge a asa do Anjo Queimado e a atravessa.

Meu movimento continua e minha espada lhe atravessa o peito num golpe cruzado.

Um traçado limpo que não deixa marca, até que o sangue começa a brotar em uma linha que percorre de um braço a outro.

Ele desaba.

Caído sobre a grama pisoteada, sangrando. Seus olhos estão arregalados com sua descrença chocada. Seu corpo treme. Sua respiração é entrecortada e difícil.

Ele se esforça para respirar.

Um... dois...

Seus olhos perdem o foco e fitam o vazio.

Não há vida neles.

Eu o encaro por um segundo mais, para garantir que esteja morto, para me reassegurar de que espadas angelicais podem mesmo matar anjos.

Levanto os olhos. Raffe e os outros estão paralisados no meio da luta. Todos nos observam.

Uma garota humana. Matando um anjo guerreiro. Numa luta de espadas.

Impossível.

Também estou paralisada. Meus braços ainda estão levantados, segurando a espada, em posição de combate.

Olho novamente para o corpo morto do Anjo Queimado, tentando assimilar a ideia de que matei um anjo guerreiro.

Então, outra coisa inacreditável acontece.

Em um segundo, estamos cercados por anjos com espadas em punho. No seguinte, um deles baixa o braço e a espada cai sobre a grama, como se fosse feita de chumbo. O anjo fixa os olhos na lâmina, sem compreender.

Outra espada cai.

Depois outra.

Depois um monte delas. Agora todas as outras espadas desembainhadas estão estendidas na grama, como súditos que se curvam perante a rainha.

Os anjos olham para as espadas a seus pés, em choque absoluto.

Então olham para mim. Na verdade, acho que é mais preciso dizer que olham para a minha espada.

— Uau. — É a coisa mais inteligente que consigo dizer no momento. Raffe mencionou alguma coisa sobre uma espada de arcanjo intimidar as outras, se pudesse obter o respeito delas?

Elevo os olhos para a espada em minhas mãos. Foi você, Ursinho Pooky?

74

PAIGE CORRE ATÉ MIM, AINDA segurando as asas. Com cautela, enterra o rosto nas minhas costelas de novo, como costumava fazer quando tinha um pesadelo e precisava de um abraço.

Passo os braços ao redor dela. Juro que seus ombros estão mais magrinhos do que costumavam ser. Mas esse pensamento me leva para todos os lugares sombrios para onde não quero ir, por isso, ignoro. A julgar pela muralha de guerreiros ao nosso redor, sua fome não vai ser um problema por muito tempo mais.

Puxo Paige comigo ao me aproximar de Raffe, devagar. Todos ainda estão chocados, então ninguém me detém, mesmo que agora eu seja uma matadora de anjos. Fico de costas para Raffe e coloco Paige e as asas decepadas entre nós.

Sei que Paige agora é mortífera. Mas isso não muda o fato de que ela não vai sobreviver a nada disso melhor do que nós. E, se há uma coisa que eu sei que uma garota da idade dela não deveria fazer, é lutar pela vida enquanto sua irmã mais velha está por perto.

Espero que seus próximos momentos sejam preenchidos com o conhecimento de que ela estava cercada por aqueles que tentaram protegê-la.

Devemos ser uma visão e tanto. Raffe, com sua máscara vermelha e as asas de demônio abertas em toda a sua glória de garras à mostra. Uma filha do homem adolescente e magrela, brandindo uma espada de arcanjo. E uma garotinha costurada para parecer e se comportar como um pesadelo, agarrada a um par de asas angelicais.

Meus cabelos sopram, revoltos, e me dou conta de que o zumbido de escorpiões cresce mais e mais, transformando-se num rugido novamente. Eles devem ter feito meia-volta e estão retornando. Sua aproximação parece uma tempestade tomando corpo.

Os guerreiros superam o choque e começam a se aproximar de nós, de mãos nuas. Só que agora há tantos vindo por mim quanto por Raffe. Acho que eles têm alguma coisa contra uma garota humana matando um dos seus. Ou é isso, ou querem tentar pegar a minha espada.

Eu a movimento contra um anjo que está se aproximando demais. Ele se abaixa e tenta agarrar meu cabelo. Eu o chuto no estômago.

Até onde sei, há um estoque eterno de guerreiros. O desfecho é óbvio. Não vai demorar para ficarmos esgotados.

Nós sabemos disso. E eles também.

Mas continuamos lutando.

Brando a espada contra um anjo musculoso, tentando atingi-lo na garganta, quando algo o derruba.

É um escorpião.

Por um instante, há uma confusão de asas e um ferrão que rola na grama amassada. O escorpião não está realmente lutando contra o anjo. Acho que está só tentando se levantar e sair voando. Mas o anjo não permite que isso aconteça.

Outro escorpião cai sobre o oponente de Raffe. Eles rolam na terra, num emaranhado de braços, pernas e asas. Mais três escorpiões, desajeitados, caem sobre outros anjos.

Levo um momento para entender o que realmente está acontecendo.

O enxame acima de nós baixou, mergulhando e se contorcendo como uma nuvem de vespas. À medida que o grupo desce mais, os escorpiões da base do enxame desabam sobre os anjos. A colisão derruba os guerreiros como um cortador de grama.

Não tenho dúvida de que um anjo pode derrotar um escorpião sem derrubar uma gota de suor. No entanto, há muito mais escorpiões do que anjos, e as criaturas se comportam como monstros descerebrados despencando sobre corpos. Mesmo que alguns deles arremetam no último segundo para tentar evitar colisões fatais, não parecem ser páreo para ir contra o movimento do grupo em queda.

A força absurda dos corpos que não param de despencar pela multidão leva todos ao chão.

Todos, menos eu, Raffe e Paige.

O enxame se abre ao nosso redor, derrubando tudo no caminho, mas nos deixando intocados.

O vento causado pelas asas me faz cair de costas sobre Paige, até que ela esteja imprensada entre mim e Raffe. Estendo a mão para trás e pego a dela. Sua mãozinha agarra a minha com força.

Raffe abre as asas para nos proteger. Fica às nossas costas, com as asas nos protegendo de cada lado.

O doutor pode ter se equivocado sobre os sentimentos de Paige por Beliel, mas estou me convencendo de que estava certo sobre ela ter algo especial. Seja lá o que ele fez com ela, proporcionou algum tipo de conexão com os escorpiões. Eles estão rodopiando ao redor dela e a protegendo com o corpo.

E continuam vindo. Alguns dão ferroadas, outros não, como se estivessem confusos sobre o que devem fazer. No entanto, mesmo os que ferroam, não se demoram. É mais um bater e correr, como se intuíssem grandes problemas se ficarem.

O enxame sobe e deixa o gramado, repleto de anjos ajoelhados e de bruços. Todos olham para o céu para ver o que acontecerá em seguida. Somos os únicos ainda em pé.

O enxame gira e se vira para uma nova investida. Os anjos de joelhos mergulham de barriga e todos cobrem a cabeça.

Se pudessem usar as espadas, talvez a dinâmica fosse outra. Acontece que ninguém parece disposto a arriscar uma rejeição da espada, mesmo que seja por uma só batalha.

Olho em volta, tentando decidir o que devemos fazer. Como eles não estão nos mirando, nos abaixar para nos defender não faz muito sentido.

O enxame continua. Uma enorme lufada de vento faz meus olhos arderem, e quase caio.

Mas eles se separam ao nosso redor como antes, e nos deixam ficar em pé enquanto todos os demais estão esparramados no chão.

Ainda segurando as asas fechadas, Paige desliza para a nossa frente e deita sobre Beliel. As asas estão imprensadas contra eles, e as penugens flutuam ao vento.

Beliel murchou e está quase irreconhecível, caído de bruços, como morto. As asas que cobrem suas costas, entretanto, parecem um contraste cheio de vida, como um cobertor branco.

Um escorpião paira acima de Paige, tentando levantá-la, mas ela não solta Beliel.

Minha pele gela diante da visão daquela cauda curvada, com o ferrão tão perto da minha irmã. Sou tentada a decepá-lo, mas Raffe estende a mão para me deter, como se soubesse o que quero fazer.

— Guarde — ele sussurra e indica a espada com um movimento de cabeça.

Hesito, pensando em todas as razões por que eu deveria continuar com a espada em riste. Apesar disso, enxugo o sangue na calça e a coloco de volta na bainha. Não é hora para discussão.

Mais escorpiões diminuem o ritmo e pairam sobre Paige. Quatro deles agarram Beliel pelas axilas e pernas, enquanto outros dois puxam seu cinto. Eles o erguem com Paige agarrada em cima, como uma princesa sobre uma liteira demoníaca.

Raffe agarra minha mão e começa a correr quando o restante do enxame passa por nós. Ele me levanta e me pega nos braços.

Eu me agarro a ele com o máximo de firmeza que meus músculos permitem.

Alguns passos de corrida e saltamos sobre o penhasco.

75

OS ANJOS IMEDIATAMENTE SE LEVANTAM e começam a nos perseguir. Alguns parecem ter sido picados e se movimentam lentamente, mas muitos conseguem retomar as forças. As asas de Raffe batem poderosas no voo, sobre o quebrar das ondas.

Atrás de nós, uma horda de anjos decola na beira do precipício.

O som ribombante das asas dos escorpiões fica cada vez mais alto quando o enxame se vira e se dobra sobre si. Os escorpiões voam tão perto de nós que suas asas de inseto quase roçam minha cabeça no mergulho em direção aos anjos.

Aperto os olhos contra a onda de corpos de inseto. Observando por sobre o ombro de Raffe, meu campo de visão se estreita e se alarga no ritmo de suas asas de morcego.

O enxame mergulha e colide com os anjos, logo atrás de nós.

O choque titânico derruba os anjos, e tudo o que vejo são ferrões e asas de inseto. Nenhum anjo pode penetrar a massa. Imagino que não é exatamente o que Uriel tinha em mente quando criou os escorpiões.

As criaturas aladas mergulham de novo e voltam a nos seguir, sem um único anjo à vista.

Estamos dentro do enxame.

Corpos voam no alto, na frente e abaixo de nós. Atrás, a massa de ferrões e asas é tão densa que é uma muralha gigante de insetos.

Olhamos em volta com nervosismo até passar tempo suficiente para deixarmos de nos preocupar se vão nos atacar ou não.

Ao meu lado, minha irmãzinha voa no que sobrou de Beliel. Com as pernas presas ao redor da cintura dele, seu corpo pressiona as asas decepadas de Raffe. As pontas das asas branquíssimas caem sobre ele e farfalham no vento.

Beliel é uma figura horrenda, com a cabeça dependurada. Está mutilado e continua sangrando. A pele e os músculos murcharam e foram sugados até secar, o que o faz parecer frágil e morto há muito tempo.

Eles são carregados por seis monstros-escorpiões, que batem as asas iridescentes, uma visão medonha e bizarra. Paige se vira para mim e mostra um sorriso tímido que cessa quando o xadrez de pontos em suas faces repuxa demais.

Meu pai certa vez me disse que a vida ficaria complicada quando eu crescesse. Imagino que não era isso que ele queria dizer. Minha mãe, por sua vez, concordava com ele, e esse tipo de coisa era exatamente o que ela queria dizer.

Eu me encolho nos braços de Raffe. Nosso voo é sincronizado com o enxame, como se os instintos dele tivessem sido perfeitamente aprimorados para sincronizar com os companheiros de voo. Fica evidente que ele foi feito para ser parte integrante de algo maior que ele mesmo.

Raffe é quente, forte, como um lar para mim. Nosso rosto se aproxima quando o enxame sobe. Por um instante, posso sentir sua respiração roçar minha bochecha.

Vamos voar para onde quer que o enxame nos leve, e vamos pousar onde ele pousar. E, quando chegarmos, não tenho dúvida de que vou estar plenamente alerta e pronta para qualquer coisa. Até lá, posso me valer do conforto de saber que, por ora, minha família está segura e eu estou com Raffe novamente.

O sol está nascendo, conferindo ao oceano escuro um brilho que reluz em azul, dourado e verde.

É um novo dia no Mundo Depois.

Agradecimentos

Muito obrigada aos meus incríveis leitores beta que ajudaram a elevar o nível deste livro: Nyla Adams, Aaron Emigh, Jessica Lynch Alfaro, John Turner, Adrian Khactu, Eric Shible e David L. M. Preston. Um agradecimento especial a Aaron Emigh, por ser meu consultor de lutas, e a Steaphen Fick, pela aula de luta com espadas e pelas dicas sobre combate com facas. E, claro, um enorme obrigada aos leitores de *A queda dos anjos*, pelo apoio e o entusiasmo gigantescos.

Impresso no Brasil pelo Sistema Cameron da Divisão Gráfica da
DISTRIBUIDORA RECORD DE SERVIÇOS DE IMPRENSA S.A.